Diogenes Deluxe

Freue dich!

Geschichten für eine gutgelaunte Weihnachtszeit

Ausgewählt von
Margaux de Weck

Diogenes

Nachweis am Ende des Bandes
Die Herausgeberin dankt
Natalia Kurth für ihre Mitarbeit
Covermotiv: Illustration von Christoph Niemann

Originalausgabe

info@diogenes.ch · www.diogenes.ch
In Fragen zur Produktsicherheit (GPSR):
truepages UG (haftungsbeschränkt)
Westermühlstraße 29, 80469 München
info@truepages.de
80/25/852/1
ISBN 978 3 257 26190 5

Inhalt

EMANUEL BERGMANN

Der Chanukka-Stuhl

Gibt es eigentlich auch Leute, die Weihnachten mögen? Ich kenne zumindest keine. Hin und wieder hört man von Menschen, die sich der Weihnachtsstimmung frohgemut hingeben. Aber es sind immer irgendwelche entfernte Bekannte, die man um zwei Ecken vom Hörensagen kennt. So ähnlich wie die Freundin meiner Oma, bei der angeblich mal eine Tarantel aus dem Gummibaum gekrabbelt ist, oder der Arbeitskollege meines Vaters, dessen guter Kumpel einen Zwergpinscher hatte, der von einer Dogge verschluckt wurde. Weihnachten ist ein urbaner Mythos, der nur Neid und Missgunst erzeugt. Alle anderen erleben angeblich eine herrliche Zeit, nur man selbst nicht. Ich glaube, es gibt in Wirklichkeit gar keine Weihnachtsfans. Es gibt ja auch keinen Weihnachtsmann. Das ist doch schon ein Indiz. Gut, religiöse Menschen werden jetzt sagen, dass nicht der Weihnachtsmann im Mittelpunkt stehen sollte, sondern Jesus. Aber den gibt's ja auch nicht. Ich habe jedenfalls noch nie einen erwachsenen Menschen getroffen, der Weihnachten gut findet.

Bei Kindern ist das noch etwas anderes, die werden mittels piepsender Plastikspielzeuge und allerlei Zivilisationsschrott bestochen. Weihnachten ist eine Verschwörung der Erwachsenen – man versucht, seine Kinder zu guten Taten, zu Anstand und Ehrlichkeit anzuspornen, indem man sie belügt. Ich für meinen Teil hatte damals schon zwiespältige Gefühle. Das lag zum großen Teil an meiner panischen Angst vor dem Weihnachtsmann. Denn es werden ja nicht nur Geschenke versprochen, »bösen« Kindern wird eine Strafe angedroht. Aber wer entscheidet eigentlich über Gut und Böse? Gibt es eine höhere Gerechtigkeit, und falls ja, ist auf die auch Verlass? Schon im Alter von drei oder vier Jahren nahmen mich meine Eltern mit in die Synagoge am Beethovenplatz in Saarbrücken, und dort, in einem kleinen Saal, mussten wir auf den berüchtigten Weihnachtsmann warten. Ich verstehe bis heute nicht, warum die jüdische Gemeinde Saarbrückens einen Weihnachtsmann eingespannt hat, aber sei's drum, es gibt im Leben ohnehin vieles, was sich meinem Verständnis entzieht. Vielleicht war das ein Vorläufer des trendigen »Weihnukkas«. Als die Weihnachtsperson schließlich kam – ein verschrumpeltes altes Männlein mit grauem Bart und einem roten Gewand, das nicht zufällig an Blut erinnerte –, ergriff mich Panik, ich habe gezittert wie Espenlaub. Meine Eltern redeten mir gut zu, aber ich brach in hysterische Tränen aus. Der Weihnachtsmann las Namen von einer Liste vor, die Angeklagten mussten aufstehen und nach vorn kommen, und dort wurde entschieden, ob sie gut oder böse gewesen waren. Entsetzlich. Die Kinder, die vor mir dran waren, erwiesen sich allesamt als gut, jeder bekam ein Geschenk, welches umständlich aus einem großen Sack gekramt werden musste. Meine Eltern wollten mir weismachen, dass mir da vorne nichts Schlimmes geschehen würde. Aber es konnte ja nicht ewig gutgehen. Früher oder später würde der Weihnachtsmann ein Kind als »böse« einstufen. Und dann, davon war ich überzeugt, würde er es fressen, so wie es Hexen in Märchen zu tun pflegen. Und je mehr »gute« Kinder Geschenke bekamen, desto geringer wurden meine eigenen Überlebenschancen. Als der Weihnachtsmann schließlich meinen Namen aufrief, versuchte ich, mich unter dem Tisch zu verstecken. Aber man zerrte mich nach vorn, meinem Schicksal entgegen. Zu meiner Erleichterung wurde ich zwar vom Weihnachtsmann verschont und als »gut« klassifiziert, bekam sogar irgendein läppisches Geschenk in die Hände gedrückt, aber ich habe mich von diesem Schock nie mehr erholt. Schließlich wusste ich ja, dass ich ein böser Junge war. Erst vor Kurzem hatte ich eine Frikadelle auf den Heizkörper in meinem Kinderzimmer gelegt, weil ich sie vor dem Essen warm machen wollte, so wie meine Mutter es auf dem Herd tat. Aber die Frikadelle wurde nicht richtig heiß, obwohl ich sie tagelang auf der Heizung liegen ließ. Irgendwann fing sie an übel zu riechen, und als meine Mutter dieses kulinarischen Experiments gewahr wurde, war sie ziemlich sauer. Und dann war da noch die Sache mit dem vw Käfer der besten Freundin meiner Mutter. Dessen Heckscheibe gab, wie ich herausfand, eine ideale Rutschbahn ab, und ich lud alle meine Freunde in der Feldmannstraße ein, nach Herzenslust darauf herumzuschlittern. Angesichts dieser und vieler anderer Verbrechen war mir im Laufe meines noch sehr jungen Lebens bereits klargeworden, dass ich nicht etwa ein Geschenk, sondern die Todesstrafe verdient hatte. Folglich war die Gerechtigkeit des Weihnachtsmanns eine falsche. Es gab kein System, keine Regeln. Wir lebten in einer Welt, die allein vom Zufall bestimmt wurde. Als ich mir den Weihnachtsmann genau anschaute, fiel mir auf, dass er ein vertrautes Gesicht hatte. Es handelte sich nämlich um den Rabbi unserer Gemeinde, der sich mehr schlecht als recht verkleidet hatte. Alles Lug und Trug also. Meine Angst schwand dahin, aber meine Verunsicherung blieb: Wenn es keine höhere Gerechtigkeit gab – und keinen Weihnachtsmann –, was bedeutete das für die Welt? Wem oder was konnte man überhaupt noch vertrauen? Was war echt, und was war Lüge? Auf diese Fragen habe ich bis heute keine Antworten. Und bis heute wundere ich mich über diese Weihnachtsfeier in der Synagoge. Schließlich gibt es in unserem jüdischen Brauchtum ja Chanukka, was im Grunde nicht viel anders ist, nur dass es irgendwas mit Öl und Kerzen zu tun hat und endlose acht Tage dauert. Als mir ein paar Jahre später klarwurde, dass das Weihnachtsfest zu einer völlig fremden Tradition gehörte, dem Christentum, und somit ein Fest für Ungläubige war, entwickelte ich schon in sehr jungen Jahren einen Gegenreflex: Von nun an würde ich nie wieder dieses heidnische Weihnachten, sondern nur noch Chanukka feiern. Dummerweise war ich mit meinem Vorhaben allein. Mein Vater war kurz zuvor fremdgegangen (böser Junge!) und von meiner Mutter der Wohnung verwiesen worden, also lebten meine nichtjüdische Mutter und ich allein. Da meine Mutter an dem Abend nicht da war, musste ich bei meiner ersten Chanukka-Feier ziemlich improvisieren: Ich schmückte einen Stuhl mit einer Kette aus kleinen, bunten Lichtern – den Chanukka-Stuhl. Ich fragte mich, wo mein Vater jetzt wohl war und was er gerade tat. Meine Angst vor dem Weihnachtsmann war verflogen. Mein Glaube an ihn auch. Doch es gab nichts, was diesen Glauben ersetzen konnte. Ich schaltete das Deckenlicht ab und schaute trübsinnig zu meinem Chanukka-Stuhl, auf die bunten Lichter, die in der Dunkelheit sinnlos flimmerten. Aber vielleicht ist ja genau das der Sinn einer solchen Jahresendzeitfeier – wir sind umgeben von Finsternis, aber irgendwo glimmt ein kleines Lichtchen.

Frohes Fest!

DORIS DÖRRIE

Misakos Weihnachtsbaum

Ihr deutscher Geliebter sei sehr, sehr haarig gewesen, erzählt Misako. Als sie ihn das erste Mal nackt gesehen habe, konnte sie kaum glauben, dass man so viele Haare am Körper haben kann. Seine Brust sei wie ein schwarzer Mohairpullover gewesen, in den sie immer ihren Kopf gelegt habe, auf seinem Rücken sei ein dunkles Fell gewachsen, seine Arme und Beine seien jedoch eher stachlig gewesen, und dort habe es dann ja auch angefangen.

Was?, frage ich, was fing dort an?, aber Misakos Mund schließt sich zu einer geraden, sehr roten Linie. Sie schafft es, den ganzen Tag über ihren Lippenstift weder abzunagen noch zu verschmieren. Wie macht sie das bloß? Sie senkt den Blick in ihre Kaffeetasse und sagt kein Wort mehr.

Am 24. Dezember fuhr ich mit dem kleinen Zug hinaus aus Kyoto nach Kurama hoch oben auf dem Berg, zuerst durch die Vororte und dann durch die Wälder. Ich hielt meine Beine aneinandergepresst, die Handtasche auf den Knien, ganz so, wie es die Warnhinweise mir befahlen, um nicht unnötig viel Platz einzunehmen. Brav aß und trank und telefonierte ich auch nicht, aber kein Japaner setzte sich neben mich, weil ich groß und blond bin, eine *gaijin,* eine von draußen, die alles richtig machen wollte, um drinnen zu sein in diesem Japan. Mein Fahrrad hatte ich ordentlich im Fahrradparkhaus geparkt und den hinteren Reifen dieses Mal genau auf Linie gestellt, nachdem ein Parkwächter mich nicht etwa zurechtgewiesen, sondern vor meinen Augen mein Fahrrad millimetergenau geradegerückt hatte. Man duldete mich und war höflich zu mir, was sich manchmal wie Respekt und manchmal wie Abweisung anfühlte, und als das Jahr auf Weihnachten zusteuerte und es immer dunkler und kälter wurde, fühlte ich mich einsam.

Überall liefen Weihnachtsmänner herum, und auf den Toiletten von Restaurants und Warenhäusern konnte man *Jingle Bells* statt Wasserfall oder tropischem Regen auswählen, während man sich vollautomatisch das Hinterteil spülen ließ. Auf einer dieser gewärmten Klobrillen, die ich aus energiepolitischen Gründen natürlich ablehnte und gleichzeitig liebte, beschloss ich, Weihnachten in einem Kurbad zu verbringen, einem *onsen*.

Oben auf dem Berg gab es ein Bad unter Kiefern und immer noch bunten Herbstbäumen. Dort war es schön, allein zu sein, dort wollte ich im heißen Wasser sitzen und nichts vermissen, weder Weihnachtsbaum und Weihnachtsgans noch Familie.

Da die Weihnachtstage in Japan keine Feiertage sind, war tatsächlich niemand außer mir im Bad. Das Außenbecken gluckste heiter vor sich hin, absichtlich beging ich allerlei Badesünden, die im *onsen* untersagt sind: Ich wusch mir mit dem winzigen weißen Handtuch, das ich am Eingang für ein paar Yen gekauft hatte, mehrmals das Gesicht, tauchte ganz unter Wasser und ließ mich schließlich auf dem Rücken treiben. Zufrieden schaute ich in den weißen Dampf, der in die Gipfel der schwarzen Kiefern zog, als eine Frauenstimme hinter mir auf Deutsch sagte: Entschuldigen Sie, aber darf ich Ihnen bitte zeigen, wie man hier badet?

Hinter mir stand eine Japanerin und zeigte mir ihr altersloses Alabasterkörperchen, dem Cellulitis völlig fremd war. Ich versuchte, es nicht persönlich zu nehmen, aber der Unterschied zu einer normalen westlichen Figur und Haut war offensichtlich.

Gomennasai, Entschuldigung, murmelte ich, ich weiß, wie es geht, aber das ließ sie nicht gelten. Sie verbeugte sich knapp, faltete ihr Handtuch zweimal, legte es sich auf den Kopf, und ich machte es ihr nach. Haben Sie denn vorher geduscht?, fragte sie streng. Ich kannte ihre Angst, dass *gaijin* das Wasserbecken für eine große Badewanne halten. Oh, natürlich!, rief ich. Ich schwöre! Ich habe alles richtig gemacht.

Sie nickte. Ich bin eine von den Juten, sagte sie. Das stand auf meinem deutschen Tragebeutel in der Umkleidekabine. Sie kicherte, und ich kicherte ein bisschen mit, weil mir sonst nichts einfiel. Wir verstummten und lauschten dem Wind in den Bäumen und den Krähenrufen, die so klangen wie deutsche Krähen rückwärts. Der berühmte Mönch und Dichter Ikkyu wurde von einem Krähenschrei erleuchtet, und manchmal rief ich japanischen Krähen entgegen: Jetzt erleuchtet mich, verdammt noch mal!, aber sie lachten immer nur: kwakkwakkwak.

Die nackte Frau neben mir wollte sich ausschütten vor Lachen. Deutsche Frauen in Japan, prustete sie, immer auf der Suche nach *satori*, nach Erleuchtung. So komisch.

Ein wenig beleidigt plätscherte ich mit der Hand im Wasser umher, da bot sie mir ihren Namen an: Misako. Sie streckte einen makellosen weißen Arm über das Wasser hinweg und ergriff erstaunlich fest meine Hand.

Und Japanerinnen, was suchen die in Deutschland?, fragte ich.

Oh, sagte sie lässig, wilden Sex und Klaviermusik. Ohne sich noch einmal nach mir umzudrehen oder sich zu verabschieden, stieg sie aus dem Becken. Wenigstens eine kleine Stelle welken Fleischs versuchte ich an ihren Oberschenkeln zu entdecken, aber Fehlanzeige. Ihretwegen war ich zu lange im Wasser geblieben und wankte nun aufgequollen und hummerrot hinter ihr her. Ich glühte wie ein Scheiterhaufen.

Wir trockneten uns mit waschlappengroßen Handtüchern ab, sie trat auf eine Waage, die im Vorraum stand. Das Ergebnis wollte ich gar nicht sehen, es hätte mich nur deprimiert.

Als wir uns angezogen wieder gegenübertraten, hatte sie sich in eine kleine Oma verwandelt. Sie trug jetzt eine Brille und hässliche graue Hosen, eine dunkelgrüne Strickjacke und einen lila Mantel und wirkte zwanzig Jahre älter als nackt. Ich hoffte, dass es bei mir genau andersherum war. Von oben blickte ich auf ihr tintenschwarzes Haar, das nur noch ältere Frauen hatten, die jüngeren färbten sich alle die Haare rotbraun. Misako hob den Kopf und sah mich an. Ich habe einen deutschen Mann geliebt, sagte sie und seufzte klaftertief. Ich habe ihn über alles geliebt – bis er sich in einen Baum verwandelte.

Wir fahren mit dem Zug zurück, und ich weiß, jetzt kommt gleich das Schönste. Die Sitze lassen sich zum Fenster drehen, wir sitzen vor den Scheiben wie im Kino, der Zugführer macht das Licht im Zug aus, und draußen flammt der bunte Wald auf, wir gleiten durch eine illuminierte Landschaft wie durch einen Traum. Alle, wirklich alle im Zug schnappen verzückt nach Luft, und dann ist es auch schon wieder vorbei, das Licht im Zug geht wieder an, wir drehen die Sitze zurück in unseren Alltag und atmen leise aus.

Er war mein Klavierprofessor in Köln, sagt sie und nippt an einem winzigen Kaffee für sieben Euro. Wir sitzen in einem uralten muffigen Kaffeehaus, das von einer tief gebeugten Greisin geführt wird. In großen Glaskolben braut sie den Kaffee wie in einem Labor. Es dauert ewig. Die meisten Kunden sind ebenfalls hochbetagt und schlürfen ihren Kaffee in religiöser Andacht, während sie vor sich hin rauchen, was nur noch hier erlaubt zu sein scheint. Auf einem Fernseher hoch oben in einer verstaubten Ecke klappt Trump stumm seine Schnute auf und zu wie ein Karpfen.

Ich habe ihn immer nur Herr Baumgart genannt, sagt Misako, in seinem Namen kam schon der Baum vor, aber das habe ich lange nicht bemerkt. Ich habe es geliebt, ihm die schwarze, haarige Brust zu schlecken, ich habe mich dabei gefühlt wie eine Katze. Ihre Brillengläser beschlagen. Weint sie?

Und Herr Baumgart hat es auch gemocht, o ja, fügt sie hinzu, er hat es sehr gemocht. Sie blickt auf, sieht verloren im Raum umher. Die alte Besitzerin kommt angeschlurft mit einem runden schneeweißen Sahnekuchen, verziert mit Erdbeeren.

Weißt du, wie diese Kuchen heißen?, fragt mich Misako. *Christmas keku,* von *Christmas cake*. Und weißt du, was es bedeutet, wenn man eine Frau als Christmas keku bezeichnet? Nach dem 25. Dezember sind die Kuchen nicht mehr frisch. So wie eine Frau, wenn sie älter ist als 25 und nicht verheiratet.

Aua, sage ich und lache. Misako lacht nicht. Vier lange Jahre habe ich Herrn Baumgarts Fell geschleckt. Und andere Dinge, sagt sie verträumt, während die alte Dame uns immer noch den Kuchen unter die Nase hält, bis Misako wortreich auf Japanisch ablehnt.

Herr Baumgart war strenger mit mir als mit den anderen Schülern, und nie, nie, nie bekam ich gute Noten. Sie lächelt. Hat mir nichts ausgemacht. Ich wusste, er tat das nur, um uns beide nicht zu verraten. Es war völlig klar, wenn ich fertig studiert habe, werden wir heiraten. Völlig klar. Ich hatte das meinen Eltern auch bereits mitgeteilt. Sie waren sehr froh, denn ich war ja schon über mein Verfallsdatum hinaus.

Sie trinkt den letzten Schluck und schaut tief in ihre leere Tasse.

Und?, frage ich. Und? Wie ist Herr Baumgart zum Baum geworden? Misako sieht mich nachdenklich an und steht auf. Zieht sich ihren hässlichen lila Mantel an. Vielleicht erzähle ich es dir, sagt sie. Vielleicht morgen.

Morgen?

Ja, sagt sie, ich muss in der passenden Stimmung sein. Hast du Wanderschuhe?

Nein, richtige Wanderschuhe habe ich nicht. Aber Turnschuhe.

Sie nickt. Das geht auch.

Wieder fahren wir hinauf nach Kurama. Misako spricht kaum. An ihren Füßen hängen klobige Wanderstiefel. Schnell und behende steigt sie den Berg hinauf, ich keuche hinter ihr her und verfluche sie bereits. Wir gehen unter leuchtend roten Shinto-Toren hindurch, an riesigen Zedern vorbei, um die in Augenhöhe ein Seil geschlungen ist, das die göttliche Welt von der profanen trennt. Ich bleibe stehen, mein Atem segelt wie ein Wattebäuschchen vor meinem Mund. Heute ist der 25. Dezember. Am 25. legte meine Mutter noch im Nachthemd um sechs Uhr früh die Weihnachtsgans ins Rohr, und wenn ich dann um neun oder zehn Uhr aus dem Bett kroch, roch es bereits nach Bratenfett und Füllsel. Es gab am 25. kein Frühstück, nur Kaffee, und wenn ich nichts von der Gans aß, weil ich auf Diät oder zur Vegetarierin geworden war, zog ich mir für ein ganzes Jahr den heiligen Zorn meiner Mutter zu. All das gibt es nicht mehr, weder die Weihnachtsgans noch meine Mutter noch ihren Zorn, und dort oben auf einem Berg mitten in Japan fange ich an zu heulen, zu schluchzen, bis sich Misako umdreht und ruft: Ist was? Nein, rufe ich zurück, nein, nur mein Knie. Sie bleibt stehen, bis ich sie endlich eingeholt habe, und obwohl ich mir die Tränen abgewischt habe, sagt sie nüchtern: Du hast geweint. Ich weine auch immer an Weihnachten, aber jetzt noch nicht.

Resolut nimmt sie mich an der Hand wie ein Kind, und wir wandern weiter. Ich stolpere über dicke Baumwurzeln, die sich wie Adern über den Erdboden ziehen, immer weiter und weiter, Misako kümmert sich nicht um mein Keuchen, sie spricht sogar, während wir weiter aufsteigen: Nach meiner Abschlussprüfung, nichts. Kein Wort von Heirat. Ich fand das nicht so schlimm, aber meine Eltern schrieben Herrn Baumgart empörte Briefe, er mache mich zu einem *christmas keku*, da war ich längst 26, und dann 27, immer noch wühlte ich mein Gesicht in sein Brustfell, aber wir zogen nicht zusammen, das wollte er nicht. Ich wurde keine Pianistin, ich gab Kölner Kindern Klavierunterricht. Jede Weihnachten fuhr er heim zu seinen alten Eltern und nahm mich nicht mit, und jedes Mal brachte er eine Schachtel Vanillekipferl von seiner Mutter mit, die er nicht mochte, aber ich. Manchmal stritt ich mit ihm und schrie ihn an, dass ich so nicht weiterleben könne, aber er konnte ohne Versöhnung nicht Klavier spielen, also versöhnte ich mich mit ihm. Als ich 30 wurde, wurde ich langsam wütend, als ich 33 wurde, packte mich der Zorn.

Sie bleibt stehen. So, sagt sie befriedigt, hier sind wir. Wir stehen unter Kiefern, die sich tief vor dem Wind beugen und mit ihren langen schwarzen Nadeln im Gegenlicht aussehen wie eine Tuschezeichnung. So, genau so sahen die Haare an seinen Beinen aus, sagt Misako. Und eines Tages wurden sie hart, ganz unangenehm hart. Er beschwerte sich und fing an, sich zu kratzen, aber das half nicht. Sie stachen durch seine Hosenbeine und Ärmel, auch auf seinem Rücken wurden sie störrisch und richteten sich auf wie die Stacheln eines Igels. Und als dann auch sein Brustfell immer stacheliger wurde, ging er zum Arzt, der keinen Rat wusste. Sein Bart war nicht mehr zu bändigen und wucherte wild über sein Gesicht, ebenso seine Haare. Er versuchte, sich zu rasieren, und ich half ihm dabei, aber die Haare waren viel zu dick, und jeder Rasierapparat versagte. Irgendwann fiel es ihm schwer zu sprechen, er verstummte. Ich sah ihm ruhig dabei zu, wie er sich immer mehr in einen Baum verwandelte, einen Nadelbaum. Keine japanische Kiefer, dazu stand er viel zu gerade, eher in eine Tanne.

Eine Weihnachtstanne, sage ich.

Misako nickt. Herr Baumgart verwandelte sich in einen Weihnachtsbaum. Einen sehr schönen, hohen, geraden Weihnachtsbaum. Und als es dann wieder Weihnachten wurde, rief ich seine Eltern an, die noch nie von mir gehört hatten, und sagte ihnen, dass sie dieses Mal zu ihrem Sohn fahren müssten und nicht andersherum. Und dann schmückte ich ihn mit Glaskugeln und bunten Kugeln und Strohsternen und roten Kerzen. Er sah mich durch das Nadelgestrüpp dabei an, und ich hatte den Eindruck, dass er es mir gar nicht so übelnahm. Ganz oben an seinen Scheitel hängte ich einen kleinen Origamikranich als Abschiedsgruß. Und dann ging ich.

Misako atmet tief durch. Eigentlich weine ich an dieser Stelle immer ein bisschen, aber heute ist mir gar nicht danach.

Schneeflocken beginnen auf uns niederzuschweben. Wir heben ihnen unsere Gesichter entgegen und schließen die Augen.

Wir steigen den Berg hinab, fahren zurück in die Stadt, heute sind wir ganz allein im Abteil, aber wieder macht der Zugführer das Licht im Waggon aus und illuminiert nur für uns den Wald. Und wieder gehen wir in das alte, muffige Kaffeehaus, bestellen Kaffee und einen Weihnachtskuchen, weiß mit Erdbeeren, ganz für uns allein.

PETER STAMM

In den Außenbezirken

Heiligabend hatte ich bei Freunden verbracht. Schon am Nachmittag hatten sie eine Flasche Champagner geöffnet, und ich war früh nach Hause gegangen, weil ich betrunken war und mein Kopf schmerzte. Ich wohnte in einem kleinen Studio im Westen von Queens. Am Morgen weckte mich das Klingeln des Telefons. Meine Eltern riefen aus der Schweiz an, wünschten mir frohe Weihnachten. Das Gespräch dauerte nicht lange, wir wussten nicht, was wir noch sagen sollten. Draußen regnete es. Ich machte mir Kaffee und las.

Am Nachmittag ging ich spazieren. Zum ersten Mal seitdem ich hier wohnte, ging ich stadtauswärts, in die Außenbezirke. Ich kam auf den Queens Boulevard und folgte ihm in Richtung Osten. Die Straße zog sich breit und gerade durch immer gleiche Viertel. Manchmal folgte Geschäft auf Geschäft, und ich hatte den Eindruck, in einer

Art Zentrum zu sein, dann kam ich in Wohngegenden mit Mietshäusern oder kleinen, schäbigen Reihenhäusern. Ich ging über eine Brücke, unter der ein altes, überwuchertes Gleis lag. Ein umzäuntes Grundstück voller Schutt und Abfälle folgte, eine riesige Kreuzung ohne Ampeln und ohne Verkehr. Dann kam ich wieder zu einigen Geschäften und einer Querstraße, über die, wie ein Dach, eine Subway Linie gebaut war. Die Weihnachtsdekorationen in den Schaufenstern und das von Wind und Regen zerzauste Lametta, das in den Straßen hing, wirkten schon jetzt wie Überbleibsel aus einer längst vergangenen Zeit.

Der Regen hatte nachgelassen, und ich blieb an der Straßenecke stehen, um mir eine Zigarette anzuzünden. Ich wusste nicht, ob ich weitergehen sollte. Da sprach mich eine junge Frau an und bat mich um Feuer. Sie sagte, es sei ihr Geburtstag. Wenn ich zwanzig Dollar hätte, könnten wir ein paar Sachen kaufen und ein kleines Fest machen.

»Es tut mir leid«, sagte ich. »Ich habe nicht so viel bei mir.«

Sie sagte, das sei egal, ich solle hier auf sie warten. Sie gehe einkaufen und komme dann zurück.

»Seltsam, dass du Weihnachten Geburtstag hast.«

»Ja«, sagte sie, als habe sie daran nicht gedacht, »das ist wahr.«

Sie ging die Straße hinunter, und ich wusste, dass sie nicht zurückkommen würde. Ich wusste, dass heute nicht ihr Geburtstag war, aber ich wäre trotzdem mit ihr gegangen, wenn ich genug Geld dabeigehabt hätte. Ich rauchte die Zigarette zu Ende und zündete mir eine zweite an. Dann machte ich mich auf den Weg zurück.

Auf der gegenüberliegenden Seite der Straße sah ich ein Pub. Ich ging hinein und bestellte ein Bier.

»Bist du Franzose?«, fragte der Mann neben mir. »Ich heiße Dylan.« Wie der große Dylan Thomas, sagte er, *light breaks where no sun shines …*

»Hast du«, fragte Dylan, »in deinem ganzen Leben jemals ein Liebesgedicht von einer Frau an einen Mann gelesen?«

»Nein«, sagte ich. »Ich lese keine Gedichte.«

»Ich sage dir, das ist ein Fehler. Da findest du alles, in den Gedichten. Da steht alles drin.«

Er stand auf und stieg die kleine Treppe hinunter zur Toilette. Als er zurückkam, stellte er sich neben mich, legte einen Arm um meine Schultern und sagte: »Kein Einziges! Die Frauen lieben die Männer nicht, glaub mir.«

Der Barmann machte mir ein Zeichen, das ich nicht verstand. Dylan zog ein abgegriffenes Buch aus der Tasche und hob es über unsere Köpfe.

»*Immortal Poems of the English Language*«, sagte er. »Das ist meine Bibel.«

Überall im Buch steckten kleine, schmutzige Zettel. Dylan schlug eine der Stellen auf.

»Hör, wie die Frauen die Männer lieben«, sagte er und las: »Mrs. Elizabeth Barrett Browning: *How do I love thee? Let me count the ways* … Kein einziges Wort über ihn. Mrs. Browning erzählt nur, wie sehr sie ihn liebt, wie grandios ihre Liebe ist. Ein anderes …«

Ein alter Mann neben mir flüsterte: »Das tut er dauernd.« Dann machte er dasselbe Zeichen wie vorher der Wirt. Ich begann zu verstehen, aber ich war schon etwas betrunken und wollte noch nicht gehen. Ich lächelte nur und wandte mich wieder Dylan zu, der eine andere Stelle aufgeschlagen hatte.

»Miss Brontë«, sagte er, »auch sie! *Cold in the earth, and the deep snow piled above thee! Far, far removed* … So fängt es an, und dann beschreibt sie ihren Schmerz. Der Mann spielt überhaupt keine Rolle. Oder hier … Mrs. Rossetti: *My heart is like a singing bird … My heart is like an apple-tree* … Das geht so weiter bis zur letzten Zeile, wo es heißt: *Because my love is come to me.* Nennst du das Liebe? Schreibt so ein Mensch, der verliebt ist? Ja, einer, der in sich selbst verliebt ist.«

Er steckte das Buch weg und legte mir wieder seinen kurzen Arm um die Schultern.

»Die Liebe der Frauen, mein Freund … es gibt sie nicht. Sie lieben uns wie Kinder, wie ein Schöpfer seine Schöpfung liebt. Aber so wenig wie wir den Frieden mit Gott finden, finden wir den Frieden mit den Frauen.«

»Dann ist Gott eine Frau?«, fragte ich.

»Natürlich«, sagte Dylan, »und Jesus ist ihre Tochter.«

»Und du bist seine Schwester«, sagte der Barmann.

»Ich mag keine Frauen mit Bart«, murmelte der alte Mann neben mir.

Wir schwiegen.

»Die Schwulen gehen alle in die Hölle«, sagte der Alte.

»Auf diesem Niveau diskutiere ich nicht«,

sagte Dylan böse und rückte näher zu mir, als suche er Schutz. »Wir zwei, wir sprechen von Poesie. Dieser junge Mann hat nicht solche Vorurteile wie ihr Schwachköpfe.«

»Die nächste Runde geht aufs Haus«, sagte der Barmann und schob eine Kassette mit Weihnachtsmusik in die Stereoanlage hinter sich.

»God rest ye merry, gentlemen«, sang Harry Belafonte.

»Eoh«, grölte ein junger Mann von einem der Tische, *»he misadeh misadeeeho …«*

Der Barmann stellte das Bier vor uns auf die Theke. Ich war inzwischen ziemlich betrunken. Ich hob mein Glas: »Es lebe die Poesie!«

»Na, sag nachher nicht, ich hätte dich nicht gewarnt«, sagte der Alte.

»Lies die Gedichte, die Männer für Frauen geschrieben haben«, sagte Dylan und zitierte auswendig. *»She is as in field a silken tent, at midday when a sunny summer breeze has dried the dew …«*

Bewegt schwieg er, blickte auf den schmutzigen Boden und schüttelte nachdenklich den Kopf.

»Frauen sagen, ich bin romantisch, wie wenn sie sagen würden, ich bin Amerikanerin«, fuhr er fort. »Sie lieben es, wenn du sagst, du bist so schön, deine Augen leuchten wie die Sonne, deine Lippen sind rot wie Korallen, deine Brüste weiß wie Schnee. Sie glauben, sie sind romantisch, weil sie es lieben, wenn die Männer sie anbeten.«

Ich wollte widersprechen, aber er sagte: »Ich möchte dir nur die Augen öffnen. Lass dich nicht von den Frauen reinlegen. Sie ködern dich mit all ihrem überflüssigen Fleisch. Und wenn du angebissen hast, schlagen sie dir den Schädel ein und fressen dich auf.«

Ich lachte.

»Du erinnerst mich an jemanden«, sagte Dylan.

»Einen Freund?«, fragte ich.

»Einen sehr guten Freund. Er ist gestorben.«

Ich ging zur Toilette.

»Ich habe kein Geld mehr für den Bus«, sagte ich.

»Ich bringe dich nach Hause«, sagte Dylan.

Ich hatte gedacht, es müsse schon dunkel sein, aber als wir aus der Bar traten, war es heller Nachmittag. Es hatte aufgehört zu regnen. Der Himmel war noch immer bewölkt. Aber die niedrigstehende Sonne schien unter den Wolken hindurch. Die Häuser, die Bäume und die Autos glänzten vor Nässe und warfen lange, dunkle

Schatten. Dylan hatte seinen Wagen auf dem Queens Boulevard geparkt. Er bog in eine Seitenstraße ein.

»Ich muss nicht da runter«, sagte ich. »Das ist der falsche Weg.«

Dylan lachte. »Hast du Angst vor mir?«, fragte er.

Ich schwieg.

»Ich wende nur den Wagen«, sagte er. »Hast du vor den Frauen auch solche Angst?«

»Ich weiß nicht … Ich denke nicht.«

Schweigend fuhren wir in Richtung Manhattan. Ich war viel weniger weit gegangen, als ich geglaubt hatte. »Hier«, sagte ich. »Ich gehe das letzte Stück zu Fuß.«

Ich stieg aus und ging um das Auto herum. Dylan hatte die Scheibe heruntergekurbelt und reichte mir die Hand.

»Danke, dass Sie mich nach Hause gebracht haben«, sagte ich, »und danke für das Bier.«

Dylan ließ meine Hand nicht los, bis ich ihm in die Augen blickte. Dann sagte er: »Danke für einen schönen Nachmittag.«

Als ich über die Straße ging, rief er mir nach: »Frohe Weihnachten.«

JAN BÖTTCHER

Die Jahreshauptversammlung

Ob Schnee auf den Feldern liegt, ob der Himmel blau oder grau oder bereits so dunkel ist, dass die Lichter aus den Tannenbäumen strahlen – immer wenn ich am 24. Dezember mit dem Zug durchs weihnachtliche Gelände gleite, nehme ich irgendwann meinen Lodenhut von der Ablage, den ich sonst nicht trage. Oder ich befummele den Saum meines teuren Mantels und starre dabei schweigend hinaus ins Winterwunderland. Je schlechter das Jahr, desto größer die Nervosität.

Mein Zug hält in der Kleinstadt. Es dämmert bereits, ein eiskalter Wind weht um den Bahnhof, und da ich keinen Bediensteten erspähe, nehme ich ein Taxi ins Ländliche. Das weiße Gehörn des Waldes wippt über der Straße. Nie würde Vater vergessen, die Einladung fristgerecht zu schicken. Ich trage sie ausgedruckt in der Tasche, so tun es auch die Brüder, und ebenso die Schwester, die ohne ihre Kinder anreist. Enkel sind nicht zugelassen. Das Taxi hält am Tor unter der großen Eiche. Alle Jahre wieder dieser gewundene Schotterweg, die Gaslaternen kommen mir mit jedem Besuch unglaubwürdiger vor.

Wie am Bahnhof: keinerlei Empfang. Ich trage meinen vergilbten Stolz auf dieses Anwesen die knarrende Treppe hinauf. Auf dem Gästezimmerbett liegen zwei weiße Hemden, gebügelt. Daneben eine Klemmmappe mit weißem Papier und die Tagesordnung, deren Blätter zusammengetackert sind. Draußen beginnt es zu schneien, und meine Wut ist auch wieder da. Die Glocke geht um 19:55 Uhr, wie früher, als wir Kinder waren. Matthias, mein älterer Bruder, trägt einen englischen Tweed, Gerd seinen Smoking, Clarissa ist in roten Samt gehüllt, meine Mutter in Rüschen. Punkt 20 Uhr öffnet sich der Saal. Es läuft die CD mit den Weihnachtsliedern, die ich vor Jahren einmal eingespielt habe. Ich nasche nervös von den Heidehonigplätzchen, sehe die gekreuzten Degen an der Wand und schaue hinauf in den uns alle überragenden Tannenbaum.

»Firma Rodenkamp, die Versammlung ist eröffnet.« Vom Ende der Tafel gewährt uns Vaters monotone Stimme, Platz zu nehmen. »Protokollant: Jan-Heino Rodenkamp. Als Versammlungsleiter stelle ich die Beschlussfähigkeit der Hauptversammlung fest. Mitgliederschaft: sechs, vollzählig erschienen. Zum Wohl.« Jan-Heino, das bin ich, der jetzt sein Rotweinglas hebt. Jedes vierte Jahr ist die Reihe an mir, das »jahreszeitliche Grußwort« meines Vaters zu erfassen. Es beginnt mit »Das Weihnachtsfest liegt wieder einmal günstig am Ende des Jahres« und endet mit »Lasst uns die Zahlen betrachten, bevor sie im Eise erstarren wie die Fliege im Bernstein«. Wir lächeln dann, aber es ist die gute Miene zu einem bösen Spiel. Dies ist mitnichten der erste Akt einer herrschaftlichen Bescherung. Dies ist unsere Jahreshauptversammlung.

Meinem Vater klebt, wo immer er geht, ein Chefsessel im Kreuz. Abgesehen von dieser leicht gebeugten Haltung verrät nichts an ihm die Krankheit. Er spielt Golf und Black Jack, fährt im Herbst auf sein Weingut, sitzt noch immer im Aufsichtsrat des großen Automobilkonzerns und regelmäßig neben dem BDI-Vizepräsidenten in der Sauna. Er hält sich leider auch für einen Pietisten, am Ende des Gartens steht als größte Rodenkampsche Lüge eine kleine Kapelle.

Und Mutter? Sie ist die Kassenprüferin der Familie – und beginnt ihren entwürdigenden Bericht jetzt mit Matthias, der als Zahnarzt sechsstellig verdient. Vater gibt Steuertipps, die eigentlich Tricks sind. Mein jüngerer Bruder Gerd hat in diesem Jahr sein zweites Juraexamen absolviert, zudem arbeitet er in einer Kanzlei. Das wird alles ausführlich gewürdigt. Die Schwester, das kluge Wesen, lebt als Journalistin. Sie hat noch vor der Wirtschaftskrise ein Interview mit meinem Vater zu einem Buch gemacht. Es heißt *Mit Zylinder und Zündkerze*, das Cover zeigt ihn im Frack vor einer Edelkarosse, locker liegt eine Hand auf der Motorhaube. Das Buch läuft noch immer gut, auch in diesem Jahr erhält Clarissa von Mutter ein Sonderlob für ihre »außerordentlich hohen Verlagstantiemen«.

Dann bin ich an der Reihe. Nur bei mir legt die Kassenprüferin alle Rechnungen in Kopie vor sich aus, inklusive Gema-Papieren. Denn ich bin Musiker, 37 Jahre alt, gebe Klavierunterricht, toure mit einer divenhaften Studentin (Hollaender-Programm) und begleite Morgenstern-Abende mit elektronischer Musik. Ich spiele in einer Samba-Combo und in zwei Jazztrios. Mutter zählt das alles nur auf, um den Kopf zu schütteln. Sie verstehe meine Einkünfte nicht. Vater würde niemals nicken, als wisse er Bescheid. Ich sage nur: »Beethoven konnte auch erst von der Musik leben, als er 25 wurde.« Vater lacht kurz auf, fragt monoton: »Was gedenkst du zu tun?« »Mehr arbeiten.« Er weiß, dass auch das ein Scherz ist. Ich könnte Filmmusik schreiben, aber das sage ich nicht, wohlwissend, dass jede neue Geschäftsidee bei Vater als spontane Ausflucht gilt, so sie nicht vier Wochen zuvor schriftlich eingereicht wird.

»Wie viel Verlust machst du?«

»Ich komm gerade so durch.«

»Wofür habe ich diese Firma gegründet, Jan-Heino?«

»Damit sie Gewinne abwirft, Vater.«

»Gut zu wissen. Kommen wir zur Suppe. Danach Entlastung des Vorstands.« Vater hebt ein Glöckchen, die Türen öffnen sich für die Terrinen.

Ich weiß, es ist das Fest der Liebe. Ich will auch nicht klagen, sondern lediglich darauf hinweisen, dass die Rollen in diesem Familienunternehmen klar verteilt sind. Vater sackt je zehn Prozent unserer Einkünfte ein, und wer hier höhere Einlagen tätigen kann, hat zum Jahresende auch höhere Ausschüttungen zu erwarten. Oder anders: Der Scheck, den mir Mutter (immerhin in einem

Briefumschlag) über den Tisch reicht, beläuft sich auf 56 Euro und 40 Cent.

Nach der Vorspeise muss bei uns der Vorstand (Vater, Matthias) einstimmig per Handzeichen bestätigt werden, wobei ich mir nicht verkneifen kann, zu denken, dass ein wenig frischer Wind … da aber ist Vater bereits aufgestanden, und er überrascht uns, die Belegschaft, an diesem Abend aufs Undenkbarste. »Nach nunmehr siebzehn Jahren muss ich den Vorstandsvorsitz abgeben, da ich meine Memoiren zu schreiben gedenke. Ich bin krank. Ich stehe nicht mehr zur Wahl.«

Mutters Hände zittern, als sie ihren Suppenteller hebt. Meine Brüder sehen einander an, werfen die Servietten und ziehen sich von der Tafel zurück. Clarissa legt die Hände an die Schläfen, dann weint sie, zetert: »Wir sind doch ein Team, Vater! Wir wollten doch deine Erinnerungen zusammen aufschreiben!« Ich protokolliere, wie alles aus dem Lot gerät. Auch wie Vater vor dem Jagdschrank auf und ab geht, als würde er seine Entscheidung überdenken, aber das kann nicht sein, er kann ja gar nicht schwanken.

Die Zeit muss reif sein für seine Memoiren, denn Fehler im Timing sind bei Vater ausgeschlossen. Der Landsitz seiner Eltern, der Weg an die Spitze des Konzerns, die Innovationen, das Weingut, und nun rückt sogar die deutsche Mittelklasse dorthin, wo er schon immer stand. Vater ist kein Fan der EU, und er hat mit seiner Arbeit noch nie jemanden durchzufüttern gedacht. Ich sehe ihn an. Krank, das wussten wir von Mutter. Jetzt wo er es selbst in dieser Runde sagt, kann er nur todkrank meinen.

»Ich muss verzeichnen, dass ihr den Raum verlassen habt«, sage ich. Erst jetzt zum Hauptgang kehren die Brüder, die nebenan ihre gemeinsame Kandidatur festgezurrt haben, an die Tafel zurück. »Und ich muss verzeichnen, dass du bald dein Klavier verkaufen wirst«, sagt Gerd, der Jüngere. Mir kommt die Galle hoch, und Vater haut derartig auf den Tisch, dass hinter ihm eine Kerze vom Tannenbaum fällt. Das ist so seine Art, uns zu führen. Und damit soll es nun vorbei sein? »Überleg es dir noch mal, Hans-Heinrich«, fleht auch Mutter, während das kleine Feuer gelöscht wird. Natürlich hat der Egomane auch sie in seinen Plan nicht eingeweiht. Ich aber wittere plötzlich die Chance, jene Schlinge abzustreifen, die mich im Stammbaum hängen lässt wie eine silberne Kugel im Christbaum.

Es ist ja so, dass der Vorstand dieses Unternehmens Geld kassiert für seine Tätigkeit, und gar nicht einmal wenig. Fast meine gesamte Monatsmiete könnte ich damit bestreiten. Ich schlage an mein Weinglas, noch als die Teller (Hirschragout) hinausgetragen werden, und schwinge mich zu einer folgenschweren Rede auf:

»Vater, eine neue Zeit bricht an und mir wird klar, dass ich mich nicht länger zurücknehmen darf hinter die Geschicke des Geschlechts. Ich stelle mich der Verantwortung, stelle mich zur Wahl, gemeinsam mit der äußerst erfolgreichen Journalistin, Eurer Tochter. Wir werden ein hartes Regime führen, die Satzung überarbeiten, die Beiträge prüfen, in allem treu und pflichtbewusst, *ora et labora,* wie es den Rodenkamps gebührt.«

Dass die Rede ihre Wirkung nicht verfehlt, ist dem schweren Roten zuzuschreiben, den ich seit einer Stunde kontinuierlich nachfüllen lasse. Wirkung meint: Nachdem Clarissa sich mit mir zur Wahl gestellt hat, stimmt Mutter (aus Mitleid?) für uns. Vater gewinne ich nicht. Seine Stimme fällt auf meine Brüder, wodurch es pari steht. Bis 1999, erinnere ich mich, schlug die Satzung in solchen Fällen ein Malefizspiel zur Entscheidung vor. Doch Vater hat den Paragraphen mehrfach ersetzt, aus einem Kleinkaliberschießen auf Blechdosen (bis 2005) ist nun ein Duell mit jenen Degen der preußischen Garde geworden, die sich über uns an der Saalwand kreuzen.

Die Älteren haben zu fechten, Matthias und ich. »Nicht auf Leben und Tod«, sagt Vater, »nur bis zur ersten Wunde.« »Die natürlich tödlich sein kann«, sagt Matthias. »Da machen wir uns nichts vor«, lalle ich. Wir steigen in Stiefel und Mäntel, die Bediensteten entzünden Fackeln. Dicht liegen die Schneekristalle im Garten. Meine Schwester küsst mich auf die Wange, und ich höre plötzlich, wie die mir zugeneigte Küche Beethoven aufgelegt hat, die Appassionata schallt aus dem Haus durch ein offenes Fenster, der schwere Degen wird auf einmal leicht, es ist meine Soloaufnahme, meine Glanzzeit (unveröffentlicht).

Der Zahnarzt und der Musiker, im Leben angewiesen auf jeden ihrer zwanzig Finger, umtänzeln und verfolgen einander, wagen Sprünge, Finten, Vorstöße. Die Engel der Heiligen Nacht umschwärmen mein Haupt, Frost lähmt den Suff. Dreitausend Quadratmeter Garten werden ausgefochten. Ich sehe Mutter frieren, Vater lächeln, den kleinen Bruder abseits auf der Schaukel, ungerührt. Aber meine Schwester sehe ich hüpfen wie über ein Springseil. Ich stelle Matthias vor der beleuchteten Kapelle, wo er pariert, dann aus rutscht und fällt, ich setze nach, die Degenspitze steht auf seiner Brust. Und Wut, vom Herzen fließt sie abwärts in die heiße Hand und tropft aus meinen Kuppen in den Schnee. Mein Degen fällt. Ich habe ihn verschont.

Und ehrlich gesagt, ich lief zu meiner Schwester, rutschte auf die Knie, als gelte es, ein Traumtor zu bejubeln. Ja, war es das nicht auch, das Tor zum Glück? Ich hatte mich zum Vorstandsvorsitzenden gekürt, die vatertreue Linie gedemütigt, und überhaupt kniete ich jetzt (besoffen, aber exakt) auf der Verbindungslinie zwischen dem chaotischen Schlusspresto der Großen Sonate und dem Deichselstern des Großen Wagen.

Mehr Plot gibt es nicht zu berichten von jenem Heiligen Abend 2009. Heute, ein Jahr später, sitze ich wieder im Zug nach Hause. Die öffentliche Kassenprüfung in der Jahreshauptversammlung habe ich abgeschafft. Doch das ist nur der erste Schritt, alle weiteren Änderungen in der Satzung stehen am Abend zur Debatte. Ich bin gelöster, voller Hoffnung auch, dass aus dem Unternehmen endlich eine Familie wird. Sind wir das je gewesen? Ich will nicht zu moralisch klingen, und vorsichtig bleibe ich auch. Solange Vater lebt, lebt seine Macht. Es ist gesichert, dass er das Urteil über meine Amtszeit sprechen wird, bevor sie noch richtig begonnen hat. Seine Memoiren erscheinen im Frühjahr.

HUGH WALPOLE

Der Zauberkünstler

Niemand kann wohl an seine Kindheit zurückdenken, ohne dass ihm die merkwürdige Vermischung von Erlebtem und Märchenhaftem auffallen muss, die diese frühen Erinnerungen wachrufen. Hier die Einzelheit, so scharf und klar, dass sich an ihrer Echtheit nicht zweifeln lässt – die Wand mit den Bildern aus den Weihnachtsheften; die grüne Untertasse aus Porzellan, in der man Kresse und Senf säte; die Eiche, die den Rasen beschützte, mit glitzernden Schneegirlanden behangen; das Gurren der Tauben über der rosafarbenen Gartenmauer – und daneben die seltsamsten Gestalten – Feen, Kobolde, Hexenmeister – und Einbildungen, wie der Kuckuck, der aus der Uhr flog, der chinesische Mandarin vom Kaminsims im Salon, der seinen langen Schnurrbart mit einem batistenen Tuch wischte, und das gefleckte Schaukelpferd ohne Schwanz, das vom Schulzimmer bis zur Eingangstür alle

Treppen hinunterpolterte. Was ist Wirklichkeit? Wo fängt das Träumen an? Spricht Pilatus zu ihm: »Was ist Wahrheit?«

Ein solches Rätsel ist mir ein Abenteuer meiner Kindheit, von dem ich noch nie berichtet habe, vielleicht aus Angst, man werde mir nicht glauben. Mag sein, dass mir endlich klarwird, dass das ganze Leben eine Abfolge von rätselhaften Abenteuern ist und jede Begebenheit darin ebenso unwahrscheinlich. Vielleicht bin ich aber auch einfach alt genug, um das Hohngelächter meines Gegenübers nicht mehr zu fürchten. Man hat mich zu oft ausgelacht, und jetzt habe ich mich, wie die Schmeißfliege im Märchen, »an das unverschämte Brummen meines Vetters gewöhnt«. So oder so erzähle ich diese bemerkenswerte Geschichte heute zum ersten Mal, genau so, wie sie in meiner Erinnerung geschrieben steht.

Ich muss damals um die dreizehn gewesen sein. Ich war ein schüchternes, nervöses und gehemmtes Kind – umso mehr, als meine älteren Geschwister über gar nichts im Zweifel waren und über meine Kleinmütigkeit spotteten, soweit sie überhaupt an mich dachten.

Sie hatten ja leider recht: Ich *war* eine kleinmütige Natur. Ich meinte, es brauche so wenig – ein Wort, einen Blick, das Schließen einer Tür oder das Öffnen eines Fensters vielleicht –, und das Unglück sei geschehen. Der Tag – jeder Tag – war voller Gefahren, in der Schule so gut wie zu Hause. Vater und Mutter liebte ich zwar, aber ich fürchtete sie damals auch. Ich hasste den Ausdruck in den Augen meiner Mutter, wenn sie, obwohl sie mich liebte, zu denken schien: »Kommt denn dieses Kind nie zur Vernunft? Was sollen wir bloß mit ihm anfangen?«

Sarah, meine ältere Schwester, ein fröhlicher, bei allen beliebter Wildfang, hatte die Gewohnheit, mich anzuschauen und lachend zu sagen: »Was bist du bloß für ein kleiner Narr!« – und das war ich wohl auch. Trotzdem hätte sie besser nicht gelacht. Aber sie war in jenen Jahren (wie ich ihr seither vorgehalten habe) so gedankenlos verletzend.

Doch geht es mir hier nicht darum, jemandem Vorwürfe zu machen. Dass ich es nicht anders verdient hatte, bezweifle ich keinen Augenblick. Ich war ein schüchternes, unbeholfenes, wenig einnehmendes Kind – wodurch dieses eine Erlebnis umso mehr heraussticht. Während einiger Jahre meiner Kindheit besaß mein Vater, der Arzt war, eine Praxis im Dorf Gosforth in Cumberland. Von Gosforth waren es drei Meilen zum Meer und gegen sechs Meilen zum See von Wastwater. Das Dorf bestand aus einer einzigen langgezogenen Straße. Man kannte es hauptsächlich wegen seiner Kirche, und die Kirche kannte man wegen des bedeutenden Kreuzes auf dem Friedhof. Dieses Kreuz war eines der ältesten – wenn nicht das älteste – in ganz Großbritannien, und die eingemeißelten heidnischen Figuren machten es noch bedeutender. Altertumsliebhaber besuchten, und besuchen es gewiss noch, in Scharen.

Alles in allem machten das nahe Meer, der See (der dunkelste und geheimnisvollste von allen), den man bequem mit dem Fahrrad erreichte, das seltsame Kreuz und die erhabenen Umrisse des Black Combe am Horizont Gosforth zum idealen Nährboden für die unlogischen Phantasien eines gefühlvollen Kindes.

Wir wohnten in einem winkligen alten Haus, eine halbe Meile vom Dorf entfernt. Zum Haus gehörte ein verwilderter Garten, dahinter lag dichter, undurchdringlicher Wald, und sangesfreudige, geschwätzige, klatschsüchtige, leutselige Vögel gab es dort wie sonst nirgends! Weder

Vater und Mutter noch Sarah und Fred – meine Geschwister – waren in der Welt der Phantasie besonders daheim. Während der Ferien – ich besuchte damals die Sedbergh-Schule – wurde jede Minute genutzt. Mein Vater war der Meinung, dass Nichtstun den Kindern schade, und so wurden wir von morgens bis abends beschäftigt. Wir wurden zum Spielen angehalten, und es gehörte zu meinen Nöten, dass ich in gar jedem Spiel eine Niete war. Ganz anders Sarah und Fred, die nichts lieber taten und aus der näheren und weiteren Umgebung Kinder zum Mitmachen einluden. Kinder fanden sich damals leicht. Es war vor der Zeit des unablässigen allgemeinen Herumchauffierens und also auch der leidenschaftlichen, nie befriedigten Unrast. Wir versäumten keine Abwechslung, besaßen aber auch jene kostbarste aller guten Gaben – die Fähigkeit, sich an kleinen Dingen mit allen Sinnen unbändig freuen zu können. Es gab kaum etwas, das wir zu unserer Unterhaltung verschmähten.

Das Unglück wollte es, dass keines der Kinder, die zu uns kamen, mich mochte, obwohl meine kindlich einsame Seele nach Zuneigung lechzte. Da waren die Bellishaws aus Uffdale, die Croxtons von »Moor Park« und die Adderleys aus dem Dorf. Die Adderleys sind wichtig für meine Geschichte, und darum ein paar Worte zu ihnen – vorurteilsfrei, hoffentlich, obwohl ich selbst nach dieser langen Zeit nicht behaupten kann, dass sie mir lieb wären!

Der Pfarrer von Gosforth war Junggeselle und bewohnte ein paar Zimmer am Dorfrand, gegen Wastwater. Das Pfarrhaus war groß, weitläufig und alt, teuer im Unterhalt, und darum überließ er es Sir John und Lady Adderley und lebte zufrieden und heiter in einem stickigen Studierzimmer nebst kleinem, muffigem Schlafzimmer. (Ich sehe ihn noch vor mir, wie er dem Bach nach aus dem Dorf spaziert, den schwarzen Pfarrhut schräg auf dem Kopf, eine gewaltige Pfeife im Mund und ein erwartungsfrohes Leuchten im Auge!)

Die Adderleys mieteten sich also für ein Jahr im Pfarrhaus ein und machten in der ganzen Gegend Furore. Das lag der Familie im Blut; so lärmig, froh, zuversichtlich und überaus selbstsicher, wie sie alle waren. Lady Adderley habe ich als stattliche Frau mit großem, sommersprossigem roten Gesicht in Erinnerung, und ich sehe sie immer in ihrem riesigen Schlapphut vor mir, mit Gartenhandschuhen und einer mächtigen

Schere. Aber wichtig waren eigentlich die drei Kinder – Ambrose, Grace und Samuel. Es müssen sehr herrschsüchtige Kinder gewesen sein. Jedenfalls scheint es mir in der Rückschau, dass sie bei allem die Anführer waren, und das augenblicklich. Ich höre noch den Befehlston, in dem Ambrose, kaum war er vor unsrer Tür angekommen, ausrief: »Alle mal herhören! Jetzt spielen wir Krocket, und ich schnapp' mir die rote Kugel!«

Natürlich verabscheuten sie mich gründlich. Sie neckten mich, lachten mich aus und verspotteten mich, selbstverständlich alles ganz harmlos. Sie strotzten einfach von urwüchsiger Gesundheit und mussten ihre überschüssige Energie loswerden. Und da war ich, unbrauchbar bei jedem Spiel und leicht aufzubringen, was für alle ein amüsanter Zeitvertreib war. »Kommt, wir machen Humphrey wild«, ertönte ihr anfeuernder Ruf – und ich wurde auch ganz leicht wild!

Das Ende davon war, dass ich mich beim Auftauchen der Adderley-Kinder wann immer möglich davonmachte. Ich versteckte mich im Wald oder schlich die Straße hinauf, und wenn ich dann für den Augenblick keine Verfolgung mehr fürchten musste, ließ ich meiner Phantasie freien

Lauf und erzählte mir selber Geschichten oder, was häufiger war, ersann wundersame Katastrophen, bei denen ich den Helden spielte – Feuersbrünste, vor denen ich meine Schwester und die kleine Adderley rettete; Expeditionen, auf denen wir uns im Gebirge verirrten und ich als Einziger den Weg wieder fand; oder ein Unglück auf See, bei dem ich durch gewaltige Wellen schwamm, um Hilfe herbeizuholen.

Auf einem dieser einsamen Spaziergänge sah ich Mr. Claribel zum ersten Mal.

Ich habe schon bemerkt, dass ich in der Rückschau nicht mehr sicher sein kann, was wirklich war und was nicht. Bestimmt war es aber ein kalter Wintertag, an dem ein leise winselnder, einsamer Wind ein paar letzte dürre Blätter in die Luft wirbelte, bevor sie wieder zu Boden sanken. Von dort, wo die Straße einen Bogen machte, sah der bucklige Black Combe – schwarz vor dem weißgrauen kalten Himmel – stirnrunzelnd auf mich herab. Und die Straße herunter kam Mr. Claribel. Ich habe mich nie davon abbringen lassen, dass er herbei*getanzt* kam. Auch das mag Einbildung sein, aber wie klar sehe ich ihn vor meinem geistigen Auge doch tanzen, mit seinem schwarzen runden Hut, dem Schirm in losen Falten, während die kalte, dünne Luft durch die Zweige bebte.

Vor mir hielt er an. Ich hatte ihn nie zuvor gesehen (obwohl er schon seit geraumer Zeit im Dorf lebte) und muss ihn ganz unverschämt angestarrt haben. Er wirkte auf den ersten Blick seltsam, mit seinem kleinen, mageren Körper, den hellen blauen Augen in dem dunklen Gesicht und den langen schwarzen Rockschößen, die hinter ihm herflatterten.

Unser Gespräch (das erste von vielen) verlief ungefähr so:

»Hallo, kleiner Junge, was tust du denn hier?«

»Spazieren, Sir.«

»Was – ganz allein? Hast du denn niemanden, der mit dir geht?«

»Ich bin gerne allein, Sir.« (Manchmal war ich ziemlich hochnäsig.)

»Gerne allein? Na, na! Das sollte nicht sein in deinem Alter! Wie alt bist du?«

»Dreizehn und drei Monate.«

»Dreizehn und drei Monate – und ganz allein. Wo sind Vater und Mutter?«

»In ›Grange Hall‹, Sir. Der Arzt, das ist mein Vater.«

»Der Arzt, sagst du? Und hast du keine Geschwister?«

»Doch, Sir. Einen Bruder und eine Schwester.«

»Und was machen *die*?«

»Spielen.«

»Das solltest du auch tun.« Ungefähr da muss er sich ganz nahe vor mich hingestellt und mir forschend ins Gesicht geblickt haben. »Du hast nicht zufällig einen kleinen Hund gesehen?«

»Nein, Sir.«

»Es ist ein kleiner brauner Hund, und er heißt Napoleon. Er ist verschwunden. Immer verschwindet er. Aber alles andere ja auch.«

Ich erinnere mich ziemlich deutlich, dass er mich darauf fragte: »Kennst du das Geheimnis eines glücklichen Lebens?«

»Nein, Sir.«

»Niemals überrascht sein. Nimm alles, wie es kommt. Es hat keinen Zweck, überrascht zu sein, weil ES sich einen Deut darum schert. ES kümmert sich nicht um deine Gefühle.«

Er sagte ES mit unheimlichem Nachdruck.

»Meine Güte«, sagte er dann. »Hier ist es sehr kalt zum Reden. Hast du deinen Tee schon gehabt?«

»Nein, Sir.«

»Dann komm doch und trink ihn mit mir.«

So machten wir uns zusammen auf den Weg. Er schlug einen schnellen Schritt an und murmelte manchmal etwas vor sich hin; dann wieder ließ er seinen Schirm fallen, den ich ihm jeweils aufhob, und ab und zu rief er in einem schrillen Diskant: »Napoleon! Napoleon!«

Als wir schon ganz nahe beim Dorf waren, tauchte ein kleiner brauner Hund aus dem Nichts auf. Buchstäblich aus dem Nichts. Es war richtig unheimlich. Da stand er, mitten auf der Straße, ein sehr hübscher kleiner Hund mit lockigem braunen Haar; er wedelte mit dem Schwanz und sah ausgesprochen freundlich aus.

»Wo bist du gewesen?«, fragte Mr. Claribel streng. Aber der kleine Hund hörte nicht hin, jagte bloß einem Blatt nach, mit dem der Wind spielte, und rannte vor uns her, als ob ihn nichts auf der Welt zu kümmern brauchte.

Ich erinnere mich, dass ich Bedenken hatte, von einem völlig Unbekannten eine Einladung zum Tee anzunehmen. Man hatte mich immer davor gewarnt, mit Fremden zu reden oder etwas von ihnen anzunehmen; aber ich sah nicht ein, was ich von diesem Herrn zu befürchten hätte, und wahrscheinlich gefiel mir auch der Gedanke, meiner Familie für einmal nicht zu gehorchen. Sie kümmerte sich ja doch kaum darum, was ich tat, dachte ich!

Wir kamen bei dem kleinen Haus mit einem kargen Vorgärtchen an. An diesem Gärtchen fiel mir eine große Silberkugel auf (wie eine Zauberkugel), die auf einem Steinsockel mitten im Blumenbeet ruhte. Daneben gab es etwas, das eigentlich ein kleiner Springbrunnen gewesen wäre, bloß dass kein Wasser floss, und auf dem Kiesweg lag ein Spielzeugzug trübsinnig auf der Seite. Alle Einzelheiten dieses Hauses sind mir so gegenwärtig, als ob ich in diesem Augenblick durch die Eingangstür treten würde.

Mr. Claribel und Napoleon gingen voraus. Mr. Claribel half mir aus Mantel und Schal und klopfte mir dabei auf die Schultern. Dann folgte ich ihm in den seltsamsten Raum, den ich je gesehen hatte. Es war ein kleines Zimmer, mit einem munter prasselnden kleinen Kaminfeuer, einer Vase Christrosen im Fenster und einem Tischchen, das für den Tee gedeckt war. Aber das Seltsame daran war, dass es mit den ausgefallensten Sachen vollgestopft war. Ich erinnere mich an Schachfiguren in zweierlei Ausführung, an ein Segelschiffmodell aus Silber unter einer Glashaube, einen großen, getupften Fisch, der an der Wand lehnte, ein Puppenhaus mit bunt glänzenden Miniaturmöbeln, an eine von diesen großen Glaskugeln mit einem blaubemalten Haus drin, die man umdreht, und dann schneit es (ich hab' es versucht, darum weiß ich es), eine karminrote Trommel mit vergoldetem Regimentswappen auf dem Rot, einen Elefanten aus Elfenbein, an eine Spieldose, mit kleinen ländlichen Szenen bemalt (dass es eine Spieldose war, weiß ich, weil sie später für mich erklang), und viele, viele andere Dinge, obwohl ich mich nur an die genannten genau erinnern kann. Ich sah nie ein so überfülltes Zimmer, und doch hatten wir auf wunderbare Weise genau darin Platz: Ich saß auf der einen Seite des Kamins, er auf der andern, und zu seinen Füßen ruhte Napoleon.

Bald brachte eine alte Dame den Tee, und wir wandten uns dem Tisch zu.

»Ich trinke meinen Tee immer am Tisch«, bemerkte er (und ich beobachtete, wie er seine Serviette unter seinem spitzen, kleinen braunen Kinn einsteckte). »Man isst sehr viel mehr. Findest du nicht auch?«

Viel aßen wir an diesem Abend tatsächlich! Es gab feste, köstliche Brombeermarmelade; festen, köstlichen Ingwerkuchen, schwarz wie die Hölle, himmlisch süß, noch feucht in der Mitte; Vollkorn- und Rosinenbrötchen, belegte Brote und heißen Toast mit Butter; dazu Tee aus einem prächtigen alten Teekrug, der mit Rosenblättern und -blüten aus daumendickem Silber verziert war. Ich weiß noch, dass ich mich beim Schlemmen fragte, ob er wohl jeden Tag allein so viel zum Tee aß. Oder ob er jemanden erwartet hatte? Aber wie konnte er wissen, dass er mich treffen würde?

Wie so häufig, las er meine Gedanken.

»Ich wusste, dass du zum Tee kommen würdest«, sagte er. »Ich hatte Teesatz in meiner Tasse beim Frühstück.« Aber das meinte er eigentlich nicht. Er hatte es irgendwie im Gespür. Da war ich mir sicher. Aber wie konnte das sein ... wenn ich es doch selbst noch nicht wusste!

Bevor ich an diesem Nachmittag wieder ging, stellte er mir alle möglichen Fragen, zum Teil sehr ungewöhnliche. Vielleicht erfinde ich hier aber tatsächlich auch nur. Oder klingt es nicht unglaubwürdig, dass er mich zum Beispiel gefragt haben soll, ob ich Eicheln sammle? Natürlich sagte ich nein. Er schüttelte den Kopf und fand, das sei schade. Er fragte mich auch, ob mir der große Zeh an meinem linken Fuß manchmal weh tue, und ich antwortete, dass das tatsächlich ab und zu vorkomme. Darauf lächelte er und sagte, das sei ein sehr gutes Zeichen, und es freue ihn, das zu hören. Er fragte mich, ob ich gerne lese, und ich sagte ja. Welche Bücher mir denn am besten gefielen? Ich sagte Stevenson, Rider Haggard und Stanley Weyman.

Er sagte, er habe ein Buch für mich, und aus einer Schublade beim Kamin zog er ein schmales, flaches Buch mit verblasstem roten Einband. Darin waren farbige Bilder, Bilder von erstaunlichen Tieren, Tieren mit zwei Köpfen und langen Schwertern, die ihnen aus der Stirn wuchsen. Es gab auch Karten des Planetensystems, Damen mit Kronen auf dem Kopf, und auf einem Bild war ein großer grüner Baum mit einem riesigen Vogelschwarm. Viele Seiten bestanden auch nur aus Zahlen und den Buchstaben des Alphabets.

»Also, wenn du lernst, was das alles heißt, Humphrey«, sagte er, »könntest du dich jederzeit verwandeln in alles, was du willst.«

»Das könnte ich?«, fragte ich ganz ehrfürchtig.

»In der Tat.«

»Und können Sie sich selbst in alles, was Sie wollen, verwandeln?«, erkundigte ich mich.

»Oho«, antwortete er lächelnd, »eine gute Frage. Aber Napoleon, der kann es sicher.«

Danach ging ich nach Hause, nudelsatt und das rote Buch fest eingeklemmt unter dem Arm. Ich war ganz aufgeregt. Ich hatte einen Freund gewonnen. Ich kannte jemanden, den meine Familie nicht kannte. In den folgenden paar Wochen sah ich ihn häufig. Mehrmals bat er mich zum Tee. Und bald hatte ich ihn sehr liebgewonnen, denn ich war ein gefühlvoller kleiner Junge, der sich nach Zuneigung sehnte. Niemand war je so nett gewesen mit mir. Mein Selbstvertrauen begann zu erwachen. Ich bürstete mir das Haar, wechselte meine Kragen und fing tatsächlich an, eigene Ansichten zu haben und auch zu vertreten.

Dann wurde meine neue Freundschaft natürlich entdeckt. Man sah mich mit Mr. Claribel die Straße hinunterspazieren. Niemand sagte offen etwas dagegen, aber ich wurde fürchterlich aufgezogen. Ich stellte fest, dass Mr. Claribel im Dorf als völlig närrisch galt. Zwar konnte ihm niemand etwas nachsagen; er war im Gegenteil ein netter, wunderlicher alter Mann, der den Kindern Süßigkeiten schenkte, die alte Mrs. Mumble besuchte, wenn sie mit ihrem üblen Bein im Bett lag, und Mr. Somerthwaite half, als seine Kuh einging. Aber er war seltsam, und das reicht auf dieser Welt, um einen Menschen von seinesgleichen auszuschließen. Als ob wir nicht alle überaus seltsam wären! Und wenn nicht auf die eine, dann gewiss auf die andere Art!

Vor allem die Adderley-Kinder machten sich lustig über meine Freundschaft.

»Mr. Claribel bittet Humphrey zum Tee!«, rief Ambrose aus, und dann alberte er herum als Mr. Claribel mit Rockschößen und lose gefaltetem Regenschirm. Dazu kam, dass mich diese neue Vorliebe noch stärker als vorher von den anderen unterschied. Mr. Claribel war verrückt, und ich mochte ihn, also musste ich auch verrückt sein. Außerdem hatte ich jetzt etwas, das *sie* nicht hatten. Kinder sind grausam, nicht weil sie es wollen, sondern weil sie noch nicht gezähmt sind. So war ich eben ein krankes oder verwundetes Tier der Herde, und die gesunden mussten sich wehren.

Merkwürdigerweise war Mr. Claribel über alles, was sie taten, genau im Bild. Ich musste ihm gar nichts erzählen. »Wenn sie nicht aufpassen«, sagte er eines Tages, »verpasse ich diesen Kindern den Schreck ihres Lebens«, und als er es sagte, sah er vorübergehend richtig gefährlich aus! Dabei hätte niemand freundlicher zu mir sein können als er. Die Geschichten, die er mir erzählte, die Geschenke, die er mir machte (die Schneekugel besitze ich heute noch!), und die Zuneigung, die er mir bewies!

Unterdessen ging es auf Weihnachten zu. Eine Woche vor Weihnachten kam der Schnee. Drei Tage lang schneite es unaufhörlich – richtigen harten Schnee, der die Erde bedeckte und dort blieb. Das ist ungewöhnlich für Cumberland, wo der Schnee selten in den Niederungen liegen bleibt. Nach den Schneefällen war der Himmel ein übers andere Mal strahlend blau. Wir wurden vom Gleißen und Funkeln des Morgenlichts geweckt und schauten durch das Fenster hinaus auf einen Rasen, der so dicht mit Diamanten besetzt war, dass unsere Augen von dem Anblick schmerzten, und nichts brach das jungfräuliche Weiß als die winzigen Spuren der Vögel. Über alles breitete sich eine wundersame Stille. Aus weiter Ferne hörte man Stimmen rufen und Hunde bellen, und die Schatten, die die Tannen auf den Schnee warfen, waren ein tiefes und sanftes Purpur. Auf der Eiche im Garten lag der Schnee so schwer, dass es schien, sie müsse, so stark sie war, nachgeben unter der Last.

Und im Hause welche Aufregung! In jenen Tagen war Weihnachten ein geheimnisvolles Ereignis, eine Zeit fast leidenschaftlicher Vorfreude und glückseliger Erfüllung! Es gab keine Hilfe von außen, bloß ein, zwei Einladungen, einen Weihnachtsbaum für die Dorfkinder. Aber den Stoff der Wirklichkeit mussten wir wie die Seidenraupen aus uns selber spinnen!

Ich erinnere mich, dass in diesem Jahr die Stechpalmen besonders schön waren – voll praller Beeren –, und bald war das Haus geschmückt von der Küche bis zum Dach. Aber die Hauptsache war das Ersinnen von Geschenken. Geheimnisvolles entstand hinter verschlossenen Türen, wurde in Papier gewickelt und in Schubladen versteckt. Wir Kinder hatten wenig Geld, und der einzige Ort, etwas zu erstehen, war der Dorfladen. Ich besaß alles in allem etwa sechs Shilling, und vier Personen sollten größere Geschenke erhalten, worunter ich etwas wirklich Wichtiges, Unverwechselbares, Aufsehenerregendes verstand. Was es genau war, soll mich niemand mehr fragen. Ich habe es, ehrlich gesagt, völlig vergessen.

Dafür weiß ich noch genau, dass mich gegen Weihnachten die Gewissheit des bevorstehenden

Fiaskos zu überwältigen drohte. Dabei wollte ich mich doch diesmal behaupten und allen beweisen, dass ich *auch* etwas galt! Meine Geschenke sollten so besonders sein, dass man mich nicht übersehen konnte. Natürlich waren sie es nicht. Und während die anderen immer geschäftiger, betriebsamer und aufgeregter wurden, schrumpfte ich, wie immer, wenn sich die ganze Familie ereiferte, mehr und mehr zu einem Nichts. Bloß wenn sie einen Botenjungen, Sündenbock oder Handlanger brauchten, dachten sie an mich – mit gutmütiger Verachtung. So kam es mir mindestens vor. Ich bin nämlich sicher, dass ich mir das alles nur einbildete und sie zu beschäftigt, froh und heiter waren, um von mir überhaupt Notiz zu nehmen, oder dann dachten, ich sei ebenso froh und heiter. Aber vielleicht gerade weil meine junge Freundschaft mit Mr. Claribel neue Hoffnungen in mir genährt hatte, empfand ich mich umso schmerzlicher als elenden Versager, mit dem niemand etwas anfangen konnte.

Und das Schlimmste an allem war die Einladung bei den Adderleys. Sie sollte am Heiligen Abend stattfinden – ein rauschendes Fest im Pfarrhaus. Kinder aus der ganzen Umgebung, Abendessen, Spiele und Weihnachtsbaum. Nie litt ich so wie bei den Einladungen der Adderleys, denn nirgendwo wurde ich so gründlich übergangen wie dort. Natürlich war ich selbst schuld daran. Eine große Gesellschaft ließ mich verstummen, und wenn ich einmal etwas sagte, lachte gewiss jedermann über meine Bemerkung. Ich wollte lustig sein, aber das Glück schien mir bei solchen Gelegenheiten einfach immer versagt zu bleiben.

In dem Maß, wie die Stunden vergingen, umwölkte der Gedanke an das Fest bei den Adderleys meinen Blick. In meiner überhitzten Einbildung sah ich mich schon ausgelacht und verspottet, und ich empfand mein Versagen umso bitterer, als es mir doch so leichtfiel, mir auszumalen, wie wunderbar ein Erfolg wäre. Ich sah mich Beifall ernten, hörte das Raunen: »Was für ein begabter Junge! Ein ganz ungewöhnliches Kind!« Nicht dass ich mich für ungewöhnlich oder begabt hielt, aber wie herrlich, wenn ich ein einziges Mal dafür gelten könnte!

Am Morgen vor Heiligabend war ich abgrundtief unglücklich. Ich trug etwas für meine Mutter und ließ es fallen; ich suchte etwas für meinen Bruder und fand es nicht; mein Vater sagte: »Na komm, Humphrey – wo hast du bloß deinen Kopf?« Mitten am Morgen – es war ein schöner, kristallklarer Tag – entwischte ich, um Mr. Claribel mein Geschenk zu bringen. Nach gründlichem Überlegen und Abwägen meiner Möglichkeiten hatte ich beschlossen, ihm ein Taschenmesser zu schenken. Ein albernes Geschenk, vielleicht; aber es war etwas, das ich nie bei seinen Habseligkeiten bemerkt hatte, und weil ich im Augenblick selbst unbedingt ein Taschenmesser brauchte, war es einleuchtend, dass es anderen ebenso gehen musste.

Das Messer, das ich dann im Dorfladen kaufte (und dafür die Hälfte meiner Schätze opferte), war aus Schildpatt. (Eine Imitation? Ich muss es befürchten, aber damals wusste ich davon nichts.) Es hatte bloß eine Klinge, aber es *glänzte* und es *schnitt,* das probierte ich nämlich aus. Ich war davon sogar derart entzückt, das weiß ich noch, dass ich einen Augenblick schrecklich versucht war, es zu behalten. Aber wenn man ein Geschenk selber behält, das man für jemand anders gekauft hat, zerfällt es unweigerlich zu Staub und Asche, das habe ich inzwischen gelernt. Nein, ich liebte Mr. Claribel, und als ich vor seinem Haus stand, gefiel mir der Gedanke, wie er sich freuen würde. Und wie er sich freute! Er küsste mich sehr förmlich auf die Stirn. Ich verabscheute Küsse, aber diesmal wurde mir warm ums Herz; plötzlich dachte ich an die Party bei den Adderleys, eine klare Vision meiner Unbeholfenheit und Verlassenheit dort stieg in mir auf – und ich brach in Tränen aus!

Der kleine Mann gab alle möglichen Klagelaute von sich, holte den schwarzen Ingwerkuchen hervor und legte mir den Arm um die Schulter, während ich aß; dann gab er mir sein Geschenk, und es war nichts anderes als die wunderschöne Spieldose mit den Bildern. Darüber freute ich mich so, dass ich ihm die Arme um den Hals warf und ihn meinerseits küsste.

Dann fragte er mich, weshalb ich trotzdem so unglücklich sei, und ich sagte es ihm. Es sei das Fest bei den Adderleys. Ich mochte die Adderleys nicht, und ihre Partys seien grauenhaft. Ich wusste, dass ich mich blamieren würde, so dass sich Vater und Mutter für mich schämen müssten und ich mich auf dem Heimweg so elend fühlen würde, dass Weihnachten für mich völlig verdorben wäre.

Er nickte einige Male; dann sagte er: »Jetzt mach dir einmal keine Sorgen. Ich versprech' dir, dass dir der Abend gefallen wird.«

Ich schüttelte betrübt den Kopf.

»Wart es nur ab. Ich habe noch nie etwas versprochen, das ich nicht halten konnte. Wart es ab.«

Auf wundersame Weise getröstet, rannte ich nach Hause, die Spieldose fest in der Hand.

Als es Zeit war, machten wir uns, vermummt bis zur Nase hinauf und die Hände in dicken Wollhandschuhen, auf den Weg zum Pfarrhaus. Mein Vater leuchtete uns mit seiner Laterne. Vielleicht narrt mich hier wegen der nachfolgenden Ereignisse meine Einbildung wieder, aber rückblickend entdecke ich in dieser Nacht einen Zauber. Am Himmel prasselten die Sterne, unser Atem zog wie Wolkenfetzen an der Laterne vorüber, und in ihrem flackernden Schein leuchteten sie auf. Im hellen Sternenglanz schimmerte die Luft silbrig, und in diesem Dämmerlicht waren die Bäume und Hecken wie aus weißem Marmor und schienen über die Felder zu gleiten. Es war klirrender Frost, und der Schnee knirschte und wimmerte unter unseren Stiefeln. Manchmal bebte die Luft leise, und ein Hauch Schnee versprühte auf unsern Schultern. Alles zeugte von Weihnachten. Vor dem Haus der alten Miss Mark, weiter die

Straße hinunter, sang eine kleine Schar Weihnachtslieder, und ihre Laterne schien der unseren spitzbübisch zuzuzwinkern, als wollte sie sagen: »Was soll das heißen, dass du diesen sterblichen Narren den Weg weist? Willst du nicht lieber in den Teich mit ihnen?«

Alles ohne böse Absicht, natürlich!

Über die Felder drang das perlende Stakkato der Kirchenglocken an unser Ohr. Sie übten für morgen, und ich sah Joe Churcher, mit dem ich gut auskam, am Seil ziehen mit seinem ganzen Gewicht, und daneben den schmächtigen Harry Bone, der so klein und dünn war, auf Zehenspitzen. Da war es jedenfalls, dieses volle, frohlockende, übermütige Geläute, das die weißen, frostigen Felder derart überrollte, dass man meinen könnte, die Glocken seien so außer sich über die frohe Botschaft, dass sie sich überschlugen vor Ungeduld, sie weiterzusagen.

Als wir uns dem Pfarrhaus näherten, kämpfte ich, wie ich noch weiß, mit zwei ganz unterschiedlichen Regungen. Einerseits wollte ich fortlaufen und mich verstecken. Ich trottete am Schwanz unserer Familienprozession, erfüllt, wie schon den ganzen Tag vorausgesehen, von der Gewissheit, vergessen und übergangen zu werden. Ja, bis zu dem Abend hatte meine Familie eine ganz merkwürdige Art, so zu tun, als ob es mich nicht gäbe; aber *nach* diesem Abend hatte sich ihnen meine Existenz für immer eingeprägt! Ich fühlte mich also elend und ausgestoßen aus der Gesellschaft, aber gleichzeitig wagte ich zu hoffen. Ich war ganz sicher, dass Mr. Claribel sein Versprechen halten würde. Wie er das tun wollte, wusste ich natürlich nicht, aber etwas würde geschehen, etwas, das alle in Staunen versetzen musste!

Einmal im Haus, schwammen wir mit dem Strom. Man nahm uns Mantel und Schal ab, wir glätteten unser Haar, zupften unsere Westen gerade und versuchten, so erwachsen wie möglich auszusehen. Ich erinnere mich, dass ich beim Betrachten meiner Schwester Sarah zum ziemlich verzweifelten, schmerzlichen Schluss kam, es sei hoffnungslos mit ihr. Sie war keine Schönheit (niemand von uns, leider!), eher plump, und *ewig* hatte sie verrutschte Strümpfe und eine blanke Nase! (Ach, Sarah! Wie wurdest du mir in späteren Tagen lieb! Was gäbe ich doch darum, dich jetzt neben mir sitzen zu sehen!) Ja, ich war damals streng in meiner Kritik, aber aus dem kleinen Kritiker konnte (wie aus so vielen großen) ein freundliches, persönliches Wort einen Bewunderer machen.

Freundliche Worte gab man mir allerdings während der ersten Hälfte dieses Abends keine. Alles ging so schief wie nur möglich! Wir stolperten in den Salon und standen herum, die meisten von uns mit grollender, verlegener Miene.

Lady Adderley kam, rot im Gesicht und in ein zu enges blassblaues Seidenkleid gezwängt, in unsere Mitte gerauscht und verströmte laute Heiterkeit, um das Eis zu brechen. Der Raum war sehr einladend in seinem Lichterglanz, mit Stechpalmenschmuck über allen Bildern und einem dicken, beerenbeladenen Mistelzweig, der von dem großen Leuchter herabhing, an dem tausend Silbermünzen klirrten, wenn wir uns darunter bewegten.

Das Eis musste also gebrochen werden, darum fingen wir mit einer Stuhlpolonaise an, und kaum hatte der Abend begonnen, machte ich mich auch schon unmöglich. Gerade vor mir tastete sich nämlich eine lange, dünne Dame in einem lästigen Kleid mit Schleppe die Stühle entlang. Sie gehörte zu jenen mittelalterlichen Damen, die an Kindergesellschaften »jünger sein wollen als die Jüngsten«, und darum packte sie jede Stuhllehne und gab schrille Schreie des aufgeregten Entzückens von sich. Ich war gleich hinter ihr und trat auf ihre Schleppe. Es machte ratsch – dann ein Aufschrei. Die Dame drehte sich um, und einen Augenblick dachte ich, sie würde mich schlagen, so böse sah sie mich an. Aber sie nahm sich zusammen, sagte mit bittersüßem Lächeln, das sei doch nicht der Rede wert, und zog sich zurück, um den Schaden beheben zu lassen.

Natürlich hatten alle gesehen, dass ich schuld war. »Typisch Humphrey«, hörte ich jemanden sagen. Ich befand mich jetzt in der prekären Lage, die wir alle aus Alpträumen kennen, wo jeder Schritt gefährlich ist. Eine Bewegung, und die Katastrophe schien unausweichlich. Merkwürdigerweise schienen sich alle andern ähnlich unbehaglich zu fühlen. Es drohte eine von den Gesellschaften zu werden, auf die unglückliche Gastgeberinnen ihr Leben lang mit Entsetzen zurückblicken. Gleich schon am Ende des allerersten Spiels gab es Ärger, weil ein fetter kleiner Junge den Sitz des letzten Stuhls umklammert hielt und sich beschwerte, *er* habe gewonnen und nicht der dünne Junge mit den Kaninchenzähnen, der auf dem Stuhlrand saß, als wäre er Casabianca. Andere Anwesende ergriffen Partei. Ein kleines Mädchen sagte, es sei eine Schande. Dann spielten wir Blindekuh, ein gefährliches Spiel, weil es so leicht in eine Rauferei ausartet. Das geschah auch jetzt: Ein großer Junge stieß ein kleines Mädchen um, und es fing laut an zu weinen.

Ja, die Lage war wirklich ernst, und ich sah, wie Lady Adderley sich mit ihrem Gatten beriet. Sie fragte ihn, nehme ich an, ob es nicht besser wäre, rasch zum Ende zu kommen. Ich selbst wurde so gründlich übergangen, dass ich ebenso gut ein einsamer kleiner Geist hätte sein können, für alle unsichtbar. Ich redete mit niemandem. Und niemand redete mit mir. Nie mehr hält das Leben solche Qualen für uns bereit wie die Qualen der Kindheit.

Dann ging die Tür auf. Ein Dienstmädchen erschien, und ich hörte es deutlich sagen: »Mylady – der Zauberkünstler …«

Ich stand zufällig neben Lady Adderley und sah darum genau den Ausdruck auf ihrem Gesicht. Sie war verblüfft! Offensichtlich hatte sie keinen Zauberer eingeladen, und wenn sie einen in petto gehabt hätte, dann hätte er bestimmt nicht dem Mann geglichen, der jetzt unter der

Tür wartete. Er war groß und dünn, mit einem langen, blassen Gesicht, einer sehr ausgeprägten Hakennase und schwarzem Haar, das steif vom Kopf abstand. Er war ganz in Schwarz gekleidet, und von seinen Schultern fiel ein kurzer schwarzer Umhang. In der einen Hand hielt er einen weichen schwarzen Hut mit hohem Schaft, in der andern einen viereckigen roten Lederkoffer mit glänzendem Messinggriff. Ganz still stand er da, die langen Beine nahe zusammen, völlig regungslos; dünn, aufrecht und stumm wie ein Mast, der auf seine Flagge wartet.

Lady Adderley hatte keinen Zauberer eingeladen – das war klar. Beim Anblick einer Hexe mit Besen hätte sie nicht erstaunter sein können. Ich bin darum sicher, sie wollte protestieren und fragen, wer da ohne Einladung einfach gekommen war. Sie machte einen Schritt vorwärts, dann blieb sie stehen. Lag es an den Augen des Zauberers, die höflich auf sie gerichtet waren, an seiner stillen, selbstbewussten Pose, seinem schwarzen Mantel oder gar dem roten Lederkoffer?

Spürte sie einfach, dass ihre Party vom Misserfolg bedroht war und etwas geschehen musste, um sie zu retten? Oder konnte sie am Ende nicht anders?

Jedenfalls wandte sie sich plötzlich an ihren Gatten, und ich hörte sie sagen: »Das ist jetzt die Überraschung, von der ich dir erzählte, mein Lieber.« Und damit ging sie zu dem Zauberer und bat ihn herein.

Ich weiß es nicht sicher, aber ich nehme an, dass in diesem Moment die Stimmung umschlug. Mag sein, dass wir uns alle so freuten über die Überraschung – mit einem Zauberer hatten wir nämlich zuletzt gerechnet! Mag sein, dass wir selbst erschrocken waren über die allgemeine Unruhe und schlechte Laune, die sich unter uns auszubreiten begannen.

Jedenfalls fanden wir uns alle schwatzend, lachend und bestens aufgelegt zu einem großen Kreis, die älteren Leute auf Stühlen und die meisten Kinder mit gekreuzten Beinen am Boden.

Der Zauberer, der eine ernste Natur zu sein schien, weil er nie lachte, trat hervor und stellte sich auf einem dicken purpurfarbenen Läufer vor den Fenstern auf. Lady Adderley schob einen Tisch vor ihn hin, und er legte seinen roten Lederkoffer darauf. Dann – so unvermittelt, dass wir alle zusammenfuhren – zog er, aus den Tiefen seines Mantels anscheinend, einen langen karminroten Zauberstab mit silbriger Spitze hervor. Und jetzt sprach er zu uns, seine Stimme war leise und doch jedes Wort glockenrein.

Er mahnte, wir sollten uns nicht überraschen lassen von dem, was wir sahen; an Wundern gebe es auf dieser Welt eben mehr, als wir uns je träumen ließen, und wir sollten nie sagen, etwas sei unmöglich.

Unmöglich erschienen uns gewisse Dinge mit zunehmendem Alter nämlich nur (hier lächelte er zum ersten Mal, und wie ich ihn so anstarrte, war mir, ich kenne dieses Lächeln), weil wir unsere Sinne so fest verschlossen hielten wie er seinen roten Lederkoffer. Wenn uns natürlich daran gelegen sei, uns in einem roten Lederkoffer einzusperren, seien wir selber schuld – aber er wolle doch hoffen, *wir* hätten mehr Verstand. Wir lachten und zweifelten nicht daran.

Dann hob er seinen Zauberstab und begann mit seinen Kunststücken. Es folgte so das Übliche: Er zauberte farbige Papierschlangen aus seinem schwarzen Hut, eine Blume von unter dem Tisch in einen Topf, ein Ei aus seinem linken Ohr und ließ ein Spiel Karten spurlos verschwinden. Ich hörte schon Ambrose, der neben mir saß, murmeln: »Er ist doch bloß ein gewöhnlicher Taschenspieler.« Aber dann hielt er inne, kam näher zu uns und musterte uns alle mit seinen durchdringenden schwarzen Augen.

»Sie haben so etwas schon gesehen?«, sagte er. »Bitte, dann sehen Sie eben jetzt etwas Neues.«

Ein erwartungsfroher Schauder überlief uns.

»Aber zuerst«, sagte er, »brauche ich einen Gehilfen.«

Etliche Jungen sprangen auf – dieselben, die noch ihr Leben lang bei solchen Gelegenheiten aufspringen würden.

Aber er schüttelte den Kopf.

»Nein«, sagte er. »Es muss der *richtige* Junge sein.« Er sah sich prüfend um. »*Den* Jungen hier will ich!«, sagte er und nickte in meine Richtung.

Selbst da noch glaubte ich nicht, dass ich gemeint sein könnte! Ich verschwand fast hinter einem fetten Jungen und zwischen zwei dicken Mädchen. Auch der fette Junge glaubte, es gehe ihn an! Mit freudigem Schnaufen erhob er sich.

»Nein«, sagte der Zauberer. »Ich will diesen Jungen« – und sein roter Stock zeigte geradewegs auf mich.

Wie sie alle erstaunt waren! Das war der erste Triumph in meinem jungen Leben. Humphrey Porter, an dem niemand etwas finden konnte; Humphrey Porter, der bestimmt alles verpatzen würde! Armer Zauberer! Er würde seinen schweren Irrtum bald einsehen! Aber etwas war sonderbar. Sosehr mich sonst die Vorstellung entsetzte, vor andere hintreten zu müssen, diesmal kannte ich keine Angst. Ich sehe noch, wie ich unter spöttisch abfälligen Blicken durch die anderen Kinder hindurchkletterte und neben dem kleinen Tisch ruhig darauf wartete, was ich zu tun hätte.

»Danke!«, sagte der Zauberer feierlich. »So habe ich es mir vorgestellt.«

Dann öffnete er zum ersten Mal den roten Koffer und entnahm ihm eine Anzahl Requisiten, namentlich einige kleine Porzellanuntertassen, ein paar farbige Schächtelchen, eine winzige Pistole, etliche Bauklötze, drei farbige Fähnchen, rot, weiß und blau, eine Mausefalle, eine Silberglocke und eine Spielzeugtrompete. Über das Ganze breitete er ein riesiges weißes Taschentuch. Eigentlich war nur der Grund weiß; ich sah, dass lauter blaue Schiffchen mit vollen Segeln darauf abgebildet waren.

»Zuerst«, sagte er, »sollen alle wissen, dass dies ein ganz besonderer Junge ist. Mit einem gewöhnlichen Jungen könnte ich gar nichts anfangen. Ich kann mich glücklich schätzen, einen solchen Jungen gefunden zu haben.«

(Hier hätte ich eigentlich die Augen niederschlagen sollen. Aber ich tat es nicht. Ich sah geradeaus und lächelte meiner Mutter zu, die das Lächeln erwiderte.)

»Wie heißt du, mein Junge?«, fragte er mich.

»Humphrey«, antwortete ich und war irgendwie sicher, dass er das ohnehin schon wusste.

»Jetzt zeigst du deinen Freunden, was du alles kannst!«, sagte er.

Gab es etwas, das ich in der nächsten halben Stunde nicht konnte?

Ich bekam die Spielzeugtrompete und blies darauf wie selbstverständlich wunderschöne Melodien – die ersten in meinem Leben! Auf seinen Befehl pfiff ich wie ein Vogel, nein, wie ein ganzer Wald voller Vögel. »Das ist die Drossel«, nickte er befriedigt. »Jetzt die Amsel. Und wie steht es mit der Nachtigall?« Ich spitzte die Lippen, und das Lied der Nachtigall erfüllte den Raum.

»Jetzt nimmst du diese Schächtelchen, Humphrey«, sagte er, »und wirfst sie in die Luft.«

Ich warf sie in die Luft, und, o Wunder, dort blieben sie, schwebten und schillerten in allen Farben in dem silbrig funkelnden Licht. (»Wie *das* ging, weiß ich«, meinte Ambrose später kühn.

»Es kamen unsichtbare Drähte aus dem roten Koffer.« Nun, wenn *er* eine Erklärung fand, gut; ich wusste keine.)

Nach Anweisung des Zauberers nahm ich das Silberglöckchen, und ihm entstieg ein wohltönendes Glockenspiel. Ich nahm die Mausefalle, ging damit vor dem Publikum auf und ab und holte eine weiße Maus nach der anderen heraus. Sie rannten mir den Ärmel hoch und liefen über meine Schultern, um wieder in der Mausefalle zu verschwinden. Ich schwenkte die bunten Fähnchen, und sie wurden größer und größer, bis sie bis zur Decke zu reichen schienen.

»Und nun, Humphrey«, sagte er und legte mir die Hand auf die Schulter (warum war mir diese Berührung nur so vertraut?), »jetzt sagst du der Dame dort drüben, was sie in ihrem weißen Täschchen hat.«

»Die Dame«, sagte ich ohne Zögern, »hat in ihrer Tasche ein kleines weißes Taschentuch, einen kleinen Spiegel mit blauem Rand, eine rosa Nadelbüchse und ein Fläschchen Riechsalz mit Kristallstöpsel.«

Kein Wunder, dass dem Publikum der Atem stockte! Die Dame wurde gebeten, ihre Tasche zu öffnen, und darin befanden sich die von mir benannten Gegenstände. (Ich brauche kaum zu erwähnen, dass ich ebenso erstaunt war wie alle andern!)

»Und der Junge da«, sagte er und zeigte auf Ambrose, der mit weit offenem Mund dastand. »Was hat er in seiner Hosentasche? Zur Abwechslung bitte auf Französisch«, fügte er beiläufig hinzu. Also erzählte ich Ambrose in perfektem Französisch, dass er in seiner Tasche ein Sahnebonbon, ein Messer mit abgebrochener Klinge, drei Kupfermünzen, eine halbe Krone und eine Schleuder mit sich führte. (Ein merkwürdiges Sammelsurium in einer Eton-Uniform, aber Ambrose war eben sehr raffsüchtig, und erst später erfuhr ich, dass er das Messer seinem Bruder gestohlen hatte und ihm die Schleuder vom Vater verboten worden war. Darum waren Ambrose meine Enthüllungen ziemlich peinlich.)

So ging es weiter, und mit jedem Augenblick wuchs und wuchs mein Triumph! Ich spürte, wie die Wellen immer höher schlugen! Es war, als könnte ich jedem ins Herz sehen und darin lesen, wie stolz meine Eltern waren, wie zufrieden Sarah, und wie allerorten gedacht wurde: ›Nun seht einmal an! Ich hätte nie geglaubt, dass in dem kleinen Porter so viel steckt!‹

Schließlich kam das Finale. Der Zauberer hielt das Taschentuch mit den blauen Schiffchen in die Höhe und bedeutete mir, meinen Arm zu heben. Ich gehorchte ihm. Und was geschah dann? Wie kann ich es wissen, nach so langer Zeit? Wird ein Mysterium je ganz offenbart?

Ich meinte, den Zauberer in schwindelnde Höhen wachsen zu sehen. Der Raum füllte sich mit sphärischen Klängen, und ich wusste, dass Weihnachten schöner war als jede andere Zeit und keine Weihnacht so schön wie diese; dass hoch über unseren Köpfen ein herrlicher Stern schwebte, und von hoch herab hörte ich den Zauberer mir ins Ohr flüstern, dass sich alle meine Wünsche erfüllen sollten, ich müsse bloß geduldig und ruhig und selbstlos genug sein, dann warte auf mich die ewige Glückseligkeit. Alles Unsinn. Natürlich beherrscht kein Taschenspieler solche Künste. Und doch weiß ich aus den späteren Berichten der Anwesenden, dass wir alle, jeder auf seine Art, für einen Augenblick dem Zauber erlagen, an unser Glück glaubten, verwandelt ganz und gar.

»Und damit, verehrte Damen und Herren«, sagte er und verbeugte sich, »ist meine kleine Vorstellung zu Ende.«

Der Applaus, dieses Lachen und Stimmengewirr! Und während sie noch schwatzten, war er schon fort. Als wir uns nach ihm umsahen, war von ihm nirgends mehr eine Spur – verschwunden war er mitsamt Hut, rotem Lederkoffer und Zauberstab.

Ich blieb natürlich und kostete meinen Triumph aus. Reden wir nicht mehr davon. Ich strahlte und lachte und sagte, mit mir habe das doch nichts zu tun, und ich aß so viel wie noch nie im Leben.

»Wie du uns alle um den Finger gewickelt hast, Humphrey«, sagte Mutter auf dem Heimweg.

»Es sind immer die Stillen, die sich plötzlich besonders hervortun«, sagte mein Vater.

Ein paar Tage später war ich bei Mr. Claribel zum Tee. Mein Mund blieb nicht stehen; ich erzählte ihm jede Einzelheit dieses traumhaften Abends – und hatte wie schon so oft das Gefühl, er habe alles im Voraus gewusst.

Und dann geschah etwas ganz Unglaubliches! Er nieste und zog sein Taschentuch hervor. Darauf waren blaue Schiffchen mit vollen Segeln auf weißem Grund.

»Aber das ist doch …«, rief ich aus.

Er zupfte mich am Ohr.

»Wenn du heute Abend nach Hause kommst, Humphrey«, sagte er, »nimm das rote Buch, das ich dir einmal gegeben habe. Wenn du Seite dreiundsiebzig studierst, auswendig lernst und ein wenig übst, kannst du ein sehr guter Zauberer werden. Es ist ganz einfach.«

Ich weiß doch nicht. Manchen Tag lang habe ich Seite dreiundsiebzig studiert. Alles zwecklos. Ich kann nicht einmal ein Kaninchen aus einem Hut springen lassen.

Vermutlich reicht ein Buch dazu nicht aus.

MARTIN SUTER

Zurbrügg im Weihnachtszauber

Drei Nachmittage in der Woche verbringt Zurbrügg in seinem Büro im Hauptsitz. Dieser liegt, verkehrstechnisch etwas ungünstig, zwischen zwei Einkaufsstraßen. Deshalb lässt er sich vom Taxi jeweils absetzen und legt die letzten knapp zweihundert Meter zu Fuß zurück. So spart er normalerweise fast zehn Minuten. Jetzt, während des Weihnachtsrummels, ist es allerdings nicht einmal die Hälfte. Trotzdem hält er an seiner Gewohnheit fest.

Heute Nachmittag kommt ihm das Gedränge besonders dicht vor. Der Passantenstrom fließt träge an den Schaufenstern vorbei und staut sich an Tramhaltestellen, Straßenkünstlern, Marroniständen und Heilsarmee-Topfkollekten. Es ist ein kalter, dunkelgrauer Tag, wie geschaffen, die Weihnachtsbeleuchtung zur Geltung zu bringen.

Zurbrügg begnügt sich nicht damit, sich in der Menge bis zum Hauptsitz treiben zu lassen.

Wann immer sich eine Lücke öffnet, überholt er. Nicht, weil er glaubt, dass er damit nennenswert Zeit gewinnt. Auch als Autofahrer überholt er aus Prinzip. Nach seiner Meinung teilt sich die Welt in die, die überholen, und die, die überholt werden. Zurbrügg ist ein Überholer.

Bei einer Fußgängerampel kommt der Passantenstrom zum Stehen. Zurbrügg nutzt den Stillstand, um sich fünf, sechs Positionen nach vorn zu schmuggeln. Dank seiner Fähigkeit, den Moment, an dem die Ampel auf Grün springt, zu antizipieren, macht er auf dem Fußgängerstreifen weitere sechs Meter gut. Er wird zur vorgesehenen Zeit im Büro sein.

Nicht dass es etwas ausmachen würde, wenn er sich verspätet. Zurbrügg bekleidet eine Position, in der man warten lässt. Aber er hasst es, wenn sein Planning durch äußere Umstände bestimmt wird. Es bedeutet, dass ihm für einen Moment das Gesetz des Handelns entglitten ist. Das ist wie Überholtwerden.

Vor dem Eingang eines Warenhauses stauen sich die Passanten wieder. Die riesige Drehtür schaufelt bepackte Kunden, geheizte Luft und Fetzen eines Weihnachtslieds aufs Trottoir. Zurbrügg schiebt sein Köfferchen in die Menge und fädelt sich durchs Gewühl. Vor ihm liegen jetzt zwanzig Meter schaufensterlose Fassade einer Bank. Er nutzt sie, um rechts zu überholen. Nach etwa zehn Metern muss er einem jungen Mann ausweichen. Er sitzt, mit gesenktem Kopf an die Fassade gelehnt, auf dem Trottoir, hat einen leeren Joghurtbecher vor sich und ein Stück Karton daran gelehnt, auf dem »Danke« steht.

Zurbrügg macht einen kleinen Schlenker um den Becher. Fünfzig Meter weiter ist schon der Hauptsitz zu sehen.

Und da geschieht es. Zurbrüggs Hand fasst in die Hosentasche und tastet sich durch das lose Kleingeld. Ein paar Zweifränkler spürt er und einen, nein, zwei Fünfliber. Eine Reflexbewegung. Er hat sich nichts dabei gedacht. Einfach den jungen Mann und den Becher gesehen, »Danke« gelesen und in die Tasche gefasst. Wenn er ein wenig langsamer gegangen wäre oder den Mann einen Wimpernschlag früher gesehen hätte, er hätte einen Zweifränkler in den Becher geworfen. Oder vielleicht sogar einen Fünfliber.

Mit äußerster Genugtuung darf Zurbrügg feststellen: Er ist nicht immun gegen den Weihnachtszauber.

W. SOMERSET MAUGHAM

Die Winterkreuzfahrt

Kapitän Erdmann kannte Miss Reid nur flüchtig, bis die ›Friedrich Weber‹ Haiti erreichte. Sie war in Plymouth an Bord gekommen, aber da hatte er bereits eine Anzahl von Passagieren aufgenommen, Franzosen, Belgier und Haitianer, von denen viele schon früher mit ihm gereist waren, und sie erhielt einen Platz am Tisch des Ersten Ingenieurs. Die ›Friedrich Weber‹ war ein Frachter, der regelmäßig von Hamburg nach Cartagena an der kolumbianischen Küste fuhr und auf dem Weg einige westindische Inseln anlief. Sie brachte Phosphate und Zement aus Deutschland und nahm Kaffee und Bauholz mit zurück, aber ihre Eigentümer, die Gebrüder Weber, waren jederzeit bereit, sie einen Umweg machen zu lassen, wenn es sich für eine Ladung irgendwelcher Art lohnte. Die ›Friedrich Weber‹ war darauf eingestellt, Vieh, Maultiere, Kartoffeln oder sonst etwas aufzunehmen, wenn dabei nur die Möglichkeit bestand, einen Pfennig ehrlich zu verdienen. Sie nahm auch Passagiere auf. Sechs Kajüten waren auf dem Oberdeck und sechs unten. Die Einrichtung war nicht luxuriös, aber das Essen war gut, einfach und reichlich und das Fahrgeld niedrig. Die Rundreise nahm neun Wochen in Anspruch und kostete Miss Reid nicht mehr als fünfundvierzig Pfund. Sie freute sich nicht nur darauf, viele interessante Gegenden von historischer Bedeutung kennenzulernen, sondern sich auch viel Wissenswertes anzueignen, das ihren Geist bereichern konnte.

Der Agent hatte sie darauf vorbereitet, dass sie bis zur Ankunft in Port-au-Prince in Haiti die Kajüte mit einer anderen Dame teilen müsse. Miss Reid störte das nicht; sie hatte Gesellschaft gern, und als der Steward ihr sagte, dass Madame Bollin ihre Reisegefährtin sei, dachte sie sofort, dies würde eine willkommene Gelegenheit sein, ihr Französisch aufzufrischen. Sie geriet nur ganz leicht aus der Fassung, als sie entdeckte, dass Madame Bollin kohlrabenschwarz war. Sie sagte sich, dass man die Dinge nehmen müsse, wie sie kämen, und dass es nun einmal so'ne und solche gebe. Miss Reid war seefest, wie es nicht anders erwartet werden konnte, da ihr Großvater Marineoffizier gewesen war, aber nach einigen stürmischen Tagen wurde das Wetter gut, und bald kannte sie ihre sämtlichen Reisegefährten. Sie fand leicht Kontakt mit den Leuten. Das war eine der Ursachen dafür, dass sie in ihrem Geschäft erfolgreich war. Sie besaß eine Teestube in einem berühmten Erholungsort im Westen Englands, und sie hatte für jeden Gast, der hereinkam, ein Lächeln und ein freundliches Wort. Im Winter schloss sie, und die letzten vier Jahre hatte sie immer eine Kreuzfahrt unternommen. Man treffe dabei so interessante Menschen, meinte sie, und man lerne immer etwas. Die Passagiere auf der ›Friedrich Weber‹ waren zwar nicht von so guter Klasse wie jene, die sie im Jahr zuvor auf ihrer Mittelmeerfahrt getroffen hatte, aber Miss Reid war kein Snob, und obwohl die Tischmanieren von einigen Leuten sie schockierten, war sie doch entschlossen, die gute Seite von allem zu sehen und sich mit ihnen abzufinden. Sie las sehr gern und freute sich, als sie bei der Durchsicht der Schiffsbücherei viele Bücher von Philip Oppenheim, Edgar Wallace und Agatha Christie entdeckte. Aber da es so viele Leute zum Plaudern gab, fand sie gar keine Zeit zum Lesen und beschloss, damit zu warten, bis sich das Schiff in

Haiti leeren würde. »Schließlich«, sagte sie, »ist die menschliche Natur wichtiger als die Literatur.«

Miss Reid hatte immer im Ruf gestanden, gute Konversation zu machen, und während der vielen Tage auf See stellte sie mit Genugtuung fest, dass die Tischgespräche dank ihrer Bemühung kein einziges Mal stockten. Sie verstand die Leute auszufragen, und jedes Mal, wenn ein Thema erschöpft schien, hatte sie eine Bemerkung bereit, um es wieder zu beleben, oder ein neues Thema lag ihr schon auf der Zungenspitze, um die Konversation wieder in Gang zu bringen. Ihre Freundin, Miss Price, Tochter des verstorbenen Vikars von Campden, die sie in Plymouth ans Schiff begleitet hatte – denn sie wohnte dort –, hatte oft zu ihr gesagt:

»Weißt du, Venetia, du hast einen männlichen Geist. Du bist nie in Verlegenheit, was du sagen sollst.«

»Nun, ich glaube, wenn du dich für jedermann interessierst, wird sich auch jedermann für dich interessieren«, erwiderte Miss Reid bescheiden. »Übung macht den Meister, und ich habe die unendliche Fähigkeit, mich zu bemühen, von der Dickens sagte, dass sie Genie bedeute.«

Miss Reid hieß nicht wirklich Venetia; ihr Name war Alice, aber da er ihr nicht gefiel, hatte sie schon als junges Mädchen den poetischen Namen angenommen, der ihrer Meinung nach so viel besser zu ihrer Persönlichkeit passte.

Miss Reid hatte viele interessante Gespräche mit ihren Mitreisenden, und sie bedauerte es aufrichtig, als das Schiff schließlich Port-au-Prince anlief und die letzten von ihnen an Land gingen. Die ›Friedrich Weber‹ lag zwei Tage dort, so dass Miss Reid die Stadt und die Umgebung besichtigen konnte. Als sie wieder abfuhren, war sie der einzige Passagier. Das Schiff fuhr an der Küste der Insel entlang und legte in verschiedenen Häfen an, um Ladung zu löschen oder an Bord zu nehmen.

»Hoffentlich geraten Sie allein mit so vielen Männern nicht in Verlegenheit, Miss Reid«, sagte der Kapitän scherzhaft, als sie sich zum Mittagessen niederließen.

Sie hatte ihren Platz zu seiner Rechten, und am Tisch saßen außerdem noch der Erste Maat, der Erste Ingenieur und der Arzt.

»Ich bin eine Frau von Welt, Kapitän. Ich habe immer gefunden, wenn eine Dame wirklich eine Dame ist, dann benehmen sich Herren auch wie Herren.«

»Wir sind nur rauhe Seemänner, Madam, Sie dürfen nicht zu viel erwarten.«

»Gütige Herzen sind mehr als Adelskronen und schlichter Glaube mehr als Normannenblut, Kapitän«, erwiderte Miss Reid.

Er war ein kleiner, untersetzter Mann, mit glattrasiertem Kopf und einem roten, glattrasierten Gesicht. Er trug ein weißes Trikothemd, das aber außer bei den Mahlzeiten aufgeknöpft war und seine behaarte Brust zeigte. Er war ein jovialer Bursche. Er konnte nur polternd reden. Miss Reid hielt ihn für einen Kauz, aber sie hatte einen ausgesprochenen Sinn für Humor und war bereit, ihm dies zugutezuhalten. Sie nahm das Gespräch in die Hand. Sie hatte auf der Hinreise sehr viel über Haiti erfahren und noch mehr während der zwei Tage, die sie dort verbracht hatte, aber sie wusste, dass Männer lieber sprechen als zuhören, und darum stellte sie ihnen eine Reihe von Fragen, zu denen sie die Antworten schon kannte; seltsamerweise aber kannten sie sie nicht. Zuletzt sah sie sich gezwungen, einen richtigen kleinen Vortrag zu halten, und bevor das Mittagessen zu Ende war, hatte sie ihnen eine Menge interessanter Informationen übermittelt: über die Geschichte und die wirtschaftliche Lage der Republik, die Probleme, denen die Regierung zu begegnen hatte, und ihre Zukunftsaussichten. Sie sprach ziemlich langsam, mit vornehmer Stimme, und ihr Wortschatz war beträchtlich.

Bei Einbruch der Nacht gingen sie in einem kleinen Hafen vor Anker, wo sie dreihundert Säcke Kaffee laden sollten, und der Agent kam an Bord. Der Kapitän forderte ihn auf, zum Abendessen dazubleiben, und bestellte Cocktails. Als der Steward sie gerade brachte, kam Miss Reid in den Salon geschwebt. Ihre Bewegungen waren gelassen, elegant und selbstsicher. Sie behauptete immer, dass man am Gang einer Frau sofort erkennen könne, ob sie eine Dame sei. Der Kapitän stellte ihr den Agenten vor, und sie setzte sich.

»Was trinken denn die Herren?«, fragte sie.

»Einen Cocktail. Wollen Sie einen haben, Miss Reid?«

»Das wäre gar nicht übel.«

Sie trank ihn, und der Kapitän fragte sie etwas zögernd, ob sie noch einen haben wolle.

»Noch einen? Nun, der Kameradschaft wegen – ja.«

Der Agent, der viel weißer war als manche, aber zugleich auch sehr viel dunkler als viele andere, war der Sohn eines früheren Gesandten von

Haiti am deutschen Hof, und da er lange Jahre in Berlin gelebt hatte, sprach er gut Deutsch. Er hatte tatsächlich aus diesem Grund den Posten bei einer deutschen Schifffahrtsgesellschaft bekommen. Dies veranlasste Miss Reid, ihnen beim Abendessen die ganze Geschichte einer Rheinreise zu erzählen, die sie einmal gemacht hatte. Nachher saß sie mit dem Agenten, dem Kapitän, dem Arzt und dem Maat um einen Tisch herum, und alle tranken Bier. Miss Reid hielt es für ihre Aufgabe, den Agenten aus der Reserve zu locken. Die Tatsache, dass sie Kaffee luden, erweckte in ihr den Gedanken, es müsse interessant für ihn sein, wie der Tee auf Ceylon angebaut wurde; ja, sie war auf einer Kreuzfahrt in Ceylon gewesen, und die Tatsache, dass sein Vater Diplomat war, machte sein Interesse für die königliche Familie von England zur Gewissheit. Sie verbrachte einen äußerst angenehmen Abend. Als sie sich schließlich zurückzog, denn es wäre ihr nie eingefallen zu sagen, dass sie ins Bett gehen wolle, sagte sie zu sich selber:

›Es besteht kein Zweifel darüber, dass Reisen eine große erzieherische Wirkung hat.‹

Es war wirklich ein Erlebnis, mit all diesen Männern alleine zu sein. Wie sie zu Hause lachen würden, wenn sie nach ihrer Heimkehr alles darüber erzählte! Sie würden sagen, dass so etwas nur Venetia passieren könne. Sie lächelte, als sie den Kapitän auf Deck mit seiner starken, dröhnenden Stimme singen hörte. Die Deutschen waren so musikalisch. Er hatte eine drollige Art, mit seinen kurzen Beinen auf und ab zu stolzieren, während er Wagnersche Melodien zu Worten eigener Erfindung sang. Es war aus *Tannhäuser*, was er jetzt sang (dieses entzückende Lied vom Abendstern); doch da Miss Reid kein Deutsch verstand, konnte sie sich nur wundern, was für seltsame Worte er dazu fand. Das war auch gut so.

»Oh, welche Pest ist dieses Weib, ich bringe es um, wenn das so bleibt!« Dann ging er zu Siegfrieds Schwertlied über. »Furchtbar, furchtbar, furchtbar ist sie! Ich werfe sie in die See!«

Und das traf natürlich auf Miss Reid zu. Sie war entsetzlich, geradezu erstaunlich und qualvoll langweilig. Sie redete mit steter Eintönigkeit, und es hatte keinen Zweck, sie zu unterbrechen, denn dann fing sie nur wieder von vorn an. Sie hatte einen unstillbaren Drang zu belehren, und keine flüchtige Bemerkung konnte über den Tisch hinüber gemacht werden, ohne dass sie unzählige Fragen daran knüpfte. Sie träumte sehr lebhaft, und sie berichtete über diese Träume mit unerträglicher Langatmigkeit. Es gab keinen Gegenstand, über den sie nicht etwas Banales zu sagen wusste. Sie hatte einen Gemeinplatz für jede Gelegenheit bereit. Sie zielte auf das Abgedroschene, wie ein Hammer den Nagel in die Wand hineintreibt. Sie tauchte im Augenfälligen unter, wie ein Zirkusclown durch den Reifen springt. Schweigen konnte sie nicht aus der Fassung bringen. Diese armen Männer, so weit von ihren Heimen und dem Trippeln kleiner Füße entfernt, und Weihnachten vor der Tür, kein Wunder, dass sie in gedämpfter Stimmung waren! Sie verdoppelte ihre Bemühungen, ihr Interesse zu wecken und sie zu unterhalten. Sie war entschlossen, ein wenig Frohsinn in ihr trübes Dasein zu bringen. Denn das war das Schreckliche an der Sache: Miss Reids Absichten waren gut. Sie unterhielt sich nicht nur selber gut, sie wollte, dass alle sich gut unterhielten. Sie war überzeugt, dass alle sie so gernhatten, wie sie selber sie gernhatte. Sie fühlte, dass sie ihren Teil dazu beitrug, der Gesellschaft zum Erfolg zu verhelfen, und sie war naiv glücklich bei dem Gedanken, dass ihr dies gelang. Sie erzählte ihnen alles von ihrer Freundin Miss

Price und wie oft diese zu ihr gesagt hatte: »Venetia, niemand hat eine langweilige Minute in deiner Gegenwart.« Es war die Pflicht des Kapitäns, einem Passagier gegenüber höflich zu sein, und wenn er ihr auch noch so gern gesagt hätte, sie solle ihren törichten Mund halten – er konnte es nicht. Selbst wenn er seine Meinung frei hätte äußern dürfen, wusste er doch, dass er sie niemals so hätte kränken können. Nichts hemmte ihren Redestrom. Er war so unaufhaltsam wie eine Naturgewalt. Einmal begannen sie, in ihrer Verzweiflung deutsch zu sprechen, aber Miss Reid machte dem sofort ein Ende.

»Nein, das kann ich nicht dulden, dass Sie etwas sagen, das ich nicht verstehe. Sie sollten alle Nutzen daraus ziehen, dass Sie mich alleine für sich haben und sich im Englischen üben können.«

»Wir sprachen von technischen Sachen, die Sie nur langweilen würden, Miss Reid«, sagte der Kapitän.

»Ich langweile mich nie. Und darum, auch wenn Sie mich für ein klein wenig eingebildet halten mögen, bin ich nie langweilig. Sehen Sie, ich weiß gerne Bescheid. Alles interessiert mich, und man kann nie wissen, wann ein bisschen Kenntnis einem von Nutzen sein könnte.«

Der Doktor lächelte trocken.

»Der Kapitän hat das nur gesagt, weil er verlegen war. Er hat nämlich eine Geschichte erzählt, die für die Ohren einer unverheirateten Dame nicht geeignet war.«

»Ich bin zwar eine unverheiratete Dame, aber ich bin auch eine Frau von Welt; ich erwarte nicht, dass Seeleute Heilige sind. Sie brauchen nie ängstlich zu sein, was Sie vor mir sagen, Kapitän, ich werde nicht entsetzt sein. Ich möchte Ihre Geschichte sehr gerne hören.«

Der Doktor war ein Mann von sechzig Jahren, mit dünnem grauem Haar, einem grauen Schnurrbart und kleinen, scharfen blauen Augen. Er war ein schweigsamer, verbitterter Mann, und sosehr sich Miss Reid auch bemühte, ihn ins Gespräch zu ziehen, war es doch fast unmöglich, ein Wort aus ihm herauszubekommen. Aber sie war nicht die Frau, die kampflos aufgab, und eines Morgens auf offener See, als sie ihn mit einem Buch auf Deck sitzen sah, zog sie ihren Stuhl neben den seinen und ließ sich neben ihm nieder.

»Lesen Sie gerne, Doktor?«, fragte sie munter.

»Ja.«

»Ich auch. Und ich vermute, dass Sie wie alle Deutschen musikalisch sind.«

»Ich höre Musik gern.«

»Ich auch. Als ich Sie zum ersten Mal sah, dachte ich sofort, dass Sie klug aussehen.«

Er warf ihr einen kurzen Blick zu, verzog die Lippen und las weiter. Dies schreckte Miss Reid nicht ab.

»Aber lesen kann man natürlich jederzeit. Ich ziehe immer ein gutes Gespräch einem guten Buch vor. Sie nicht?«

»Nein.«

»Das ist sehr interessant. Sagen Sie mir, warum?«

»Ich kann Ihnen keinen Grund nennen.«

»Das ist sehr merkwürdig, nicht? Aber ich finde die menschliche Natur überhaupt sehr merkwürdig. Ich interessiere mich schrecklich für Menschen, wissen Sie. Ärzte habe ich immer gern, sie wissen so viel über die menschliche Natur, aber ich könnte Ihnen einige Dinge erzählen, die sogar Sie erstaunen würden. Man erfährt viel über die Leute, wenn man wie ich eine Teestube leitet, das heißt, wenn man die Augen offen hält.«

Der Doktor erhob sich.

»Ich muss Sie bitten, mich zu entschuldigen, Miss Reid. Ich muss jetzt einen Patienten besuchen.«

›Jedenfalls ist es mir gelungen, das Eis zu brechen‹, dachte sie, während er sich entfernte. ›Ich glaube, er war nur schüchtern.‹

Ein paar Tage später fühlte sich der Doktor gar nicht wohl. Er hatte ein inneres Leiden, das ihn von Zeit zu Zeit plagte, aber er war daran gewöhnt und nicht geneigt, darüber zu reden. Wenn er einen seiner Anfälle hatte, wollte er nur allein gelassen werden. Seine Kajüte war klein und dumpf; darum legte er sich auf Deck in einen Liegestuhl und schloss die Augen. Miss Reid spazierte gerade auf und ab, um sich wie jeden Morgen und Abend eine halbe Stunde Bewegung zu machen. Er dachte, wenn er sich schlafend stellte, würde sie ihn nicht stören. Als sie aber ein halbes Dutzend Mal an ihm vorbeigekommen war, blieb sie vor ihm stehen. Obwohl er die Augen geschlossen hatte, wusste er, dass sie ihn betrachtete.

»Kann ich etwas für Sie tun, Doktor?«, fragte sie.

Er zuckte zusammen.

»Warum, was denn?«

Er schaute sie an und bemerkte ihren tiefbekümmerten Blick.

»Sie sehen schrecklich krank aus«, sagte sie.

»Ich habe große Schmerzen.«

»Ich weiß. Das kann ich sehen. Kann man nichts dagegen tun?«

»Nein, es geht nach einiger Zeit vorbei.«

Sie zögerte einen Augenblick und ging dann fort. Nach einer Weile kam sie zurück.

»Sie sehen so unbehaglich aus, ohne Kissen oder irgendetwas. Ich habe Ihnen mein Reisekissen gebracht, das ich immer mitnehme. Lassen Sie es mich Ihnen doch unter den Kopf schieben.«

Er fühlte sich im Augenblick zu elend, um zu protestieren. Sie hob seinen Kopf sanft auf und schob das weiche Kissen darunter. Es war wirklich bequemer für ihn. Sie strich ihm mit der Hand, die kühl und weich war, über die Stirn.

»Armer Mann«, sagte sie. »Ich weiß, wie Ärzte sind. Ärzte haben keine Ahnung, wie sie sich selber pflegen sollen.«

Sie verließ ihn, kam aber nach wenigen Minuten mit einem Stuhl und einem Beutel zurück. Als der Doktor sie bemerkte, zuckte er gequält zusammen.

»Nun werde ich Ihnen nicht erlauben zu sprechen; ich werde nur neben Ihnen sitzen und stricken. Ich finde, es ist immer tröstlich, wenn man sich nicht wohl fühlt, jemanden in der Nähe zu haben.«

Sie setzte sich, zog einen angefangenen Schal aus ihrem Beutel und begann, emsig mit den Nadeln zu klappern. Sie sprach kein Wort. Und merkwürdigerweise empfand der Doktor ihre Gegenwart als Trost. Niemand an Bord hatte überhaupt bemerkt, dass er krank war; er hatte sich einsam gefühlt, und die Teilnahme dieser hoffnungslos langweiligen Person war wohltuend für ihn. Es beruhigte ihn, sie da schweigend arbeiten zu sehen, und bald schlief er ein. Als er wieder aufwachte, arbeitete sie noch. Sie sah ihn mit einem leichten Lächeln an, sagte aber nichts. Der Schmerz war vergangen, und er fühlte sich viel wohler. Er ging erst am Spätnachmittag in den Salon. Dort fand er den Kapitän und Hans Krause, den Maat, die zusammen Bier tranken.

»Setzen Sie sich, Doktor«, sagte der Kapitän. »Wir halten eben Kriegsrat. Sie wissen, dass übermorgen Silvester ist.«

»Natürlich.«

Der Silvesterabend bedeutet den Deutschen viel, und sie hatten sich schon alle darauf gefreut. Sie hatten den ganzen Weg von Deutschland einen Weihnachtsbaum mitgebracht.

»Beim Essen heute war Miss Reid gesprächiger denn je. Hans und ich haben beschlossen, dass etwas dagegen geschehen muss.«

»Sie hat heute Vormittag zwei Stunden schweigend neben mir gesessen. Da hat sie wohl das Versäumte nachholen wollen.«

»Es ist schlimm genug, gerade jetzt von zu Hause weg zu sein, und es bleibt uns nichts anderes übrig, als das Beste draus zu machen. Wir wollen unseren Heiligen Abend genießen, und wenn wir wegen Miss Reid nichts unternehmen, ist das ausgeschlossen.«

»Wir können es nicht gemütlich haben, wenn sie dabei ist«, sagte der Maat. »Sie würde todsicher alles verderben.«

»Was schlagen Sie vor, um sie loszuwerden, wenn wir sie nicht über Bord werfen können?«, sagte der Doktor lächelnd. »Sie ist keine üble Seele; alles, was ihr fehlt, ist ein Liebhaber.«

»In ihrem Alter?«, rief Hans Krause.

»Gerade in ihrem Alter. Diese ausschweifende Redseligkeit, diese Sucht nach Auskünften, die zahllosen Fragen, die sie stellt, ihre Banalitäten, die Art, wie sie kein Ende findet – das ist alles ein Zeichen ihrer rebellierenden Jungfräulichkeit. Ein Liebhaber würde ihr Frieden bringen. Ihre überreizten Nerven würden sich entspannen. Sie hätte dann wenigstens eine Stunde lang gelebt. Die tiefe Befriedigung, die ihr Wesen verlangt, würde durch diese gereizten Sprachzentren fließen, und wir hätten Ruhe.«

Es war immer etwas schwer festzustellen, wie viel der Doktor von dem, was er sagte, wirklich meinte und wann er sich lustig machte. Aber die blauen Augen des Kapitäns funkelten übermütig.

»Na, Doktor, ich setze großes Vertrauen in Ihre Diagnosen. Das Rezept, das Sie vorschlagen, ist sicher einen Versuch wert, und da Sie Junggeselle sind, ist es klar, dass seine Anwendung Ihnen obliegt.«

»Verzeihen Sie, Kapitän, es ist meine berufliche Pflicht, den Patienten, die mir auf diesem Schiff anvertraut sind, Arzneien zu verordnen, aber nicht, sie ihnen persönlich zu verabreichen. Außerdem bin ich sechzig.«

»Ich bin ein verheirateter Mann mit erwachsenen Kindern«, sagte der Kapitän. »Ich bin alt und dick und asthmatisch; es ist klar, dass mir eine solche Aufgabe nicht zugemutet werden kann. Die Natur hat mich für die Rolle eines Ehemannes und Vaters bestimmt, nicht für die eines Liebhabers.«

»In diesen Dingen ist Jugend eine Voraussetzung und gutes Aussehen von Vorteil«, sagte der Doktor ernst.

Der Kapitän schlug mit der Faust krachend auf den Tisch.

»Sie denken an Hans. Sie haben ganz recht. Hans muss es sein.«

Der Maat sprang auf die Füße.

»Ich? Niemals.«

»Hans, du bist groß, hübsch, stark wie ein Löwe, tapfer und jung. Wir werden noch dreiundzwanzig Tage auf See sein, bevor wir nach Hamburg kommen. Du willst doch einen vertrauten alten Kapitän in solcher Notlage nicht im Stich lassen, oder deinen guten Freund, den Doktor?«

»Nein, Kapitän, das ist zu viel von mir verlangt. Ich bin noch kein ganzes Jahr verheiratet, und ich liebe meine Frau. Ich kann es kaum erwarten, nach Hamburg zurückzukommen. Sie sehnt sich ebenso nach mir wie ich mich nach ihr. Ich will ihr nicht untreu werden – vor allem nicht mit Miss Reid.«

»Miss Reid ist gar nicht so übel«, sagte der Doktor.

»Manche Leute würden sie sogar hübsch finden«, sagte der Kapitän.

Und wirklich, wenn man Miss Reids Züge einzeln betrachtete, war sie keineswegs unschön. Wohl hatte sie ein langes, dummes Gesicht, aber ihre braunen Augen waren groß, und sie hatte sehr dichte Wimpern; ihr braunes Haar war kurz geschnitten und lockte sich recht gefällig im Nacken; ihre Haut war nicht schlecht, und sie war weder zu dick noch zu dünn.

Sie war nach heutigen Begriffen nicht alt, und wenn sie gesagt hätte, sie sei vierzig, so hätte man das ohne weiteres geglaubt. Das Einzige, was an ihr auszusetzen blieb, war, dass sie hausbacken und langweilig war.

»Muss ich also weitere dreiundzwanzig Tage die Weitschweifigkeit dieser lästigen Person ertragen? Muss ich noch geschlagene dreiundzwanzig Tage ihre törichten Fragen beantworten und ihre albernen Bemerkungen anhören? Muss ich alter Mann mir meinen Heiligen Abend, den schönen Abend, auf den ich mich gefreut hatte, durch die Gesellschaft dieser unerträglichen Jungfer verderben lassen? Und nur weil niemand gefunden werden kann, der ein wenig Galanterie, ein wenig menschliche Güte, einen Beweis von Mildtätigkeit einer einsamen Frau gegenüber aufbringen kann! Ich werde das Schiff auflaufen lassen.«

»Es bleibt immer noch der Funker«, sagte Hans.

Der Kapitän stieß einen lauten Schrei aus.

»Hans, mögen die zehntausend Jungfrauen von Köln sich erheben und dich segnen. Steward«, donnerte er, »sag dem Funker, dass ich ihn sprechen will.«

Der Funker kam in den Salon und stand stramm. Die drei Männer betrachteten ihn schweigend. Er überlegte beunruhigt, ob er etwas angestellt habe, wofür er nun zur Rechenschaft gezogen werden sollte. Er war recht groß, mit breiten Schultern und schmalen Hüften, kerzengerade und schlank; seine gebräunte, glatte Haut sah aus, als habe ein Rasiermesser sie nie berührt, er hatte große, auffallend blaue Augen und eine Mähne von lockigem, goldblondem Haar. Er war ein Prachtexemplar junger teutonischer Männlichkeit. Er war so gesund, so kräftig und voller Leben, dass man selbst auf eine gewisse Entfernung die Vitalität spürte, die von ihm ausstrahlte.

»Wie alt bist du, mein Junge?«, sagte der Kapitän.

»Einundzwanzig, Herr Kapitän.«

»Verheiratet?«

»Nein, Herr Kapitän.«

»Verlobt?«

Der Funker kicherte. Es lag etwas anziehend Knabenhaftes in seinem Lachen.

»Nein, Herr Kapitän.«

»Du weißt, dass wir einen weiblichen Passagier an Bord haben?«

»Ja, Herr Kapitän.«

»Kennst du sie?«

»Ich habe sie einmal auf Deck gegrüßt.«

Der Kapitän nahm seine offiziellste Haltung an. Seine Augen, die meistens vor Humor zwinkerten, waren jetzt streng, und er legte einen bellenden Ton in seine tiefe, volle Stimme.

»Obwohl dies ein Frachtdampfer ist und wir wertvolle Ladung mitführen, nehmen wir auch die Passagiere auf, die wir kriegen können, und das ist eine Abteilung unseres Geschäftes, an deren Entwicklung der Schifffahrtsgesellschaft sehr viel liegt. Die Weisungen an mich lauten dahingehend, alles nur Mögliche für die Zufriedenheit und das Behagen der Passagiere zu tun. Miss Reid benötigt einen Liebhaber. Der Doktor und ich sind zu der Überzeugung gekommen, dass du geeignet bist, den Anforderungen von Miss Reid zu entsprechen.«

»Ich, Herr Kapitän?« Der Funker wurde feuerrot und begann zu kichern, beherrschte sich aber gleich wieder, als er die entschlossenen Mienen der drei Männer ihm gegenüber sah. »Aber sie ist alt genug, um meine Mutter zu sein.«

»In deinem Alter hat das gar nichts zu sagen. Sie ist eine vornehme Dame und mit allen großen Familien in England verwandt. Wenn sie Deutsche wäre, wäre sie mindestens eine Gräfin. Dass du für diesen verantwortungsvollen Posten auserwählt worden bist, ist eine Ehre, die du hoch einschätzen solltest. Außerdem ist dein Englisch mangelhaft. Du bekommst also eine glänzende Gelegenheit, es zu verbessern.«

»Das ist allerdings wahr«, sagte der Funker. »Ich weiß, dass es mir an Übung fehlt.«

»Es kommt im Leben nicht so oft vor, dass man Vergnügen mit geistiger Entwicklung verbinden kann, und du darfst dir zu diesem Glücksfall gratulieren.«

»Aber wenn ich diese Frage stellen darf, Herr Kapitän: Warum benötigt Miss Reid einen Liebhaber?«

»Es scheint eine alte englische Sitte zu sein, dass unverheiratete Frauen von hohem Rang sich zu dieser Jahreszeit den Umarmungen eines Liebhabers hingeben. Die Schifffahrtsgesellschaft wünscht dringend, dass Miss Reid genauso behandelt wird, wie das auf einem englischen Schiff der Fall gewesen wäre, und wenn sie zufrieden ist, dürfen wir damit rechnen, dass sie bei ihren aristokratischen Beziehungen vielen ihrer Freunde diese Schifffahrtslinie empfehlen wird.«

»Herr Kapitän, ich bitte, mich zu entschuldigen.«

»Dies ist keine Bitte, die ich ausspreche, sondern ein Befehl. Du wirst dich heute Abend um elf Uhr bei Miss Reid in ihrer Kajüte melden.«

»Was soll ich tun, wenn ich dort bin?«

»Tun?«, donnerte der Kapitän. »Tun? Dich natürlich verhalten.«

Er winkte mit der Hand und entließ ihn. Der Funker schlug die Hacken zusammen, salutierte und ging hinaus.

»Jetzt wollen wir noch ein Glas Bier trinken«, sagte der Kapitän.

Beim Abendessen war Miss Reid ganz auf der Höhe. Sie war wortreich. Sie war neckisch. Sie war vornehm. Es gab keinen Gemeinplatz, den sie nicht ausgesprochen hätte. Es gab keine abgedroschene Redensart, die sie vermieden hätte. Sie bombardierte alle mit törichten Fragen. Das Gesicht des Kapitäns wurde immer röter bei der

Bemühung, seine Wut zu unterdrücken; er fühlte, dass er ihr nicht länger mit Höflichkeit begegnen konnte, und wenn das Rezept des Doktors nicht half, würde er sich eines Tages vergessen und ihr nicht nur ein wenig, sondern restlos die Meinung sagen.

›Ich werde meinen Posten verlieren‹, dachte er dabei, ›aber ich glaube fast, dass es sich lohnen würde.‹

Am nächsten Tag saßen sie schon alle am Tisch, als sie zum Mittagessen hereinkam.

»Morgen ist Silvester«, sagte sie munter. Dieser Hinweis entsprach ihr durchaus. Sie fuhr fort: »Nun, was haben Sie alle heute Vormittag getrieben?«

Da sie jeden Tag genau das Gleiche taten und sie genau wusste, was das war, war das eine Frage, die sie ärgerte. Der Kapitän verlor den Mut. Er sagte dem Doktor kurz, was er von ihm hielt.

»Jetzt aber bitte kein Deutsch«, sagte Miss Reid schalkhaft. »Sie wissen, dass ich das nicht gestatte, und warum, Kapitän, haben Sie den armen Doktor so verdrießlich angesehen? Es ist doch Weihnachtszeit, bedenken Sie, Frieden auf Erden und den Menschen ein Wohlgefallen. Ich bin schon ganz aufgeregt im Gedanken an morgen. Werden an dem Weihnachtsbaum Kerzen sein?«

»Natürlich.«

»Wie wunderbar! Ich finde immer, dass ein Weihnachtsbaum ohne Kerzen kein Weihnachtsbaum ist. Ach, übrigens, denken Sie nur, ich hatte gestern Abend ein so komisches Erlebnis. Ich kann es gar nicht verstehen.«

Eine betroffene Stille trat ein. Alle blickten gespannt auf Miss Reid. Ausnahmsweise hingen sie einmal an ihren Lippen.

»Ja«, fuhr sie in dem ihr eigenen monotonen und gezierten Ton fort, »ich wollte mich gestern Abend gerade zur Ruhe begeben, als es an meine Türe klopfte. ›Wer ist da?‹, fragte ich. ›Der Funker‹, war die Antwort. ›Was gibt es?‹, fragte ich. ›Kann ich Sie sprechen?‹, sagte er.«

Sie hörten mit atemloser Aufmerksamkeit zu.

»›Nun, ich will schnell einen Morgenrock anziehen‹, sagte ich, ›und dann die Tür aufmachen.‹ Also zog ich den Morgenrock an und öffnete die Tür. Der Funker sagte: ›Entschuldigen Sie, Miss, aber wollen Sie nicht vielleicht eine Funkbotschaft senden?‹ Nun, ich fand es schon sehr komisch, dass er um diese Stunde kam, um mich zu fragen, ob ich eine Funkbotschaft senden möchte;

ich lachte ihm gerade ins Gesicht, denn es regte meinen Sinn für Humor an, wenn Sie verstehen, was ich damit meine, aber ich wollte ihn nicht kränken, darum sagte ich: ›Vielen Dank, aber ich glaube nicht, dass ich eine Funkbotschaft senden will.‹ Er stand da und sah so komisch aus, als sei er ganz verlegen, darum sagte ich: ›Vielen Dank trotzdem für das Angebot‹, und dann sagte ich: ›Gute Nacht und angenehme Träume‹, und schloss die Tür.«

»Der verdammte Narr«, rief der Kapitän aus.

»Er ist noch jung, Miss Reid«, warf der Doktor ein. »Das war übertriebener Eifer. Wahrscheinlich dachte er, dass Sie gern Ihren Freunden Glückwünsche schicken möchten, und da wollte er Ihnen den Vorteil einer verbilligten Gebühr vermitteln.«

»Ach, es hat mir gar nichts ausgemacht. Ich habe diese komischen kleinen Erlebnisse auf Reisen gern. Ich lache nur herzlich darüber.«

Sobald das Essen vorüber war und Miss Reid sie verlassen hatte, ließ der Kapitän den Funker kommen.

»Du Esel, warum in aller Welt hast du Miss Reid gestern Abend gefragt, ob sie einen Funkspruch senden wolle?«

»Herr Kapitän, Sie haben mir gesagt, ich solle mich natürlich verhalten. Ich bin Funker. Ich dachte, es sei natürlich, wenn ich sie frage, ob sie einen Funkspruch senden wolle. Ich wusste nicht, was ich sonst sagen sollte.«

»Gott im Himmel!«, schrie der Kapitän. »Als Siegfried Brunhilde auf dem Felsen liegen sah und ausrief: ›Das ist kein Mann!‹« (der Kapitän sang die Worte zwei- oder dreimal, weil er seine Stimme gern hörte, bevor er fortfuhr), »hat Siegfried sie, nachdem sie erwachte, gefragt, ob sie einen Funkspruch senden möchte, um vielleicht ihrem Papa mitzuteilen, dass sie sich von ihrem langen Schlaf erhoben habe und jetzt wach sei?«

»Ich möchte Sie respektvoll darauf aufmerksam machen, dass Brunhilde Siegfrieds Tante war. Miss Reid ist mir völlig fremd.«

»Er hat nicht darüber nachgedacht, dass sie seine Tante war. Er wusste nur, dass sie eine schöne und wehrlose Frau war, allem Anschein nach aus guter Familie, und er benahm sich so, wie jeder Gentleman es getan hätte. Du bist jung und hübsch, arisch bis in die Fingerspitzen, die Ehre Deutschlands liegt in deiner Hand.«

»Zu Befehl, Herr Kapitän. Ich werde mir Mühe geben.«

An diesem Abend wurde wieder an Miss Reids Tür geklopft.

»Wer ist da?«

»Der Funker. Ich habe eine Funknachricht für Sie, Miss Reid.«

»Für mich?« Sie war erstaunt, aber es fiel ihr sofort ein, dass einer ihrer Mitreisenden, der in Haiti an Land gegangen war, ihr einen Neujahrsgruß geschickt haben konnte. ›Wie freundlich sind doch die Menschen‹, dachte sie. »Ich bin zu Bett. Legen Sie es vor die Tür.«

»Es ist mit Rückantwort. Zehn Worte vorausbezahlt.«

Dann konnte es kein Festgruß sein. Ihr Herzschlag stockte.

Es konnte nur eins bedeuten: Ihr Geschäft war bis auf den Boden niedergebrannt. Sie sprang aus dem Bett.

»Schieben Sie es unter der Türe durch, dann schreibe ich die Antwort und schiebe es Ihnen zurück.«

Der Umschlag wurde unter der Tür durchgeschoben, und als er auf dem Teppich erschien, hatte er wirklich ein unheilvolles Aussehen. Miss Reid nahm ihn rasch und riss ihn auf. Die Worte schwammen ihr vor den Augen, und sie konnte ihre Brille nicht gleich finden. Dies war es, was sie las:

Frohes neues Jahr. Stopp. Frieden auf Erden und den Menschen ein Wohlgefallen. Stopp. Sie sind sehr schön. Ich liebe Sie. Stopp. Ich muss mit Ihnen sprechen.
Stopp. Unterzeichnet: der Funker.

Miss Reid las es zweimal durch. Dann nahm sie langsam ihre Brille ab und versteckte sie unter einem Schal. Sie öffnete die Tür.

»Kommen Sie herein«, sagte sie.

Am nächsten Tag war Silvester. Die Offiziere waren heiter und ein wenig sentimental, als sie sich zum Mittagessen setzten. Die Stewards hatten den Salon mit tropischen Schlingpflanzen geschmückt, als Ersatz für Stechpalme und Misteln, und der Weihnachtsbaum stand auf dem Tisch; seine Kerzen sollten beim Abendessen angezündet werden. Miss Reid kam erst herein, als die Offiziere schon saßen, und als sie ihr Guten Morgen wünschten, neigte sie nur schweigend den Kopf. Alle schauten sie neugierig an. Sie sprach dem Essen mit gutem Appetit zu, sagte aber kein Wort. Ihr Schweigen war unheimlich. Endlich konnte der Kapitän es nicht mehr aushalten und sagte:

»Sie sind heute sehr still, Miss Reid.«

»Ich denke nach«, erwiderte sie.

»Und wollen Sie uns Ihre Gedanken nicht mitteilen, Miss Reid?«, fragte der Doktor scherzend.

Sie warf ihm einen kühlen, beinahe hochmütigen Blick zu.

»Ich ziehe vor, sie für mich zu behalten, Doktor. Ich hätte aber gerne noch etwas von dem Ragout, ich habe großen Appetit.«

Sie beendeten das Mahl unter wohltuendem Schweigen. Der Kapitän stieß einen Seufzer der Erleichterung aus. Dazu war eine Mahlzeit da: zum Essen, nicht zum Schwatzen. Als sie fertig waren, ging er auf den Arzt zu und drückte ihm die Hand.

»Es ist etwas geschehen, Doktor.«

»Es ist geschehen. Sie ist wie verwandelt.«

»Aber wird es andauern?«

»Man kann nur das Beste hoffen.«

Miss Reid zog für die Feier ein Abendkleid an, ein ganz schlichtes schwarzes Kleid, mit künstlichen Rosen an ihrem Busen und einer langen imitierten Jadekette um den Hals. Das Licht war gedämpft, und an dem Weihnachtsbaum brannten die Kerzen. Es war ein wenig wie in der Kirche. Die jüngeren Offiziere speisten an diesem Abend auch im Salon, und sie sahen sehr flott aus in ihren weißen Uniformen. Es gab Sekt auf Kosten der Schifffahrtsgesellschaft und nach dem Abendessen Punsch. Sie zogen an Knallbonbons. Sie sangen Lieder zur Grammophonbegleitung: *Deutschland, Deutschland über alles, Alt-Heidelberg* und *Lang, lang ist's her.* Sie schmetterten die Melodien kräftig hinaus, die Stimme des Kapitäns übertönte alle anderen, und Miss Reid fiel mit einer angenehmen Altstimme ein. Der Doktor beobachtete, dass Miss Reids Augen von Zeit zu Zeit auf dem Funker ruhten, und er las in ihnen den Ausdruck einer leichten Verwirrung.

»Er ist ein hübscher Bursche, nicht wahr?«, sagte der Doktor.

Miss Reid drehte sich um und schaute ihn kühl an.

»Wer?«

»Der Funker! Ich dachte, Sie hätten ihn eben betrachtet.«

»Welcher ist es?«

»Die Doppelbödigkeit der Frauen«, brummte der Doktor vor sich hin, erwiderte aber mit einem Lächeln: »Er sitzt neben dem Ersten Ingenieur.«

»Ach, natürlich, jetzt erkenne ich ihn wieder. Wissen Sie, ich finde nie, dass es so wichtig ist, wie ein Mann aussieht. Ich interessiere mich so viel mehr für den Geist eines Mannes als für sein Äußeres.«

»Oh«, sagte der Doktor.

Sie hatten alle einen kleinen Schwips, auch Miss Reid, aber sie verlor dabei nichts von ihrer Würde, und als sie ihnen Gute Nacht sagte, geschah es nach allen Regeln der Kunst.

»Ich habe einen ganz reizenden Abend verbracht. Ich werde niemals meinen Silvesterabend auf einem deutschen Schiff vergessen. Es war sehr interessant. Ein richtiges Erlebnis.«

Sie ging aufrecht zur Tür, und das war ein gewisser Triumph, denn sie hatte den ganzen Abend hindurch Zug um Zug mit ihnen ihr Glas geleert.

Sie waren am nächsten Tag alle ein wenig mitgenommen. Als der Kapitän, der Doktor und der Erste Ingenieur zum Mittagessen herunterkamen, saß Miss Reid schon am Tisch. Vor jedem Gedeck lag ein kleines, mit rosa Band umwickeltes Päckchen. Auf jedem stand geschrieben: ›Frohes neues Jahr.‹ Sie schauten Miss Reid fragend an.

»Sie sind alle so freundlich zu mir gewesen, deshalb wollte ich jedem von Ihnen ein kleines Geschenk machen. Es gab nicht viel Auswahl in Port-au-Prince, Sie dürfen nicht zu viel erwarten.«

Für den Kapitän waren es zwei Pfeifen aus Rosenholz, für den Doktor sechs seidene Taschentücher, ein Zigarrenetui für den Maat und zwei Krawatten für den Ersten Ingenieur. Sie nahmen die Mahlzeit ein, und Miss Reid zog sich in ihre Kajüte zurück, um auszuruhen. Die Offiziere schauten einander unbehaglich an. Der Maat spielte mit dem Zigarrenetui, das sie ihm gegeben hatte.

»Ich schäme mich ein bisschen«, sagte er endlich. Der Kapitän war nachdenklich; offenbar fühlte auch er sich etwas unsicher.

»Ich frage mich, ob wir Miss Reid diesen Streich hätten spielen dürfen«, sagte er. »Sie ist eine gute Seele, und sie ist nicht reich; sie ist eine Frau, die sich ihren Unterhalt verdient. Sie hat sicher annähernd hundert Mark für diese Geschenke ausgegeben. Ich wollte beinahe, wir hätten sie in Ruhe gelassen.«

Der Doktor zuckte die Achseln.

»Sie wollten, dass sie verstummen sollte, und ich habe sie zum Schweigen gebracht.«

»Wenn man es näher überlegt, hätte es uns nichts geschadet, ihrem Geschwätz noch weitere drei Wochen zuzuhören«, sagte der Maat.

»Ich bin ihretwegen nicht ganz glücklich«, fügte der Kapitän hinzu. »Ich finde ihr Schweigen unheimlich.«

Sie hatte während der ganzen Mahlzeit kaum ein Wort gesagt. Sie schien kaum darauf zu hören, was sie sprachen.

»Meinen Sie nicht, dass Sie sich bei ihr erkundigen sollten, ob sie sich ganz wohl fühlt, Doktor?«, schlug der Kapitän vor.

»Natürlich fühlt sie sich wohl. Sie hat einen Wolfshunger. Wenn Sie Erkundigungen einholen wollen, sollten Sie sich lieber an den Funker wenden.«

»Vielleicht haben Sie es noch nicht bemerkt, Doktor, aber ich bin ein Mann von großem Zartgefühl.«

»Ich habe selber auch ein Herz«, sagte der Doktor.

Während der restlichen Fahrt verwöhnten die Männer Miss Reid in ganz übertriebener Weise.

Sie behandelten sie mit der Rücksicht, die sie einer von langer gefährlicher Krankheit Genesenden entgegengebracht hätten. Obwohl ihr Appetit glänzend war, bemühten sie sich, sie mit neuen Gerichten zu verlocken. Der Doktor bestellte Wein und bestand darauf, dass sie die Flasche mit ihm teilte. Sie spielten Domino mit ihr. Sie spielten Schach mit ihr. Sie spielten Bridge mit ihr. Sie zogen sie ins Gespräch. Aber es gab keinen Zweifel, dass sie, obwohl sie dem Entgegenkommen höflich begegnete, innerlich für sich blieb. In ihrem Blick lag beinahe etwas wie Verachtung; man hätte fast denken können, dass diese Männer und ihre liebenswürdigen Bemühungen ihr angenehm lächerlich erschienen. Sie sprach selten, wenn sie nicht angeredet wurde. Sie las Detektivromane und saß abends auf Deck und betrachtete die Sterne. Sie lebte ein Leben für sich.

Endlich nahte das Ende der Reise. Sie dampften an einem ruhigen, grauen Tag den Ärmelkanal hinauf; sie erblickten Land. Miss Reid packte ihre Koffer. Um zwei Uhr nachmittags legten sie in Plymouth an. Der Kapitän, der Maat und der Doktor kamen, um sich von ihr zu verabschieden.

»Nun, Miss Reid«, sagte der Kapitän in seiner

herzhaften Weise, »es tut uns leid, Sie zu verlieren, aber wahrscheinlich freuen Sie sich, nach Hause zu kommen.«

»Sie sind sehr freundlich zu mir gewesen, Sie alle sind sehr freundlich gewesen. Ich weiß gar nicht, wodurch ich das verdient habe. Ich war sehr glücklich bei Ihnen. Ich werde Sie nie vergessen.«

Sie sprach ein wenig zittrig, sie versuchte zu lächeln, aber ihre Lippen bebten, und Tränen liefen ihr über die Wangen. Der Kapitän wurde dunkelrot. Er lächelte verlegen.

»Darf ich Ihnen einen Kuss geben, Miss Reid?«

Sie war um einen halben Kopf größer als er. Sie beugte sich herunter, und er drückte ihr einen dicken Kuss auf die eine nasse Wange und einen weiteren dicken Kuss auf die andere. Sie wandte sich zu dem Doktor und dem Maat. Und beide küssten sie.

»Was für eine alte Närrin bin ich«, sagte sie. »Alle sind so gut.«

Sie trocknete sich die Augen und ging dann langsam, in ihrer graziösen, leicht komischen Art den Laufsteg hinunter. Der Kapitän hatte feuchte Augen. Als sie den Kai erreichte, blickte sie auf und winkte jemandem auf dem Bootsdeck.

»Wem winkt sie?«, fragte der Kapitän.

»Dem Funker.«

Miss Price wartete schon am Kai, um sie willkommen zu heißen. Als sie den Zoll passiert hatten und Miss Reid ihr großes Gepäck losgeworden war, gingen sie zu Miss Price und tranken dort einen frühen Tee. Miss Reids Zug fuhr erst um fünf Uhr. Miss Price hatte Miss Reid viel zu berichten.

»Aber es ist schlimm von mir, so ins Reden zu geraten, wo du gerade erst nach Hause gekommen bist. Ich habe mich schon so darauf gefreut, alles über deine Reise zu hören.«

»Ich fürchte, dass es gar nicht viel zu erzählen gibt.«

»Das kann ich nicht glauben. Deine Reise ist doch gelungen, oder nicht?«

»Sehr gelungen. Es war sehr nett.«

»Und es war dir nicht unangenehm, mit all diesen Deutschen zusammen zu sein?«

»Natürlich sind sie nicht wie Engländer. Man muss sich an ihre Art gewöhnen. Sie tun manches, was – nun, was Engländer nicht tun würden, weißt du. Aber ich finde immer, dass man die Dinge nehmen muss, wie sie kommen.«

»Was meinst du damit?«

Miss Reid blickte ihre Freundin gelassen an. Ihr langes, dummes Gesicht hatte einen milden Ausdruck, und Miss Price bemerkte das eigentümlich schalkhafte Blinken in ihren Augen nicht.

»Eigentlich nur ganz bedeutungslose Ereignisse. Einfach komische, unerwartete, recht nette Erlebnisse. Zweifellos wirkt Reisen wunderbar bildend.«

CARSON MCCULLERS

Heiligabend im Krankenhaus

Ich lernte Carol ein paar Tage vor Weihnachten kennen, als wir beide Patienten im Krankenhaus für Physiotherapie waren. Carol war ein vielbeschäftigtes Mädchen; sie malte Aquarelle, sie zeichnete mit Kreide, und vor allem machte sie Zukunftspläne. Damals erhoffte sie eine Party für den Heiligen Abend, an der sie teilnehmen wollte; es würde das erste Mal in ihrem Leben sein, dass sie mit ihren neuen Beinprothesen zu einer Party ging. Carols Beine waren amputiert worden. Sie war mit Beinen auf die Welt gekommen, die so verkrümmt waren, dass sie sie amputieren ließ, als sie neunzehn Jahre alt war.

An jenem Heiligabend waren Scharen von Besuchern im Krankensaal, Familien und Freunde von Patienten, und das Krankenhaus hatte Feiern veranstaltet. Aber für Carol war es ein Unglückstag. Ihr blieb die Party versagt, zu der sie hatte gehen wollen, weil das eine ihrer Beine repariert werden musste. Das würde ihr den Heiligen Abend verderben; und als ich zu ihr hinschaute, sah ich, dass sie leise und bitterlich weinte.

Ich bat sie, mich zu besuchen. Ihren Rollstuhl konnte sie sehr geschickt handhaben; sie kam zu mir, noch immer in Tränen.

»Von allen Tagen im Jahr muss das Bein ausgerechnet heute repariert werden – wo ich mich doch so drauf gefreut hatte, zu der Party zu *gehen* und meinen Freunden meine neuen Beine zu zeigen!«

Wir sprachen ein Weilchen, und dann las ich ihr das lebendigste Stück Literatur vor, das ich kenne (abgesehen von der Bibel):

> *Ein leichtes Pochen gegen die Scheibe bewog ihn, dorthin zu blicken. Es hatte wieder zu schneien begonnen. Schläfrig beobachtete er die Flocken, die silbern und dunkel schräg durch das Lampenlicht fielen. Die Stunde war für ihn gekommen, seine Reise gen Westen anzutreten. Ja, die Zeitungen hatten recht: In ganz Irland schneite es. Der Schnee fiel auf jede Stelle des dunklen Mittellandes, auf die baumlosen Hügel, fiel sachte aufs Moor von Allen, und weiter*

westlich fiel er sachte auf die dunklen, rebellischen Wellen des Shannon. Er fiel auch auf jede Stelle des einsamen Friedhofs auf dem Hügel, wo Michael Furey begraben lag. Dicht lag er auf den schiefen Kreuzen und Grabsteinen, auf den Speeren des kleinen Gittertors und auf dem Dornengestrüpp. Langsam verdämmerte seine Seele, während er den Schnee sachte durchs Weltall fallen hörte, sachte niederfallen hörte auf all die Lebenden und die Toten, wie das Nahen ihrer letzten Stunde.

Ich las es ebenso sehr zu ihrem wie zu meinem Trost, und die Schönheit der Sprache brachte uns beiden an jenem Heiligabend im Krankenhaussaal Frieden und Schönheit.

Carol war ein Mädchen mit großartigem Mut; sie nahm die Beschwerden ihres Invalidendaseins mit Grazie und Ausgeglichenheit auf sich. Trotzdem wusste ich, dass sie wegen der Party unglücklich war, denn sie wiederholte: »Ausgerechnet heute, wo ich ins Zimmer meiner Freunde gehen und mich zeigen wollte!«

Die Ärzte waren auch niedergeschlagen, doch plötzlich erhob sich wie ein jäher Windstoß ein kleines Durcheinander im Korridor. Die Nachricht verbreitete sich, dass Carols Bein rechtzeitig fertig würde und dass sie schließlich doch noch zu der Party gehen könne. In dem Neun-Betten-Saal entstand ein allgemeines Frohlocken, und Carol weinte in froher Erregung.

Als es Zeit wurde für den Beginn der Party, wurde Carol tadellos in ihre besten Sachen gekleidet. Die Beine wurden ihr gebracht, und sie wandte die Gehhilfen an, die ihr erst vor kurzem beigebracht worden waren. Ein Arzt schaute zur Tür herein, um zu sehen, wie sie es schaffte, und der Therapeut sagte: »Bravo, Carol!«

Sie prüfte die Schnallen an ihren Prothesen, mühte sich in eine aufrechte Stellung und ging dann mit erhobenem Kopf stolz den Korridor hinunter und dorthin, wo ihre Freunde sie erwarteten. Ich wusste, dass die langen Monate ihres heldenhaften Leidens und Mutes und der harten Arbeit sich gelohnt hatten und dass es Carol wirklich gutgehen würde.

Als ich das letzte Mal von ihr hörte, besuchte sie das College, nahm an allen studentischen Umtrieben teil und hatte vor, nach bestandenem Examen Physiotherapie zu lehren.

HAZEL BRUGGER

Drei Nüsse für Hazelbrödel

Die fünfte Jahreszeit dauert sechs Wochen und läuft auf die Klimax Weihnachten hinaus. Dieser nach Zimt und Anis duftende Festtagsfaschismus, die herzerwärmende Struktur von berechneter Harmonie und Nächstenliebe ist es, welche auch den unchristlichsten Bürger von allen Seiten her zu penetrieren versucht.

Jeder Ladenbesitzer tut so, als läge ihm etwas an der Musik, die er abspielt und die im besten Fall irgendwo zwischen Enya und Schwangerschafts-Gymnastik-Harfenklängen hin und her pendelt. Wenn man Pech hat, wird man auch auf der Straße von Lautsprechern mitten in die Fresse ge-wham!-t und mit glockenbimmelndem Herzschmerz dem Tod durch Seelendiabetes nahe gebracht. Hinzu kommt der gesellschaftliche Zwang, wie die Lachse zur Brutstätte zurückzukehren. Familienmitglieder zu beglücken, die man sich nie als Freunde aussuchen würde, und in steinzeitliche Muster zurückzufallen. Da ist zum Beispiel der Jäger, der Hausmann, der im Schweiße seines Angesichts den eingepackten Baum vom Familienwagen loslöst und in der Stube labradorgleich hechelnd seiner Frau vor die Schuhe wirft wie die tote, nasse Ente. Und sie, die Sammlerin, die ihm darauf einen Kuss gibt (ohne Zunge, das wäre unangebracht), den Baum in den Sockel steckt und das schützende Netz mit gekonntem Messerschlitzer-Move von der Beute ablöst. Und die Kinder, die bei der Herrichtung des Erbeuteten helfen, mit gestärktem Kragen Christbaumkugeln aufhängen und Süßigkeiten arrangieren dürfen. Knochige Erdnüsse, Mandarinen, so prall und saftig wie gut gereifte Ödeme, und Schokolade, die im Mund schmilzt, nicht in der Hand. (Es sei denn natürlich, man steckt sie sich mitsamt der Hand in den Mund.)

Die Vorweihnachtszeit ist, wie ich mir die letzten Monate einer Schwangerschaft ausmale: unendlich viel Vorbereitung für einen einzigen Termin. Und obwohl alle anderen es auch irgendwie hinkriegen, denkt man doch, dass es – wie man's auch macht – verkehrt sein muss, ob durchorganisiert und hübsch dekoriert oder anarchistisch à la Bethlehem-Roulette.

Sowohl zum Elternsein als auch zum Festeschmeißen braucht man keine Prüfung. Man kann lediglich hoffen, dass alles gut wird und am Schluss nicht zu viel Unordnung bleibt. Gleichzeitig ist klar, dass man eigentlich nur alles falsch machen kann – das Kind stürzt und fällt auf die Jesuspuppe im Krippenset, man eilt daher und pfercht zur Instantberuhigung eine Lindorkugel in den Kindermund. Bumm, zack, Totalschaden auf immer und ewig. Denn fortan assoziiert der Nachwuchs Schmerz und Jesusbaby mit Schokolade und muss beim Anblick von Kirchen sabbern und sich geißeln lassen. Sowohl Kind als auch Weihnachten sind auf immer ruiniert, die ganze Arbeit für nichts, halleluja, und all das nur, weil man zum Feiern keinen Eignungstest gemacht hat.

Und wenn Weihnachten dann weder vor noch in oder gar hinter der Tür steht, sondern das Haus endlich, endlich in vom Balkongeländer stürzender Manier verlassen hat, dann ist Zeit für die richtig wichtige Frage im Leben. Nämlich welches Fondue man an Silvester denn nun kochen soll.

VIKTORIJA TOKARJEWA

Eine Weihnachtsgeschichte an Neujahr

Die Lehrerin Marja Jefremowna verkündete, dass wir in der Klasse eine sogenannte ›lebendige Ecke‹ einrichten würden und dass jeder etwas Lebendiges mitbringen solle.

Meine Großmutter schlug vor: »Nimm doch das graue Kätzchen mit.«

Die Sache war die, dass die Nachbarskatze drei Kätzchen geboren hatte und zu uns umgezogen war. Sie wohnte jetzt vor unserer Tür. Laut meiner Großmutter waren die Nachbarn nachlässig geworden und hatten aufgehört, die Katze zu füttern. Sie kamen ja nicht mal dazu, sich richtig um ihren kleinen Slawik zu kümmern, geschweige denn um eine Katze. Der arme Slawik ging den ganzen Winter hindurch ohne Strümpfe in den Schuhen, wobei er sich nicht einmal erkältete, im Gegensatz zu mir, die von einer Angina in die nächste rutschte, obwohl mich sechs Augen den ganzen Winter hindurch beobachteten: die von Papa, Mama und der Großmutter.

Die Nachbarskatze zog also samt Kätzchen vor unsere Haustür, und mein Vater brachte der Katzenfamilie auf einem Tellerchen Futter hinaus. Meine Großmutter war unzufrieden, denn mein Vater arbeitete nicht und aß dennoch, wo doch Lenin gesagt hatte: »Wer nicht arbeitet, soll auch nicht essen.« Und dann ernährte er auch noch fremde Katzen.

Mein Vater arbeitete tatsächlich nicht. Nach der Perestroika war sein »wissenschaftliches Institut« den Bach runtergegangen, und alle Mitarbeiter waren auf der Straße gelandet. Man musste sich irgendwie durchschlagen, aber genau das konnte mein Vater nicht. Also musste sich meine Mutter für zwei durchschlagen, und seither gab es zu Hause schweigenden Streit. Das ist, wenn jeder für sich innerlich schimpft, aber nach außen hin schweigt. Doch ich hörte trotzdem alles und war auf Papas Seite.

Wir fütterten also die Katzen, aber wir ließen sie nicht ins Haus. Eines Tages witschte das schwarze Kätzchen doch in unsere Wohnung und versteckte sich unter dem Sofa. Wir versuchten es mit dem Schrubber herauszuholen, aber es klappte nicht. Abends, als alle fernsahen, kam es von selbst heraus, kletterte furchtlos der Großmutter auf den Schoß und schaltete seinen schnurrenden kleinen Motor ein. Und davon wurde es in unserer Wohnung ganz ruhig und gemütlich.

Am Morgen weckte mich ein scharfer Luftstrom, der meine Wange kalt werden ließ. Ich öffnete die Augen und sah neben mir auf dem Kissen ein Katzenschnäuzchen. Das war natürlich eine Frechheit. Aber was konnte man machen ... Das Kätzchen wollte uns dazu bringen, es liebzugewinnen, und das taten wir allmählich wirklich. Doch die erwachsene Katze und ihre anderen zwei Katzenkinder – ein graues und ein getigertes – wohnten weiter im Treppenhaus, woraus ich den Schluss zog, dass Feinfühligkeit nicht immer nützlich ist.

»Bringt doch das graue Kätzchen in die ›lebendige Ecke‹«, schlug meine Großmutter noch mal vor.

»Ich bin dagegen«, sagte mein Vater. »Katzen müssen in Freiheit leben und Mäuse jagen.«

»Ja, sogar die Katzen jagen«, bemerkte meine Großmutter maliziös.

Mein Vater und ich ignorierten die Anspielung, zogen uns an und gingen in einen Blumenladen. Dort arbeitete eine sehr hübsche Verkäuferin mit einem glatten, stark geschminkten Gesicht. »Guten Tag«, sagte mein Vater zu ihr. »Wir brauchen etwas für die ›lebendige Ecke‹ in der Schule.«

»Am besten ein Kaktus«, riet die Verkäuferin. »Das ist die pflegeleichteste Pflanze. Sie kann sehr lange ohne Wasser auskommen.«

Sie stellte einen Topf mit einem Kaktus vor uns hin. Eine Blume konnte man das wirklich nicht nennen. Es war eher eine Art lebendige Konstruktion, voller Buckel und Stacheln. Übrigens sagt man, dass hässliche Mädchen einen nachgiebigen Charakter haben. Offenbar ist alles Unansehnliche anspruchslos, denn es hat keine andere Wahl, um zu überleben.

»Ein Ficus wäre auch möglich«, sagte die Verkäuferin. »Aber der ist sehr teuer. Fünfundzwanzigtausend Rubel.«

Ich wollte nicht, dass mein Vater arm erschien, darum sagte ich eilig: »Ich möchte dieses dort, das Rote …«

Der Topf war der allerkleinste, das Blümchen das allerschlichteste, es sah aus wie ein Tropfen aus Feuer, und sicher war es das allerbilligste.

»Das ist eine Geranie. Achthundert Rubel.« Die Verkäuferin stellte den Blumentopf vor uns hin. »So viel wie ein Päckchen Zigaretten«, sagte mein Vater im Scherz.

Ihm gefiel der Preis, und ihm gefiel die Verkäuferin. Und mir gefiel die kleine Blume. Die Blätter waren groß, samtig, und die Blüte ganz einfach, nur vier Blütenblätter. Als ob sie ein Kind gemalt hätte. Oder wie wenn der Herrgott selbst dieses Blümchen am frühen Morgen und bei bester Laune erschaffen hätte. Er war aufgewacht und hatte sich mit frischem Kopf so ein Blümchen ausgedacht: Das war perfekt, da gab es nichts wegzulassen und nichts hinzuzufügen.

»Als ich ein Kind war, hatte ich eine Geranie«, erinnerte sich mein Vater, und dabei nahm sein Gesicht einen besonderen Ausdruck an. Die Kindheit ist eine gute Zeit, denn ein Kind liebt man nicht für irgendetwas, sondern einfach so, und man will nichts von ihm, außer dass es existiert und blüht.

»Wie viel kostet die Geranie?«, fragte wie eine Zarin eine dicke Dame in einem teuren Pelz. Es war eine Ficus-Dame.

»Die gehört uns«, sagte ich, nahm das Pflänzchen von der Theke und drückte es an mich.

»Gibt es noch welche?«, fragte die Dame.

»Das ist die letzte«, antwortete die Verkäuferin.

»Schade. Geranien sind gut gegen Motten.«

Nicht nur war das Blümchen nicht teuer, es war auch noch das letzte und es war nützlich. Ein dreifacher Sieg.

Ich trat auf die Straße hinaus, ohne den Blick von der Blume zu lassen. Und mein Vater sagte: »Schau auf dcinc Füßc ...«

Zu Hause sperrte ich als Erstes das Kätzchen ins Bad, damit es nicht auf das Blümchen sprang und es zerdrückte. Das Kätzchen verstand ja nicht, dass die Blume kein Spielzeug war, sondern ein lebendes Wesen mit Pflanzenbewusstsein. Das unglückliche Kätzchen schluchzte vor Einsamkeit, aber ich blieb hart, denn ein kleines Übel, die Isolation des Kätzchens, verhinderte ein großes Übel, den Tod der Geranie.

Ich stellte den Blumentopf aufs Fensterbrett, an die Sonne. Dann füllte ich Wasser in eine Konservendose und goss das Blümchen.

»Nicht so viel«, warnte mich meine Großmutter. »Sonst verschluckt es sich.«

Ich erschrak, und nachts stand ich sogar auf, um nachzusehen, ob mein Blümchen noch am

Leben war. Doch am Morgen sah ich, dass das Feuerchen noch greller leuchtete, die Blätter noch samtiger waren und der Duft noch stärker. Es war ein unbenennbarer Duft, scharf wie ein Durchzug, ein mit nichts zu vergleichender Geruch. Ich atmete ihn lange, ganz lange ein, dann atmete ich aus und gleich wieder ein, saugte ihn geradezu in mich hinein.

»Wenn ihr mich fragt, ist sie verrückt geworden«, folgerte meine Mutter aus meinem Verhalten.

»Ach was«, hielt meine Großmutter dagegen, »das ist doch gut für die Atemwege. Die Rosen, beispielsweise, heilen Schnupfen.«

»Dann soll sie die Geranie doch behalten, wenn sie ihr so gut gefällt«, sagte meine Mutter.

»Das wäre nicht richtig«, meinte mein Vater. »Man muss fähig sein, das herzugeben, was einem selbst gefällt.«

»Man muss erst mal sich selbst auf die Beine stellen, bevor man großzügig sein kann«, entgegnete meine Großmutter.

Mir tat es leid, die Blume wegzugeben, und mir tat mein Vater leid. Ich sagte: »Ich bringe die Pflanze in die lebendige Ecke, und dann kann die ganze Klasse sie ansehen. Es ist doch schön, etwas gemeinsam anzugucken. So wie die Bilder im Museum …«

Um Viertel vor neun ging ich in die Schule. Unsere Schule befand sich gleich in unserem Hof, deshalb brachte mich niemand hin.

Ich lief los und sah auf meine Füße, um nur ja nicht zu stolpern und auf die Blume zu fallen.

Wir hatten Mitte Oktober, aber es war warm wie im Sommer, und die Jungs trieben sich vor der Schule in der Schuluniform herum, ohne Jacke darüber. Einer überragte alle – Borka Karpow, ein Junge, der sich ab und zu schon einen hinter die Binde goss, und ein Dummkopf dazu. Er war der einzige Sohn schon alter Eltern, sie verboten ihm nie etwas und widmeten ihm viel zu viel Aufmerksamkeit. Er hatte lange Arme und Beine, und seine Arme und Hände waren zu nichts Gutem zu gebrauchen, bloß zu Knüffen und Püffen und Schlägen auf den Hinterkopf. Die anderen Jungs waren mickriger, und deshalb scharten sie sich immer um ihn.

Als sie mich mit dem an die Brust gedrückten Blumentopf sahen, lösten sie sich voneinander und richteten sich hoch auf. Sie warteten schweigend, dass ich an ihnen vorbeiging. Mir gefiel das nicht. Ich blieb stehen und begann sie anzusehen. Jeden einzeln.

Die Schulglocke schrillte. Ich hoffte, dass die Glocke alle vom Platz scheuchen würde, aber die Jungs bewegten sich nicht von der Stelle.

»Na, was ist, hast du Angst?«, fragte ich mich selbst und ging Richtung Schultür. Die Jungen stellten sich in zwei Reihen auf, und ich ging durch den engen Korridor zwischen ihnen. Ich wünschte mir so sehr, dass nichts passieren würde. Ich tat Schritt um Schritt. Ein letzter Schritt – und ich wäre hinter der Tür verschwunden. Ein letzter Schritt … Und genau in dem Moment machte Borka Karpow zwei Bewegungen: eine nach oben – er hob seine Schultasche hoch, eine zweite nach unten – sie krachte auf meine Geranie nieder. Der Topf rutschte mir aus der Hand, fiel auf den Boden und zerbrach. Die Erde zerstreute sich, und das rote Köpfchen der Blume flog in hohem Bogen davon. Ich schaute auf den Boden und verstand überhaupt nichts mehr. *Warum? Wieso?* Sollte das für die anderen lustig sein? Aber niemand lachte.

Es klingelte zum zweiten Mal. Alle rannten ins Schulgebäude. Ich drehte mich um und rannte nach Hause, wobei ich noch fast unter ein Auto gekommen wäre. Aber der Autofahrer hatte eine gute Reaktionsfähigkeit. Er bremste scharf und drohte mir mit der Faust.

Ich rannte ins Haus und konnte vor Tränen kaum atmen. Meine Großmutter ließ sich von meinem Kummer anstecken, sie sah aus wie eine bekümmerte Ziege. Allmählich konnte ich wieder reden, und ich erzählte alles von Borka und dem Blümchen. Von dem Auto sagte ich nichts, da wären sie nur alle durchgedreht, mein Vater eingeschlossen.

Mein Vater hörte mir zu und sagte dann: »Dem stopfe ich Glaswolle in den Kragen.«

»Und dann?« Ich hatte aufgehört zu weinen.

»Er wird sich kratzen und schrecklich quälen.«

Sich kratzen und sich quälen. Das war nicht viel, aber wenigstens etwas. Besser als nichts.

»Und woher kriegst du Glaswolle?«

»Von einer Baustelle. Dort gibt es jede Menge davon.«

Nachts lag ich wach und stellte mir vor, wie der Glasstaub sich in Borkas Haut im Nacken eingraben würde, Borka würde sich auf dem Boden winden, vor Schmerz winseln und um Gnade flehen …

Aber mein Vater ging nicht zur Baustelle, er

schob die Sache so lange vor sich her, bis Borkas Eltern eine Wohnung in einem anderen Stadtteil gekauft hatten und Borka für immer aus unserer Schule verschwand.

So blieb die getötete Blume ungerächt. Das Böse blieb unbestraft, es spazierte in Form von Borka Karpow frech durch die Stadt.

Ich veränderte mich nicht sonderlich. Ich lernte weiter und bekam Dreier, in Literatur sogar eine Eins, ging weiter ins Sportzentrum, vergnügte mich mit meinen Freunden. Nichts veränderte sich, aber die getötete Blume …

Es vergingen fünf Jahre. Ich begann zu studieren, an der Wirtschaftsfakultät, obwohl ich in die Philologie wollte. Doch meine Mutter sagte, dass die Wirtschaft die Wissenschaft der Zukunft sei und auf dem Arbeitsmarkt niemand Philologen brauche.

Ich traf mich mit einem Jungen namens Tolja, obwohl mir der Name Tolja überhaupt nicht gefiel. Das war doch kein Name, das war ein abgesägter Stumpf. Anatolij war schon besser, aber irgendwie unbeholfen feierlich, wie die Säulen an den Stalinbauwerken. Aber vielleicht war ja ein Name wie der andere. Und nur Tolja an sich ging mir einfach auf die Nerven. Er war schon in Ordnung, aber mir gefielen eher die, die nicht in Ordnung waren.

Vor mir lag, wie ein endloses Feld, meine Zukunft mit einem uninteressanten Beruf und einem ebenso uninteressanten Privatleben.

Meine Theorie war: In der Natur gibt es Glückspilze und Pechvögel. Der weiße Engel sucht sich seine Mannschaft zusammen. Und auch der schwarze Engel tut das. Die Engel sind die Angestellten der himmlischen Kanzlei.

Ich hatte den Verdacht, dass meine Karriere als Pechvogel an dem Morgen vor der Schule begonnen hatte, als Borka Karpow seine Schultasche auf meinen Geranientopf niedersausen ließ. Ich war verstört gewesen, erstarrt, und genau in der Sekunde hatte der schwarze Engel mich am Arm gefasst und in seine Reihen gestellt. Genau da war alles bestimmt worden und ging nun immer so weiter, obwohl ich schöne große Augen hatte, gleichmäßige Zähne und französische Schminksachen. Ich blühte und duftete, aber alles umsonst.

Heute war der einunddreißigste Dezember. Silvester. Tolja und ich waren verabredet, wir wollten uns bei der Metro treffen und mit anderen feiern gehen. Tolja hatte eine Mütze auf mit steifem Schirm, so wie Schirinowski. Solche Mützen trugen die rumänischen Gepäckträger Anfang des neunzehnten Jahrhunderts. Mir wurde wehmütig ums Herz. Von Tolja ging eine diffuse, zähe Energie aus, ähnlich dem Smog in einer Großstadt.

»Planänderung«, sagte ich. »Ich muss nach Hause zurück.«

»Wieso denn?«, sagte Tolja.

»Weil Silvester ein Familienfest ist.«

»Und da gehst du in dieses Altenheim?«, fragte Tolja hastig.

Das Altenheim, das waren meine Großmutter, die Katze, Mama und Papa.

»Ja«, sagte ich. »Ich gehe heim.«

Neben der Metrostation war ein kleiner Blumenmarkt. Ich ging zu einem jungen schwarzen Mann und kaufte bei ihm eine Rose. Ich sage lieber nicht, was sie gekostet hat. Viel. Ich trat in Mamas Fußstapfen. Alles, was mir gefiel, kaufte ich mir selbst. Ich wusste, dass es immer so bleiben würde.

Auf meiner Uhr war es elf Uhr abends. Zu der Zeit saßen alle normalen Leute am gedeckten Tisch, im Vorgefühl eines Gelages. Man bereitete sich darauf vor, das alte Jahr zu verabschieden. Aber ich saß im Bus, in dem sich außer mir nur noch der Fahrer befand und noch so eine Verliererin mit kaktusartigem Aussehen. Sie trug einen Rucksack. Sie musste wohl beschlossen haben, die freien Tage sportlich zu verbringen. Aber ich hatte eine Rose. Meine Rose war bordeauxrot, samtig, jung, sie hatte gerade ihre Schönheit aus der Knospe springen lassen, und sie hatte einen langen kräftigen Stiel. Woher war sie in diesen kalten Moskauer Winter gekommen, aus welcher fernen Ecke der Erde … Ich hob die Rose ans Gesicht, und wir beschnupperten uns gegenseitig.

An einer der Haltestellen stieg ein Soldat in den Bus. Er war groß, fast zwei Meter, und er hatte lange Arme und Beine. Ihm war offensichtlich kalt, aber dann taute er allmählich auf, und seine Nase lief. Seine Nase war seltsam: Sie stand nicht mitten im Gesicht, sondern hing schräg, lag fast auf einer Wange. Man musste sie ihm einmal gebrochen haben. Man hatte ihm wohl, volle Pulle, mit der Faust draufgehauen. Oder ihn zu Boden geschlagen und ihn ins Gesicht getreten. In der Armee passierten solche Sachen.

Der Soldat setzte sich hin, hauchte am Glas ein Fensterchen frei und schaute in die Dunkelheit. Von Zeit zu Zeit hauchte er in seine Handflächen. Ich starrte ihn ununterbrochen an, denn da war etwas Bekanntes in den Händen, in der Neigung des Kopfes, das ich nicht zu fassen bekam … Ich bemühte mich, dieses Unfassbare zu erfassen, und hatte es auf einmal am Schwanz gepackt: Borka! Das war Borka Karpow! Er hatte die Schule natürlich nicht abgeschlossen, dann war die Armeezeit gekommen. Irgendjemand hatte ihn an meiner Stelle mal richtig verprügelt.

Die ganzen fünf Jahre lang hatte ich davon geträumt, diesen Menschen noch einmal zu treffen und ihm ein paar harte und grausame Worte des Vorwurfs zu sagen. Aber sie gehörten zu einem anderen Borka, einem schönen und frechen, einem Herrn seines Lebens. Nicht zu diesem Mann im Armeemantel. Damals hatte ich mir gewünscht, dass er sich kratzte und litt. Und offensichtlich hatte er gelitten und war auf der Erde herumgekrochen. Aber das freute mich gar nicht. Nein. Es freute mich nicht. In mir entstand eine Leere, die sich schließlich in Mitgefühl verwandelte.

Ich ging zu ihm hin und sagte: »Grüß dich!«

Borka wandte das Gesicht zu mir, sah ein schönes Mädchen vor sich mit einer schönen Blume.

Wie auf einem Kalender. Er genierte sich und wurde rot wie eine Rote Rübe.

»Erkennst du mich nicht?«, fragte ich.

Wir hatten uns fünf Jahre nicht gesehen. In dieser Zeit hatte ich mich vom Teenager in eine junge Frau verwandelt. Das ist genau wie bei der Rosenknospe und der geöffneten Rosenblüte. Sie haben nichts gemeinsam. Die Gemeinsamkeit kann man nur erraten. Aber Borka erriet nichts.

»Du hast meine Blume kaputtgemacht«, erinnerte ich ihn.

»Was für eine Blume?«

Er erinnerte sich nicht an jenen Morgen und auch nicht an den Blumentopf mit der Geranie. Und das, was für mich ein einschneidendes Ereignis in meinem Leben war, existierte für ihn gar nicht. An jenem Tag war in der ersten Stunde eine Klassenarbeit in Geometrie angesetzt gewesen, und all seine Hirnanstrengungen gingen für den Beweis der These drauf. Eine Stunde später, in der nächsten Unterrichtsstunde erinnerte er sich schon an nichts mehr, weder an die Klassenarbeit noch an mich. Was also wollte ich da nach fünf Jahren?

»Bist du Borka Karpow?«

»Ja«, sagte er. »Na und?«

»Nichts. Ein gutes Neues Jahr!«

Ich streckte ihm die Rose entgegen. Wozu? Ich weiß nicht. Ich tat es einfach.

Borka nahm sie nicht. Er war starr vor Erstaunen. Da legte ich sie ihm auf den Schoß. Wie auf ein Denkmal.

Der Bus hielt. Es war meine Haltestelle. Ich stieg ruhig aus. Ich lief nicht weg, ich sprang nicht. Ich stieg einfach aus.

Borka schaute mir durch das freigehauchte Fensterchen hinterher. Und plötzlich erkannte er mich. Seine Augen blitzten im Moment des Erkennens auf und wurden schön, denn in ihnen erschien Sinn und Freude. Die neue, etwas platte Nase machte sein Gesicht männlicher, ähnlich dem Gesicht des jungen Belmondo. Und die großen Extremitäten verdarben diesen Eindruck nicht, eher im Gegenteil …

Der Bus fuhr an. Auf Wiedersehen, mein schwarzer Engel, auf Wiedersehen, meine vergeblichen Leiden. Auf Wiedersehen, du, meine Rose von überirdischer Schönheit. Halte durch, so lange wie möglich …

Zu Hause erwarteten mich mein Vater, meine Mutter, meine Großmutter. Sie wunderten sich, dass ich schon zurück war, aber sie freuten sich auch.

Wir konnten das alte Jahr noch verabschieden und hörten uns die Begrüßungsansprache des Präsidenten für das neue Jahr an. Der Präsident sprach abgehackt und deutlich, er war sorgfältig gekämmt, trug einen schönen Anzug, es war offensichtlich, dass der Präsident kein Pechvogel, sondern ein Glückspilz war. Ihm gelang alles, und das hieß, es würde auch bei uns so sein. Dann schlug die Turmuhr zwölf. Wir standen mit den Gläsern in der Hand auf und riefen »Hurra!«. Und auch die Katze schaltete ihren kleinen Motor ein, und ihr Schnurren kündete davon, dass das Leben wunderbar war, trotz seiner Kürze und seiner sinnlosen Grausamkeit. Trotz allem …

ANTON ČECHOV

Ein Weiberreich

I
Vorabend

Da das dicke Geldpaket. Es ist aus der Forstvilla, vom Verwalter. Er schreibt, er schicke anderthalbtausend Rubel, die er gegen jemanden gerichtlich eingetrieben habe, der Prozess sei in zweiter Instanz gewonnen. Anna Akimovna liebte Wörter wie eintreiben und Prozess gewinnen nicht und fürchtete sie. Sie wusste, dass es ohne Rechtsprechung nicht ging, doch aus irgendeinem Grunde, wenn Werksdirektor Nazaryč oder der Verwalter der Villa, die oft vor Gericht zogen, zu ihren Gunsten irgendeinen Prozess gewannen, wurde ihr unheimlich, und ihr schlug gleichsam das Gewissen. Auch jetzt war es ihr unheimlich und peinlich geworden, und sie hätte diese Anderthalbtausend gern irgendwohin, weit weg gelegt, um sie nicht mehr zu sehen.

Sie dachte verärgert: Ihre Altersgenossinnen – sie stand im sechsundzwanzigsten Lebensjahr – kümmern sich jetzt um den Haushalt, sind erschöpft und werden fest schlafen und morgen früh in Feiertagsstimmung erwachen; viele von ihnen sind längst verheiratet und haben Kinder. Nur sie ist aus irgendeinem Grunde verpflichtet, wie eine alte Frau über diesen Briefen zu sitzen, Vermerke darauf zu machen, Antworten zu schreiben, dann den ganzen Abend bis Mitternacht nichts zu tun und zu warten, bis sie der Schlaf ankommt, und morgen wird man sie den lieben langen Tag beglückwünschen und sie anbetteln, und übermorgen wird es im Werk unweigerlich einen Skandal geben – man wird einen verprügeln, oder jemand stirbt am Vodka, und sie wird aus irgendeinem Grunde das Gewissen quälen; und nach den Feiertagen wird Nazaryč an die zwanzig Mann wegen Nichterscheinens entlassen, und alle diese zwanzig werden sich barhaupt vor ihrer Freitreppe herumdrücken, und sie wird sich schämen, zu ihnen hinauszugehen, und man wird sie wie Hunde davonjagen. Und alle ihre Bekannten werden hinter ihrem Rücken darüber reden und ihr in anonymen Briefen schreiben, sie sei Millionärin, Ausbeuterin, sie zerstöre fremdes Leben und sauge den Arbeitern das Blut aus.

Hier auf der Seite liegt ein Packen gelesener und schon weggelegter Briefe. Sie sind von Bittstellern. Da sind Hungernde, Trunksüchtige, mit vielköpfigen Familien Beladene, Kranke, Erniedrigte, Verkannte ... Anna Akimovna hatte bereits auf jedem Brief vermerkt, wer drei Rubel bekommen sollte, wer fünf; diese Briefe gehen noch heute ans Kontor, und morgen wird dort die Verteilung der Beihilfen erfolgen oder, wie die Angestellten sagen, die Raubtierfütterung.

In kleinen Summen verteilt werden auch 470 Rubel – Zinsen aus dem Kapital, das der verstorbene Akim Ivanyč den Bettlern und Armen vermacht hatte. Es wird ein ungeheures Gedränge geben. Vom Werkstor bis zur Tür des Kontors wird sich im Gänsemarsch eine lange Reihe irgendwelcher fremder Menschen mit Raubtiergesichtern dahinziehen, Menschen in Lumpen, frierend, hungrig und schon betrunken, die mit heiseren Stimmen Mütterchen-Wohltäterin Anna Akimovna und deren Eltern anrufen; die hinteren werden gegen die vorderen drücken, und die vorderen – schimpfen mit hässlichen Wörtern. Der Kontorist, dem der Lärm, das Geschimpfe und die Wehklagen auf die Nerven fallen, wird herausgesprungen kommen und, zum allgemeinen Vergnügen, den Erstbesten ohrfeigen. Und ihre Leute, die Arbeiter, die zum Feiertag nichts bekommen haben außer ihrem Lohn, und schon alles bis auf die letzte Kopeke ausgegeben haben, werden auf dem Werkshof stehen, zuschauen und sich lustig machen – die einen neidisch, die andern ironisch.

»Kaufleute, besonders Kaufmannsfrauen lieben Bettler mehr als ihre eigenen Arbeiter«, dachte Anna Akimovna. »Das ist immer so.«

Ihr Blick fiel auf das Geldpaket. Es wäre gut, morgen dieses überflüssige, widerwärtige Geld an die Arbeiter zu verteilen, aber das geht nicht, denn gibt man dem Arbeiter etwas umsonst, fängt er ein andermal gleich an zu betteln. Und was bedeuten schon diese Anderthalbtausend, wenn es im Werk über tausendachthundert Arbeiter gibt, ihre Frauen und Kinder nicht mitgezählt? Sollte sie nicht einen der Bittsteller auswählen, die ihr diese Briefe geschrieben hatten, irgendeinen Unglücklichen, der die Hoffnung auf ein besseres Leben längst verloren hatte, und ihm die Anderthalbtausend geben? Den armen Schlucker würde dieses Geld treffen wie der Donner, und vielleicht würde er sich zum ersten Mal im Leben glücklich fühlen. Dieser Gedanke erschien Anna Akimovna originell und amüsant und heiterte sie auf. Sie zog aufs Geratewohl einen Brief aus dem Packen und las. Ein gewisser Gouvernementssekretär Čalikov, seit langem ohne Stellung, krank, wohnhaft im Haus Guščin; die Frau schwindsüchtig, fünf minderjährige Töchter. Das vierstöckige Guščinsche Haus, in dem Čalikov wohnte, kannte Anna Akimovna sehr gut. Ach, ein hässliches, vor sich hin faulendes, ungesundes Haus!

»Ich gebe sie diesem Čalikov«, entschied sie. »Schicken werde ich sie ihm nicht, besser ich überbringe sie selbst, um überflüssiges Gerede zu vermeiden. Ja«, meinte sie, die Anderthalbtausend in die Tasche steckend, »ich schaue mir das an und bringe ja vielleicht die Mädchen irgendwo unter.« Ihr wurde heiter zumute, sie klingelte und befahl anzuspannen.

Als sie sich in den Schlitten setzte, war es die siebte Abendstunde. Die Fenster in allen Werkskomplexen waren hell erleuchtet, und deshalb wirkte der riesige Werkshof besonders dunkel. Am Tor und tief im Hintergrund des Hofs, bei den Lagern und Arbeiterbaracken brannten elektrische Laternen.

Diese dunklen, mürrischen Komplexe, Lager und Baracken, in denen die Arbeiter lebten, liebte Anna Akimovna nicht und fürchtete sie. Im Hauptkomplex war sie seit dem Tod ihres Vaters nur ein einziges Mal gewesen. Die hohen Decken mit den Eisenträgern, die Menge der riesigen, sich schnell drehenden Räder, Treibriemen und Hebel, das durchdringende Zischen, das Kreischen des Stahls, das Klirren der Loren, der grausame Atem des Dampfs, die bleichen oder roten oder von Kohlenstaub schwarzen Gesichter, die schweißnassen Hemden, der Glanz von Stahl, Kupfer und Feuer, der Geruch von Öl und Kohle und der bald heiße, bald kalte Wind hatten auf sie den Eindruck der Hölle gemacht. Ihr schien, als versuchten sich die Räder, Hebel und glühenden, zischenden Zylinder aus ihren Verankerungen zu reißen, um die Menschen zu vernichten, während die Menschen, mit besorgten Gesichtern, ohne einander zu hören, laufen und um die Maschinen herumhasten und versuchen, ihre beängstigende Bewegung aufzuhalten. Man zeigte Anna Akimovna das eine oder andere und erklärte es ihr ehrerbietig. Sie erinnert sich, wie man in der Schmiedeabteilung ein glühendes Stück Eisen aus dem Ofen zog und wie ein alter

Mann mit einem Riemen um den Kopf und ein anderer – junger, in dunkelblauer Bluse, mit einem Kettchen auf der Brust und mit zornigem Gesicht, wohl ein Vorarbeiter, mit Hämmern auf das Stück Eisen einschlugen, und wie nach allen Seiten goldene Funken sprühten, und wie man, wenig später, mit einem riesigen Stück Stahlblech vor ihr donnerte; der Alte stand stramm und lächelte, der Junge wischte sich mit dem Ärmel das nasse Gesicht und erklärte ihr etwas. Und sie erinnert sich auch, wie in einer anderen Abteilung ein einäugiger Alter an einem Stück Eisen sägte, und die Eisenfeilspäne stoben, und wie ein Rothaariger, mit dunkler Brille und Löchern im Hemd, an der Drehbank arbeitete und etwas aus einem Stück Stahl fertigte; die Bank heulte und kreischte und pfiff, und Anna Akimovna wurde übel von diesem Geräusch, ihr schien, als bohrte man in ihren Ohren. Sie sah hin, hörte zu, verstand nichts, lächelte wohlwollend und schämte sich. Sich ernähren und Hunderttausende verdienen an einer Sache, von der man nichts versteht und die man nicht lieben kann – wie sonderbar!

In den Arbeiterbaracken dagegen war sie kein einziges Mal gewesen. Dort, sagt man, sei es feucht, da gebe es Wanzen, Laster, Chaos. Erstaunlich: Für die Instandhaltung der Baracken werden jährlich Tausende von Rubeln ausgegeben, doch die Lage der Arbeiter wird, glaubt man den anonymen Briefen, mit jedem Jahr schlechter und schlechter ..

»Zu Vaters Zeiten herrschte mehr Ordnung«, dachte Anna Akimovna, als sie vom Hof fuhr, »denn er war selber Arbeiter und wusste, was gebraucht wurde. Ich dagegen weiß nichts und mache nichts als Dummheiten.«

Wieder wurde ihr unbehaglich, und sie war nicht mehr froh, losgefahren zu sein, und der Gedanke an den Glückspilz, über den aus heiterem Himmel anderthalbtausend Rubel hereinbrechen sollten, erschien ihr nicht mehr originell und amüsant. Zu einem Čalikov fahren, während zu Hause schrittweise ein Millionenunternehmen zerfällt und darniedergeht und die Arbeiter in ihren Baracken schlechter leben als Häftlinge – das heißt Dummheiten machen und sein Gewissen betrügen. Entlang der Chaussee und über die Felder ringsum gingen, auf die Lichter der Stadt zu, scharenweise Arbeiter aus den benachbarten Fabriken – der Kattun- und der Papierfabrik. In der frostigen Luft ertönten Gelächter und heiteres Stimmengewirr. Anna Akimovna schaute auf die Frauen und Minderjährigen und sehnte sich plötzlich nach Einfachheit, Grobheit, Enge. Deutlich stellte sie sich jene ferne Zeit vor, als man sie Anjutka nannte und sie, noch klein, mit der Mutter unter einer Bettdecke lag und nebenan, im andern Zimmer, die Untermieterin, eine Waschfrau, Wäsche wusch und aus den Nachbarwohnungen, durch die dünnen Wände, Gelächter, Geschimpfe, Kinderweinen, Harmonikaklänge, das Surren der Drehbänke und Nähmaschinen zu hören waren, während der Vater, Akim Ivanyč, der fast jedes Handwerk beherrschte, ohne auf die Enge und den Lärm zu achten, etwas am Ofen lötete oder zeichnete oder etwas hobelte. Und wie gern hätte sie gewaschen, gebügelt, wie gern wäre sie in den Laden oder in die Schänke gelaufen, wie sie es jeden Tag getan hatte, als sie noch bei der Mutter lebte. Arbeiterin hätte sie sein sollen, nicht Besitzerin! Ihr großes Haus mit den Kronleuchtern und Bildern, der Lakai Mišenjka im Frack und mit dem samtenen Schnurrbärtchen, die prächtige Varvara und die schmeichlerische Agafjuška, und diese jungen Leute beiderlei Geschlechts, die beinahe jeden Tag zu ihr kommen und sie um Geld anbetteln und vor denen sie sich aus irgendeinem Grunde jedes Mal schuldig fühlt, und diese Beamten, Ärzte und Damen, die auf ihre Kosten wohltätig sind, ihr schmeicheln und sie insgeheim verachten wegen ihrer niederen Herkunft – wie langweilig und fremd war ihr das alles!

Da war schon der Bahnübergang mit der Schranke; es begannen Häuser, abwechselnd mit Gemüsegärten; da war endlich auch die breite Straße mit dem berühmten Haus Guščin. Auf der gewöhnlich stillen Straße war heute am Vorabend der Feiertage große Bewegung. In den Wirtshäusern und Porterstuben wurde gelärmt. Wenn jetzt jemand, der nicht von hier war, sondern im Zentrum der Stadt lebte, durch die Straße gefahren wäre, er hätte nur schmutzige, betrunkene und fluchende Leute bemerkt, doch Anna Akimovna, die von Kind an in dieser Gegend lebte, erkannte jetzt in der Menge bald ihren verstorbenen Vater, bald ihre Mutter, bald ihren Onkel. Ihr Vater war eine weiche, fließende Seele gewesen, ein wenig Phantast, sorglos und leichtsinnig; er hatte keine Vorliebe für Geld, keine für Ehren und keine für Macht; er sagte immer, ein arbeitender Mensch habe keine Zeit, sich um Feiertage zu kümmern und in die Kirche zu gehen; und wenn seine Frau nicht gewesen wäre, hätte er nie das Abendmahl genommen und hätte an den Fastentagen Fleisch gegessen. Ihr Onkel dagegen, Ivan Ivanyč, war wie Feuerstein; in allem, was mit Religion, Politik und Sittlichkeit zu tun hatte, war er hart und unerbittlich, und er beobachtete nicht nur sich selbst, sondern auch alle Angestellten und Bekannten. Gott behüte, sein Zimmer zu betreten, ohne sich zu bekreuzigen! Die Luxusgemächer, in denen Anna Akimovna heute lebt, hielt er verschlossen und öffnete sie nur an großen Feiertagen für wichtige Gäste, er selbst lebte im Kontor, in einem mit Ikonen vollgehängten Zimmerchen. Es zog ihn zum alten Glauben, und ständig empfing er bei sich altgläubige Bischöfe und Popen, obwohl er nach dem Ritus der rechtgläubigen Kirche getauft und getraut worden war und auch seine Frau nach diesem Ritus beerdigt hatte. Seinen Bruder Akim, den einzigen Erben, liebte er nicht wegen dessen Leichtsinns, den er Einfalt und Dummheit nannte, und wegen dessen Gleichgültigkeit in Glaubensfragen. Er hielt ihn kurz, wie einen Arbeiter, und zahlte ihm 16 Rubel im Monat. Akim sagte zu seinem Bruder »Sie« und verneigte sich am Versöhnungstag vor ihm mit seiner ganzen Familie bis zum Boden. Doch drei Jahre vor seinem Tode wurde Ivan Ivanyč nachsichtiger, vergab ihm und befahl, für Anjutka eine Gouvernante anzustellen.

Die Toreinfahrt zum Hause Guščin ist dunkel, tief und stinkt; zu hören ist, wie entlang der Mauern Männer husten. Den Schlitten auf der Straße abgestellt, trat Anna Akimovna auf den Hof und fragte, wie man zu Nummer 46, zum Beamten Čalikov komme. Man wies ihr die hinterste Tür rechts, im zweiten Stockwerk. Sowohl auf dem Hof als auch an der hintersten Tür, sogar auf der Treppe war derselbe widerliche Geruch wie unter der Toreinfahrt. In ihrer Kindheit, als Anna Akimovnas Vater noch ein einfacher Arbeiter gewesen war, hatte sie in solchen Häusern gelebt, dann, als sich die Umstände geändert hatten, besuchte sie sie oft in ihrer Eigenschaft als Wohltäterin; die schmale Steintreppe mit hohen Stufen, schmutzig, ist auf jedem Stockwerk durch einen Absatz unterbrochen; die schmierige Laterne im Treppenschacht; der Gestank, auf den Absätzen vor den Türen Tröge, Krüge, Lumpen – all das war ihr längstens bekannt … Eine Tür war geöffnet, und in ihr zu sehen war, wie jüdische Schneider in Pelzmützen auf Tischen saßen und nähten. Auf der Treppe begegnete Anna Akimovna Menschen, doch kam ihr nicht in den

Sinn, dass man ihr etwas antun könnte. Arbeiter und Bauern, nüchtern oder betrunken, fürchtete sie ebenso wenig wie ihre gebildeten Bekannten.

Die Wohnung № 46 hatte keinen Flur, sie begann mit der Küche. Gewöhnlich riecht es in Wohnungen von Fabrikarbeitern und Handwerkern nach Lack, Harz, Leder, Rauch, je nach dem Beruf des Hausherrn; Wohnungen verarmter Adeliger und Beamter erkennt man an ihrem strengen, säuerlichen Geruch. Dieser widerliche Geruch umfing Anna Akimovna auch jetzt, kaum dass sie die Schwelle überschritten hatte. In der Ecke am Tisch, mit dem Rücken zur Tür, saß ein Mann im schwarzen Rock, wohl Čalikov selbst, und mit ihm die fünf Mädchen. Das älteste, breitgesichtig und mager, mit einem Kämmchen im Haar, war dem Aussehen nach etwa fünfzehn Jahre alt, das jüngste, mollig, mit Haaren wie ein Igel – nicht älter als drei. Alle sechs aßen. Neben dem Ofen, den Schürhaken in der Hand, stand eine kleine, sehr magere, gelbgesichtige Frau in Rock und weißer Bluse, schwanger.

»Ich hätte nicht von dir erwartet, Lizočka, dass du so ungehorsam bist«, sagte der Mann vorwurfsvoll. »Oi, oi!, dass du dich nicht schämst! Du willst also, dass Papa dich verprügelt, ja?«

Als sie auf der Schwelle die unbekannte Dame erblickte, fuhr die schmächtige Frau zusammen und legte den Schürhaken weg.

»Vasilij Nikitič!«, rief sie nicht gleich, mit dumpfer Stimme, als traue sie ihren Augen nicht.

Der Mann blickte sich um und sprang auf. Er war ein knochiger, schmalschultriger Mensch, mit eingefallenen Schläfen und flacher Brust. Seine Augen waren klein, tief liegend, mit dunklen Ringen, die Nase lang, vogelartig und ein bisschen nach rechts gebogen, der Mund breit. Sein Bart war geteilt, den Schnurrbart rasierte er, und deshalb glich er eher einem Lakaien, den man zum Ausreiten mitnimmt, als einem Beamten.

»Wohnt hier ein Herr Čalikov?«, fragte Anna Akimovna.

»So ist es«, antwortete Čalikov streng, doch sofort hatte er Anna Akimovna erkannt und schrie auf: »Frau Glagoleva! Anna Akimovna!«, und plötzlich fing er an zu keuchen und schlug die Hände ineinander, so als sei er furchtbar erschrocken. »Wohltäterin!«

Stöhnend lief er auf sie zu und, muhend wie ein Paralytiker – in seinem Bart hing Kohl, und er roch nach Vodka – fiel er mit der Stirn auf ihren Muff und schien wie erstorben.

»Das Händchen! Das heilige Händchen!«, sagte er keuchend. »Ein Traum! Ein schöner Traum! Kinder, weckt mich!«

Er wandte sich zum Tisch und sagte mit schluchzender Stimme, die Fäuste schüttelnd:

»Die Vorsehung hat uns erhört! Unsere Erlöserin ist gekommen, unser Engel! Wir sind gerettet! Kinder, auf die Knie! Auf die Knie!«

Frau Čalikova und die Mädchen, außer dem kleinsten, begannen, zu irgendeinem Zweck, schnell den Tisch abzuräumen. »Sie schrieben, Ihre Frau sei sehr krank«, sagte Anna Akimovna, und peinlich wurde ihr und ärgerlich.

»Die Anderthalbtausend gebe ich ihm nicht«, dachte sie.

»Hier ist sie, meine Frau!«, sagte Čalikov mit hoher Fistelstimme, als schnürten ihm Tränen die Kehle zu. »Hier ist die Unglückliche! Mit einem Bein im Grabe! Doch wir, gnädige Frau, wir murren nicht. Lieber sterben, als so zu leben. Stirb, Unglückliche!«

»Was soll das Theater?«, dachte Anna Akimovna verärgert. »Man sieht sofort, dass er oft mit Kaufleuten zu tun hat.«

»Sprechen Sie mit mir bitte wie ein Mensch«, sagte sie. »Ich liebe keine Komödien.«

»Jawohl, gnädige Frau, fünf Waisenkinder um den Sarg der Mutter, beim Schein der Totenkerzen – das ist eine Komödie! Ach!«, sagte Čalikov mit Bitterkeit und wandte sich ab.

»Schweig!«, flüsterte seine Frau und zupfte ihn am Ärmel. »Bei uns ist nicht aufgeräumt, gnädige Frau«, sagte sie, an Anna Akimovna gewandt. »Sie müssen entschuldigen … Wie es in Familien eben so zugeht, Sie wissen ja. Eng, aber gemütlich.«

»Denen gebe ich die Anderthalbtausend nicht«, dachte Anna Akimovna wieder.

Und um so schnell wie möglich von diesen Leuten und dem sauren Geruch loszukommen, zückte sie ihr Portemonnaie und entschied, 25 Rubel dazulassen – nicht mehr; doch wurde ihr plötzlich peinlich, dass sie so weit gefahren war und diese Leute mit Lappalien behelligte.

»Wenn Sie mir Papier und Tinte geben, schreibe ich gleich an einen Arzt, einen guten Bekannten, damit er Sie aufsucht«, sagte sie errötend. »Er ist ein sehr guter Arzt. Und ich lasse Ihnen etwas für Arzneien da.«

Frau Čalikova stürzte, um den Tisch abzuwischen.

»Hier ist es nicht sauber! Wo willst du hin?«,

zischte Čalikov und sah sie böse an. »Bring sie zum Untermieter! Belieben gnädige Frau, sich zu unserm Untermieter zu begeben«, wandte er sich an Anna Akimovna. »Dort ist es sauber.«

»Osip Iljič hat verboten, in sein Zimmer zu gehen!«, sagte eines der Mädchen streng.

Doch schon führte man Anna Akimovna aus der Küche durch ein schmales Durchgangszimmer, zwischen zwei Betten hindurch; an der Anordnung der Betten war zu sehen, dass in dem einen zwei der Länge nach schliefen, in dem anderen drei quer. Im darauffolgenden Zimmer des Untermieters war es tatsächlich sauber. Ein reinliches Bett mit roter Wolldecke, das Kopfkissen mit weißem Bezug, sogar ein Pantoffel für die Uhr, ein Tisch mit Wachstuch bedeckt, und darauf ein milchweißes Tintenfass, Federn, Papier, Fotografien in kleinen Rahmen, alles wie es sich gehört, und ein zweiter Tisch, schwarz, und darauf in peinlicher Ordnung Uhrmacherwerkzeug und eine zerlegte Uhr. An den Wänden aufgehängt waren Hämmerchen, Zangen, kleine Bohrer, Stecheisen, Flachzangen usw., dort hingen auch drei Wanduhren, die tickten; die eine Uhr riesig, mit dicken Gewichten, wie man sie in Wirtshäusern hat.

Als sie mit dem Brief begann, erblickte Anna Akimovna vor sich auf dem Tisch das Porträt ihres Vaters und ihr eigenes Porträt. Das wunderte sie.

»Wer wohnt hier bei Ihnen?«, fragte sie.

»Ein Untermieter, gnädige Frau, Pimenov. Er arbeitet bei Ihnen im Werk.«

»Ja? Ich dachte, er ist Uhrmacher.«

»Mit Uhren beschäftigt er sich privat, wenn er freihat. Aus Liebhaberei.«

Nach einigem Schweigen, da nur zu hören war, wie die Uhren tickten und die Feder über das Papier kratzte, seufzte Čalikov und sagte spöttisch und missmutig:

»Es ist wahr, wenn man sagt: Aus Adelstitel und Beamtenrang näht man sich keinen Pelz. Die Kokarde auf der Stirn und den Adelstitel, aber nichts zu essen. Meine Meinung ist, wenn ein Mensch niederer Herkunft den Armen hilft, ist er bei weitem adeliger als ein Čalikov, der versackt ist in Armut und Laster.«

Um Anna Akimovna zu schmeicheln, sagte er noch einige abfällige Sätze über seinen Adel, und klar war, dass er sich nur deshalb erniedrigte, weil er sich für höherstehend hielt. Sie hatte unterdessen den Brief beendet und versiegelt. Der Brief wird weggeworfen und das Geld nicht für eine Behandlung ausgegeben – das wusste sie, dennoch legte sie 25 Rubel auf den Tisch und, nach kurzem Nachdenken, noch zwei rote Scheine. Die hagere gelbe Hand der Frau Čalikova, einer Hühnerkralle ähnlich, zuckte vor ihren Augen vorüber und presste das Geld in die kleine Faust.

»Sie belieben uns Geld für Arzneien zu geben«, sagte Čalikov mit bebender Stimme, »doch reichen Sie die Hand der Hilfe auch mir … und den Kindern«, fügte er aufschluchzend hinzu, »den unglücklichen Kindern! Ich fürchte nicht um mich, um meine Töchter fürchte ich! Die Hydra des Lasters fürchte ich!«

Beim Versuch, das Portemonnaie zu öffnen, dessen Verschluss kaputt war, wurde Anna Akimovna verlegen, errötete. Sie schämte sich, dass die Leute vor ihr standen, ihr auf die Hände schauten und warteten und sie vermutlich, in der Tiefe ihrer Seele, auslachten. In diesem Moment betrat jemand die Küche und schlug die Füße aneinander, um den Schnee abzuklopfen.

»Der Untermieter ist gekommen«, sagte Frau Čalikova.

Anna Akimovna wurde noch verlegener. Sie wollte nicht, dass jemand von den Werkarbeitern sie in ihrer lächerlichen Lage antraf. Der Untermieter kam ausgerechnet in dem Augenblick in sein Zimmer, als sie den Verschluss endlich aufgebrochen hatte und Čalikov einige Scheine reichte, während Čalikov, muhend wie ein Paralytiker, mit den Lippen suchte, wohin er sie küssen könnte. In dem Untermieter erkannte sie den Arbeiter, der seinerzeit in der Schmiedeabteilung mit dem Stahlblech gedonnert und ihr Erklärungen gegeben hatte. Offensichtlich kam er jetzt direkt aus dem Werk: Sein Gesicht war dunkel von Rauch, und eine Wange nahe der Nase rußbeschmiert. Die Hände völlig schwarz, und die gürtellose Bluse glänzte von öligem Schmutz. Er war ein Mann um die dreißig, von mittlerem Wuchs, schwarzhaarig, breitschultrig und offenbar sehr kräftig. Anna Akimovna hatte in ihm vom ersten Augenblick an einen Vorarbeiter gesehen, der mindestens 35 Rubel im Monat erhielt, einen strengen, der die Arbeiter anschrie und ins Gesicht schlug, das war zu sehen an der Art, wie er stand, an der Pose, die er unwillkürlich einnahm, als er in seinem Zimmer eine Dame sah, und vor allem daran, dass er die Hose über den Stiefeln trug, Taschen auf der Brust hatte und ein spitzes, schön geschnittenes Bärtchen. Ihr verstorbener Vater, Akim Ivanyč, war Bruder des Besitzers gewesen, hatte sich aber vor Vorarbeitern wie diesem Untermieter immer gefürchtet und sich bei ihnen angebiedert.

»Entschuldigen Sie, wir haben uns in Ihrer Abwesenheit hier niedergelassen«, sagte Anna Akimovna.

Der Arbeiter betrachtete sie erstaunt, lächelte verwirrt und schwieg.

»Sie müssen lauter sprechen, gnädige Frau …«, sagte Čalikov leise. »Herr Pimenov, wenn er abends aus dem Werk kommen, hören schwer.«

Doch Anna Akimovna war froh, dass sie hier nichts mehr zu tun hatte, nickte kurz und ging schnell hinaus. Pimenov ging sie begleiten.

»Arbeiten Sie schon lange bei uns?«, fragte sie laut, ohne sich nach ihm umzudrehen.

»Seit dem neunten Lebensjahr. Ich habe noch unter Ihrem Herrn Onkel angefangen.«

»Wie lang das doch her ist! Onkel und Vater haben alle Arbeiter beim Namen gekannt, und ich kenne fast niemanden. Ich habe Sie früher schon gesehen, wusste aber nicht, dass Ihr Name Pimenov ist.«

Anna Akimovna verspürte den Wunsch, sich vor ihm zu rechtfertigen, den Anschein zu erwecken, als habe sie das Geld soeben nicht im Ernst, sondern im Scherz gegeben.

»Ach, diese Armut!«, seufzte sie. »Wir tun gute Werke, feiertags wie werktags, und doch hat alles keinen Sinn. Mir scheint, solchen wie diesem Čalikov zu helfen ist nutzlos.«

»Natürlich ist es nutzlos«, stimmte Pimenov zu. »Wie viel Sie dem auch geben, er versäufts. Und jetzt werden sich Mann und Frau die ganze Nacht lang das Geld wegnehmen und sich prügeln«, fügte er hinzu und lachte.

»Ja, man muss zugeben, unsere Philanthropie ist nutzlos, langweilig und lächerlich. Aber geben Sie zu, man kann doch auch nicht nur die Hände in den Schoß legen, man muss doch etwas tun. Zum Beispiel, was macht man mit diesen Čalikovs?«

Sie drehte sich zu Pimenov um und blieb, in Erwartung seiner Antwort, stehen; er blieb ebenfalls stehen und zuckte langsam und schweigend die Schultern. Offenbar wusste er, was man mit den Čalikovs machen sollte, aber das war so grob und unmenschlich, dass er es nicht einmal aussprechen wollte. Und die Čalikovs waren für ihn in einem solchen Grade uninteressant und nichtswürdig, dass er schon einen Augenblick später nicht mehr an sie dachte; während er Anna Akimovna in die Augen sah, lächelte er vor Vergnügen, und sein Gesicht war so, als träume er von etwas sehr Schönem. Anna Akimovna sah erst jetzt, als sie nahe vor ihm stand, an seinem Gesicht, besonders an den Augen, wie erschöpft er war und wie gern er schlafen wollte.

»Ihm sollte man die Anderthalbtausend geben!«, dachte sie, doch dieser Gedanke erschien ihr aus irgendeinem Grunde unpassend und für Pimenov beleidigend.

»Ihnen tut sicher von der Arbeit der ganze Körper weh, und Sie begleiten mich auch noch«, sagte sie, die Treppe hinabsteigend. »Gehen Sie nach Hause.«

Doch er hörte nicht. Als sie auf die Straße traten, lief er voraus, knöpfte die Überdecke auf, half Anna Akimovna in den Schlitten und sagte:

»Wünsche ein frohes Fest!«

II
Morgen

»Man hat längst abgeläutet! Eine Strafe des Herrn. Sie schaffen es nicht mal mehr zum Ende der Messe! Stehen Sie auf!«

»Zwei Pferde laufen, laufen …«, sagte Anna Akimovna und erwachte; vor ihr mit einer Kerze in Händen stand ihr Dienstmädchen, die rothaarige Maša. »Was ist? Was willst du?«

»Die Andacht ist längst vorüber!«, sagte Maša verzweifelt. »Schon zum dritten Male wecke ich Sie! Schlafen Sie von mir aus bis zum Abend, aber Sie haben doch selbst befohlen, Sie zu wecken!«

Anna Akimovna hob sich auf den Ellbogen und blickte zum Fenster. Draußen war es noch ganz dunkel, nur der untere Rand des Fensterrahmens schimmerte weiß von Schnee. Zu hören war ein dumpfes, tiefes Läuten, aber da läutete man nicht in der Pfarrkirche, sondern irgendwo weiter weg. Die Uhr auf dem Tischchen zeigte drei Minuten nach sechs.

»Gut, Maša … In drei Minuten …«, sagte Anna Akimovna mit flehentlicher Stimme und zog sich die Decke über den Kopf.

Sie stellte sich den Schnee an der Freitreppe vor, den Schlitten, den dunklen Himmel, die Menge in der Kirche und den Wacholdergeruch, und ihr wurde unheimlich, dennoch entschied sie, sofort aufzustehen und zur Frühmesse zu fahren. Und während sie sich im Bett wärmte und gegen den Schlaf ankämpfte, der ausgerechnet immer dann erstaunlich süß ist, wenn man nicht schlafen darf, und während ihr vor Augen bald ein riesiger Garten auf einem Berg aufschien, bald das Haus Guščin, beunruhigte sie die ganze Zeit der Gedanke, dass sie umgehend aufstehen und in die Kirche fahren solle.

Als sie aufstand, war es schon ganz hell, und die Uhr zeigte halb zehn. Über Nacht war viel Neuschnee gefallen, die Bäume waren ganz in Weiß gekleidet, und die Luft war so ungewöhnlich hell, durchsichtig und zärtlich, dass Anna Akimovna, als sie zum Fenster hinausschaute, vor allem den Wunsch verspürte, tief-tief zu seufzen. Und als sie sich wusch, regte sich in ihrer Brust plötzlich ein Rest des kindlichen Gefühls – die Freude, dass heute Weihnachten ist, und danach wurde ihr leicht, frei und rein in der Seele, als hätte sich auch die Seele gewaschen oder sei in den weißen Schnee eingetaucht. Maša kam herein, herausgeputzt und stark geschnürt, und wünschte ein frohes Fest; dann frisierte sie sie lange und half ihr, das Kleid anzulegen. Der Geruch und das Gefühl des neuen, prächtigen, schönen Kleids auf der Haut, sein leichtes Rascheln und der Geruch frischen Parfums erregten Anna Akimovna.

»Also Weihnachten«, sagte sie heiter zu Maša. »Jetzt werden wir die Zukunft befragen.«

»Voriges Jahr ist für mich herausgekommen, dass ich einen alten Mann heirate. Dreimal ist das herausgekommen.«

»Nun, Gott ist gnädig.«

»Was soll ich sagen, Anna Akimovna? Ich denke so: besser ein kleiner Fisch als gar nichts auf dem Tisch, dann eben einen alten Mann«, sagte Maša traurig und seufzte. »Ich werde schon bald einundzwanzig, ohne Spaß.«

Alle im Hause wussten, dass die rothaarige Maša in den Lakaien Mišenjka verliebt war, aber es waren nun schon drei Jahre, dass diese tiefe, leidenschaftliche, aber hoffnungslose Liebe währte.

»Ach, lass den Unsinn«, tröstete Anna Akimovna. »Ich bin bald dreißig, und heirate trotzdem einen Jungen.«

Während sich die Herrin ankleidete, ging Mišenjka, im neuen Frack und Lackstiefeln, im Saal und Salon auf und ab und wartete, dass sie herauskäme, um ihr ein frohes Fest zu wünschen. Er ging immer irgendwie auf besondere Art, weich und sanft auftretend; wenn man seine Beine, Arme und die Neigung des Kopfes sah, hätte man meinen können, er ginge nicht einfach, sondern studiere die erste Figur der Quadrille ein. Trotz seinem schmalen, samtweichen Schnurrbärtchen und seinem schönen Äußeren, das sogar etwas von einem Falschspieler hatte, war er gesetzt, bedächtig und fromm wie ein alter Mann. Er betete immer mit Verbeugungen bis zum Boden und liebte es, in seinem Zimmer Weihrauch zu schwenken. Reiche und Angesehene achtete und verehrte er, arme Schlucker und Bittsteller dagegen verachtete er mit der ganzen Kraft seiner reinen Lakaienseele. Unter seinem gestärkten Hemd war noch ein Flanellhemd, das er im Winter wie im Sommer trug, sehr um seine Gesundheit besorgt; die Ohren waren mit Watte verstopft.

Als Anna Akimovna und Maša durch den Saal gingen, neigte er den Kopf nach unten und ein wenig zur Seite und sagte mit seiner angenehmen, honigsüßen Stimme:

»Habe die Ehre, Anna Akimovna, Ihnen Glück zu wünschen zum hochfestlichen Feiertag der Geburt Christi.«

Anna Akimovna gab ihm fünf Rubel, die arme Maša dagegen erstarrte. Sein festliches Äußeres, seine Pose, seine Stimme und das, was er gesagt hatte, bestürzten sie durch all die Schönheit und Eleganz; während sie weiter ihrem Fräulein folgte, dachte und sah sie nichts mehr und lächelte nur, bald beseligt, bald bitter.

Das obere Stockwerk im Haus hieß die saubere oder adlige Hälfte oder die Gemächer, das untere dagegen, in dem Tantchen Tatjana Ivanovna wirtschaftete, nannte man das Kaufmanns-, das Altenteil oder einfach die Weiberhälfte. Im Ersteren empfing man gewöhnlich die Adeligen und Gebildeten, im Letzteren – die einfacheren Besucher und die persönlichen Bekannten von Tantchen. Schön, wohlgenährt, gesund, noch jung und frisch, auf der Haut das prächtige Kleid spürend, von dem, wie ihr schien, ein Strahlen nach allen Seiten ausging, stieg Anna Akimovna ins untere Stockwerk. Hier empfing man sie mit Vorwürfen, dass sie, die Gebildete, Gott vergessen, die Frühmesse verschlafen hatte und zum Ende der Fasten nicht nach unten gekommen war, und alle klatschten in die Hände und sagten aufrichtig, sie sei schön, ungewöhnlich, und sie glaubte dem, lachte, küsste sich mit allen und steckte manch einem einen Rubel zu, dem andern drei oder fünf, je nachdem. Ihr gefiel es unten. Wohin man blickte – Heiligenschreine, Ikonen, Lampadki, Porträts geistlicher Würdenträger, es riecht nach Mönchen, in der Küche klopfen die Messer, und schon zieht durch alle Zimmer der Geruch einer sehr schmackhaften Fleischspeise. Die gelbgestrichenen Böden strahlen, und von den Türen verlaufen zu den vorderen Ecken schmale, hellblau gestreifte Läufer, und die Sonne sticht zu den Fenstern herein.

Im Esszimmer sitzen irgendwelche fremde alte Frauen; in Varvaruškas Zimmer ebenfalls alte Frauen, und bei ihnen eine taubstumme Jungfer, die sich die ganze Zeit für etwas schämt und sagt: »bly, bly …« Zwei hagere Mädchen, die man über die Feiertage aus dem Asyl zu sich genommen hatte, traten auf Anna Akimovna zu, um das Händchen zu küssen, und blieben vor ihr stehen, bestürzt von der Pracht ihres Kleids; sie bemerkte, dass eines der Mädchen leicht schielte, und mitten in dieser heiteren Feiertagsstimmung krampfte sich ihr schmerzlich das Herz zusammen bei dem Gedanken, dass die jungen Männer dieses Mädchen vernachlässigen würden und es nie heiraten würde. Im Zimmer der Köchin Agafjuška saßen um den Samowar fünf riesige Männer in neuen Hemden, doch das waren keine Arbeiter aus dem Werk, sondern Küchenverwandtschaft. Als sie Anna Akimovna erblickten, sprangen die Männer von den Plätzen und hörten anstandshalber auf zu kauen, obwohl sie volle Münder hatten; ins Zimmer kam aus der Küche der Koch Stepan, in weißer Kochmütze und mit einem Messer in der Hand, und wünschte frohes Fest, die Hausknechte kamen in Filzstiefeln und wünschten ebenfalls ein frohes Fest. Herein schaute der Wasserfahrer mit Eiszapfen im Bart, wagte aber nicht einzutreten.

Anna Akimovna ging durch die Zimmer, gefolgt von ihrem ganzen Staat: Tantchen, Varvaruška, Nikandrovna, der Näherin Marfa Petrovna, der unteren Maša. Varvaruška, mager, schlank, großgewachsen, größer als alle im Haus, ganz in Schwarz gekleidet, nach Zypressen und Kaffee riechend, bekreuzigte sich in jedem Zimmer vor den Ikonen und verbeugte sich tief bis zum Gürtel, und bei ihrem Anblick fiel einem aus irgendeinem Grunde jedes Mal ein, dass sie für ihre

Todesstunde schon das Leichenhemd bereitgelegt hatte und dass in derselben Truhe, in der dieses Leichenhemd liegt, auch ihre Gewinnlose versteckt sind.

»Du, Anjutinjka, sei gnädig, es ist Feiertag«, sagte sie, die Tür zur Küche öffnend. »Vergib ihm, Gott mit ihm! Dass ihm doch!«

Mitten in der Küche kniete der Kutscher Pantelej, schon im November wegen Trunksucht entlassen. Er war ein guter Mensch, doch im Rausch wurde er ungestüm und konnte einfach nicht einschlafen, sondern ging in die Werkskomplexe und schrie dort in drohendem Ton: »Mir ist alles bekannt!« Jetzt war an seinem dicklippigen aufgedunsenen Gesicht und den blutunterlaufenen Augen zu sehen, dass er von November an bis zu den Feiertagen ununterbrochen getrunken hatte.

»Vergeben Sie mir, Anna Akimovna!«, sagte er mit heiserer Stimme, schlug mit der Stirn auf den Fußboden, wobei er seinen Stiernacken zeigte.

»Dich hat Tantchen entlassen, also bitte sie darum.«

»Was heißt Tantchen?«, sagte Tantchen, die schwer atmend in die Küche kam; sie war sehr dick, und auf ihrer Brust hätten ein Samovar und das Tablett mit den Tassen Platz gefunden. »Was heißt Tantchen? Du bist hier die Herrin im Haus, triff du deine Anordnungen, wenn es nach mir ginge, bräuchte es diese Halunken hier gar nicht mehr zu geben. Steh auf, fettes Schwein!«, schrie sie Pantelej an, weil sie es nicht mehr aushielt. »Geh mir aus den Augen! Ein letztes Mal vergebe ich dir, aber kommt die Sünde noch einmal vor – dann bitte nicht um Gnade!«

Danach ging man zum Kaffeetrinken ins Esszimmer. Doch kaum hatte man sich zu Tisch gesetzt, kam Hals über Kopf die untere Maša hereingestürzt und sagte entsetzt: »Die Sänger!« – und lief wieder hinaus. Man hörte Leute sich schnäuzen, tief im Bass husten und das Trappsen von Schritten, so als führe man frisch beschlagene Pferde in den Flur vor dem Saal. Für eine halbe Minute war alles still ... Plötzlich brüllten die Sänger los, und zwar so laut, dass alle zusammenfuhren. Während sie sangen, kam der Pope des Armenasyls, mit ihm der Diakon und der Küster. Das Epitrachelion anlegend, erzählte der Pope langsam, heute Nacht, als man zur Mitternachtsmesse läutete, habe es geschneit und sei nicht kalt gewesen, gegen Morgen aber habe der Frost angezogen, Gott mit ihm, und jetzt seien es wohl an die zwanzig Grad.

»Viele behaupten allerdings, der Winter sei für den Menschen gesünder als der Sommer«, sagte der Diakon, verlieh seinem Gesicht aber sofort einen strengen Ausdruck und sang mit dem Priester: »Deine Geburt, Christus unser Gott! ...«

Bald kam der Pope aus dem Schwerarbeiterkrankenhaus mit seinem Diakon, dann die Gemeindeschwestern, die Kinder aus dem Asyl, und beinahe ununterbrochen war Gesang zu hören. Sie sangen, aßen etwas und gingen.

Mit Glückwünschen kamen die Werksangestellten, etwa zwanzig Mann. Es waren nur die Bessergestellten, Mechaniker, ihre Gehilfen, Modellierer, der Buchhalter und dgl. – alle wohlanständig, in neuen schwarzen Röcken. All das waren Prachtkerle, wie ausgesucht, jeder wusste, was er wert war, d. h. er wusste, dass man ihn, verlöre er heute seine Stelle, morgen mit Vergnügen in einem anderen Werk einstellen würde. Tantchen liebten sie offenbar, denn sie benahmen sich in ihrem Beisein frei und rauchten sogar, und der Buchhalter, als sie geschlossen zu Tisch gingen, fasste sie um ihre breite Taille. Ungezwungen waren sie teilweise vielleicht auch deshalb, weil Varvaruška, die unter den Alten große Macht besessen und die Sittlichkeit der Angestellten überwacht hatte, heute im Haus keinerlei Rolle mehr spielte, vielleicht auch deshalb, weil viele von ihnen sich noch an die Zeit erinnerten, als Tantchen Tatjana Ivanovna, die von ihren Brüdern streng gehalten wurde, gekleidet war wie ein einfaches Weib, wie Agafjuška, und als Anna Akimovna, wenn sie zwischen den Werkskomplexen über den Hof lief, von allen noch Anjutka gerufen wurde.

Die Angestellten aßen, sprachen und schauten Anna Akimovna verwundert an: Wie erwachsen, wie schön sie geworden war! Doch diese elegante, von Gouvernanten und Hauslehrern erzogene junge Dame war ihnen schon fremd, unbegreiflich, sie hielten sich unwillkürlich an Tantchen, die sie mit »du« anredete, ihnen ununterbrochen etwas vorsetzte und, da sie mit ihnen anstoßen musste, selbst schon zwei Gläschen Eberesche getrunken hatte. Anna Akimovna fürchtete immer, man könnte von ihr denken, sie sei stolz, eine Frau Neureich oder Krähe in Pfauenfedern; und jetzt, während sich die Angestellten um den Imbisstisch scharten, verließ sie nicht das Esszimmer und mischte sich ins Gespräch. Ihren gestrigen Bekannten Pimenov fragte sie:

»Wieso haben Sie in Ihrem Zimmer so viele Uhren?«

»Ich nehme sie in Reparatur«, antwortete er. »Das mache ich, wenn ich freihabe, an Feiertagen, oder wenn ich nicht schlafen kann.«

»Das heißt, wenn meine Uhr kaputtgeht, kann ich sie Ihnen in Reparatur geben?«, fragte Anna Akimovna, lachend.

»Ja nun? Mit Vergnügen«, sagte Pimenov, und sein Gesicht drückte Rührung aus, als sie, selbst nicht wissend wozu, vom Mieder ihre kostbare kleine Uhr abnestelte und sie ihm gab: Schweigend untersuchte er sie und gab sie zurück. »Ja nun? Mit Vergnügen«, wiederholte er. »Taschenuhren repariere ich nicht mehr. Meine Augen sind schlecht, und der Doktor hat mir Feinarbeit verboten. Aber für Sie kann ich eine Ausnahme machen.«

»Ärzte reden Unsinn«, sagte der Buchhalter; alle lachten. »Glaub ihnen nicht«, fuhr er, geschmeichelt von dem Gelächter, fort. »Voriges Jahr, während der Fasten, ist von einer Trommel ein Zahn abgesprungen und hat den alten Kalmykov heftig am Kopf getroffen, sodass man das Gehirn sehen konnte, und der Arzt sagte, er würde sterben; aber er lebt bis heute und arbeitet, nur dass er nach der Geschichte zu stottern angefangen hat.«

»Sie reden Unsinn, Unsinn, die Ärzte, aber nicht sehr«, seufzte Tantchen. »Pëtr Andreič der Verstorbene hat das Augenlicht verloren. Genau wie du hat er den lieben langen Tag im Werk am glühenden Ofen gearbeitet und ist erblindet. Das Auge verträgt keine Hitze. Aber wozu darüber reden?«, fuhr sie auf. »Trinken wir einen! Alles Gute zum Fest, ihr meine Lieben. Ich trinke sonst mit niemandem, aber mit euch trinke ich Sünderin. Mit Gott!« Anna Akimovna schien es, als verachte sie Pimenov nach dem gestrigen Vorfall als Philanthropin, sei aber bezaubert von ihr als Frau. Sie schaute ihn an und fand, er benehme sich sehr nett und sei anständig gekleidet. Zwar seien die Rockärmel ein wenig zu kurz und die Taille sitze zu hoch, die Hosenbeine seien unmodern, nicht weit genug, doch dafür sei die Krawatte lässig und mit Geschmack gebunden, und nicht so schreiend wie die der anderen. Und offenbar ist er ein gutmütiger Mensch, denn er isst ergeben alles, was Tantchen ihm auf den Teller legt. Sie erinnerte sich, wie schwarz er gestern gewesen war, und wie müde, und diese Erinnerung rührte sie aus irgendeinem Grunde.

Als die Angestellten zum Gehen aufbrachen, gab Anna Akimovna Pimenov die Hand, wollte ihm sagen, er solle doch einfach einmal zu Besuch kommen, brachte es aber nicht über sich: Irgendwie gehorchte ihr die Zunge nicht; und damit niemand dachte, dass Pimenov ihr gefalle, gab sie auch all seinen Kollegen die Hand.

Dann kamen die Schüler der Schule, an der sie Kuratorin war. Sie alle waren kurzgeschoren und in gleichförmige graue Blusen gekleidet. Der Lehrer – ein hochaufgeschossener Mann, noch ohne Schnurrbart, mit roten Flecken im Gesicht – merklich erregt, stellte die Schüler in einer Reihe auf; die Knaben sangen harmonisch, aber mit scharfen, unangenehmen Stimmen. Werksdirektor Nazaryč, ein kahlköpfiger, scharfäugiger Altgläubiger, kam nie gut aus mit Lehrern, diesen jedoch, der da so hastig mit den Armen herumfuchtelte, verachtete und hasste er, ohne selbst zu wissen wofür. Er behandelte ihn von oben herab und grob, hielt das Gehalt zurück und mischte sich in den Unterricht ein, und um ihn endgültig hinauszuekeln, hatte er ein-zwei Wochen vor den Feiertagen als Wächter einen entfernten Verwandten seiner Frau an der Schule untergebracht, einen Trunkenbold, der dem Lehrer nicht gehorchte und ihm im Beisein der Schüler Frechheiten sagte.

Anna Akimovna war dies alles bekannt, doch helfen konnte sie nicht, denn sie fürchtete Nazaryč. Jetzt wollte sie zu dem Lehrer zumindest freundlich sein, ihm sagen, sie sei sehr mit ihm zufrieden, doch als er nach dem Singen schrecklich verlegen wurde und sich für irgendetwas zu entschuldigen begann, und als Tantchen, die ihn mit »du« anredete, ihn familiär an den Tisch zog, wurde ihr unbehaglich und peinlich; sie befahl, den Kindern Bonbons zu geben, und ging zu sich nach oben.

»In diesen Feiertagszeremonien liegt eigentlich viel Grausamkeit«, sagte sie wenig später, wie zu sich selbst, als sie vom Fenster aus die Knaben sah, wie sie vom Haus zum Tor gingen und, sich krümmend vor Kälte, ihre Pelze und Mäntel überzogen. »An Feiertagen möchte man ausruhen, zu Hause sitzen mit den Verwandten, aber die armen Jungen, der Lehrer, die Angestellten sind aus irgendeinem Grunde verpflichtet, durch den Frost zu stapfen, frohes Fest zu wünschen, Ehrerbietung zu erweisen, verlegen zu werden ...«

Mišenjka, der hier im Saal an der Tür stand und das hörte, sagte:

»Das hat nicht mit uns angefangen, und wird mit uns auch nicht enden. Natürlich bin ich ungebildet, Anna Akimovna, aber ich sehe das so: Die Armen müssen immer die Reichen ehren. Es ist gesagt: Alle Diebe werden von hier ausgefegt. In den Kerkern, in den Nachtasylen und Schenken sind immer nur die Armen, anständige Menschen, wenn Sie bemerken wollen, sind immer reich. Über die Reichen ist gesagt: Eine Tiefe ruft die andere.«

»Sie, Miša, drücken sich immer so langweilig und unverständlich aus«, sagte Anna Akimovna und ging ans andere Ende des Saals.

Die zwölfte Stunde war eben erst angebrochen. Die Stille der riesigen Räume, nur bisweilen gestört durch Gesang, der aus dem unteren Stockwerk heraufdrang, war zum Gähnen. Die Bronzebüsten, die Alben und die Bilder, die das Meer mit kleinen Schiffchen, eine Wiese mit kleinen Kühen und Rheinlandschaften darstellten, waren in einem Grade unoriginell, dass der Blick nur über sie hinwegglitt und sie nicht bemerkte. Die Feiertagsstimmung begann bereits zu langweilen. Anna Akimovna fühlte sich schön, gütig und ungewöhnlich wie zuvor, doch schon schien ihr, dass niemand dies brauche; ihr schien, auch dieses teure Kleid hätte sie angelegt, ohne zu wissen, für wen und wozu. Und schon begann, wie an allen Feiertagen zuvor, die Einsamkeit sie zu peinigen sowie der unabweisliche Gedanke, dass ihre Schönheit, Gesundheit, ihr Reichtum ein einziger Betrug seien, dass sie überflüssig sei auf dieser Welt, dass niemand sie brauche, niemand sie liebe. Sie ging durch alle Räume, vor sich hin trällernd und aus den Fenstern schauend. Im Saal stehen geblieben, konnte sie nicht an sich halten und begann ein Gespräch mit Mišenjka.

»Ich weiß nicht, Miša, was Sie von sich denken«, sagte sie und seufzte. »Wirklich, dafür wird sogar Gott Sie bestrafen.«

»Wovon sprechen Sie?«

»Sie wissen genau, wovon. Entschuldigen Sie, dass ich mich in Ihre persönlichen Angelegenheiten mische, aber mir scheint, Sie richten Ihr Leben aus Starrsinn zugrunde. Geben Sie zu, es ist höchste Zeit für Sie zu heiraten, und sie ist eine schöne, würdige junge Frau. Eine Bessere als sie werden Sie niemals finden. Eine Schönheit, klug, sanft, ergeben … Und ihr Äußeres! Gehörte sie zu unserem oder einem höheren Kreis, alle würden sich in sie verlieben, schon wegen ihrer wunderschönen roten Haare. Sehen Sie doch, wie gut ihre Haare zu ihrer Gesichtsfarbe passen. Ach, mein Gott, nichts begreifen Sie und wissen selbst nicht, was Sie brauchen«, sagte Anna Akimovna bitter, und Tränen traten ihr in die Augen. »Das arme Mädchen, es tut mir so leid! Ich weiß, Sie wollen eine mit Geld, aber ich habe Ihnen schon so oft gesagt: Maša bekommt von mir eine Mitgift.«

Seine künftige Gattin konnte Mišenjka sich in seiner Vorstellung nicht anders ausmalen als in Gestalt einer hoch gewachsenen, fülligen, soliden und gottesfürchtigen Frau mit dem Gang einer Pfauenhenne und aus irgendeinem Grunde mit einem langen Schal um die Schultern, Maša dagegen war mager und zart, in ein Korsett geschnürt, und hatte einen trippelnden Gang, vor allem aber war sie zu verführerisch und gefiel Mišenjka zuweilen sogar sehr, doch das taugte, wie er meinte, nicht für die Ehe, sondern führte nur zu schlechtem Benehmen. Als Anna Akimovna ihm eine Mitgift versprochen hatte, hatte er eine Zeitlang geschwankt; doch irgendwann hatte ein armer Student im braunen Mantel über der Uniform, der mit einem Brief zu Anna Akimovna gekommen war, nicht an sich gehalten und Maša vor Entzücken unten in der Garderobe umarmt, und sie hatte leicht aufgeschrien; Miša, oben auf der Treppe stehend, hatte es gesehen und hegte seitdem gegenüber Maša ein angewidertes Gefühl. Ein armer Student! Wer weiß, wenn ein reicher Student sie umarmt hätte, oder ein Offizier, dann wären die Folgen andere gewesen …

»Wieso wollen Sie denn nicht?«, fragte Anna Akimovna. »Was brauchen Sie denn noch?«

Mišenjka schwieg und blickte regungslos, die Brauen hochgezogen, auf einen Sessel.

»Lieben Sie eine andere?«

Schweigen. Herein kam die rothaarige Maša mit Briefen und Visitenkarten auf einem Tablett. Da sie erriet, dass die Rede von ihr war, errötete sie bis zu Tränen.

»Die Postboten sind gekommen«, murmelte sie. »Und dann ein Beamter Čalikov, und wartet unten. Er sagt, Sie hätten ihm befohlen, heute wegen etwas zu kommen.«

»So eine Frechheit!«, erboste sich Anna Akimovna. »Nichts habe ich ihm befohlen. Sagen Sie, er soll sich fortscheren, ich bin nicht zu Hause!«

Man hörte es klingeln. Das waren die Priester der eigenen Pfarrei; sie empfing man immer in der vornehmen Hälfte, das heißt oben. Nach den Popen kamen Werksdirektor Nazaryč und der

Fabriksarzt zu Besuch, dann meldete Mišenjka den Volksschulinspektor. Der Empfang der Besucher hatte begonnen.

Wenn freie Minuten anfielen, setzte sich Anna Akimovna im Salon in einen tiefen Sessel, schloss die Augen und dachte daran, dass ihre Einsamkeit etwas ganz Natürliches sei, denn sie hatte nicht geheiratet und würde nie heiraten. Doch nicht sie war daran schuld. Das Schicksal selbst hatte sie aus dem einfachen Arbeitermilieu, wo es, wollte man den Erinnerungen trauen, so wohlig und behaglich war, hierher in diese riesigen Räume verschlagen, wo ihr einfach nicht einfiel, was sie mit sich machen sollte und weshalb so viele Menschen an ihr vorüberzogen; das, was gerade geschah, erschien ihr nichtswürdig, überflüssig, denn es brachte ihr nicht für eine Minute Glück und konnte auch keins bringen.

»Mich verlieben sollte ich«, dachte sie, sich rekelnd, und allein von diesem Gedanken wurde ihr warm ums Herz. – Mich befreien von diesem Werk …«, träumte sie, wobei in ihrer Vorstellung die Last dieser Werkskomplexe, die Baracken, die Schule von ihrem Gewissen abfielen … Dann erinnerte sie sich ihres Vaters und dachte, er hätte sie, hätte er länger gelebt, gewiss einem einfachen Mann zur Frau gegeben, zum Beispiel Pimenov. Er hätte ihr befohlen, ihn zu heiraten – und Schluss. Und es wäre gut gewesen: dann wäre das Werk in die richtigen Hände geraten.

Sie stellte sich seinen kraushaarigen Kopf vor, das kühne Profil, die schmalen spöttischen Lippen und die Kraft, die schreckliche Kraft seiner Schultern, seine Arme und Brust, und die Rührung, mit der er heute ihre kleine Uhr untersucht hatte.

»Ja nun?«, sagte sie. »Es wäre gut ... Ich würde ihn heiraten.«

»Anna Akimovna!«, rief Mišenjka sie an, der unhörbar in den Salon gekommen war.

»Wie haben Sie mich erschreckt!«, sagte sie, mit dem ganzen Körper zusammenzuckend. »Was wollen Sie?«

»Anna Akimovna!«, wiederholte er, die Hand aufs Herz gelegt und die Brauen hochgezogen. »Sie sind meine Herrin und Wohltäterin, und nur Sie können mich unterweisen, was die Ehe betrifft, denn Sie sind für mich wie die leibliche Mutter ... Aber befehlen Sie, dass man mich unten nicht auslacht und hänselt. Man lässt mir keine Ruhe!«

»Und wie hänselt man Sie?«

»Sie sagen in einem fort: Mašenjkas Mišenjka.«

»Pfui, was für ein Unsinn!«, empörte sich Anna Akimovna. »Wie dumm ihr alle seid! Wie dumm Sie sind, Miša! Wie Sie mir auf die Nerven fallen! Ich will Sie nicht mehr sehen!«

III
Das Festessen

Wie im vergangenen Jahr kamen als letzte Besucher der Wirkliche Staatsrat Krylin und der bekannte Rechtsanwalt Lysevič. Sie kamen, als es draußen schon dunkel wurde. Krylin, ein alter Mann jenseits der 60, mit breitem Mund und grauem Backenbart um die Ohren, im Gesicht einem Luchs ähnlich, war in Uniform mit dem Band des Annenordens und in weißen Hosen. Lange hielt er Anna Akimovnas Hand in seinen beiden Händen, blickte ihr eindringlich ins Gesicht, bewegte die Lippen und sagte schließlich gedehnt, mit Pausen, in einem und demselben Ton:

»Ich achtete Ihren Herrn Onkel … und Vater, und erfreute mich ihres Wohlwollens. Heute halte ich es, wie Sie sehen, für die angenehme Pflicht, beider verehrte Erbin zu beglückwünschen ... ungeachtet meiner Krankheit und der beträchtlichen Entfernung ... Und bin überaus erfreut, Sie bei guter Gesundheit zu sehen.«

Rechtsanwalt Lysevič, ein hochgewachsener schöner blonder Mann, an Schläfen und Bart leicht ergraut, zeichnet sich durch ungewöhnlich elegante Manieren aus. Leicht sich wiegend tritt er ein, verneigt sich wie gegen seinen Willen und bewegt beim Sprechen die Schultern, und all das mit der trägen Grazie eines stallmüden verwöhnten Pferdes. Er ist satt, überaus gesund und reich; einmal hat er sogar vierzigtausend gewonnen, dies vor seinen Bekannten aber verheimlicht. Er isst gern gut, besonders Käse, Trüffeln, geriebenen Rettich mit Hanföl, und in Paris hat er, seinen Worten zufolge, gebratene ungewaschene Därme gegessen. Er spricht bündig, flüssig, ohne zu stocken, und nur aus Koketterie gestattet er sich bisweilen steckenzubleiben und mit den Fingern zu schnippen, so als suche er nach dem passenden Wort. An all das, was er vor Gericht zu sagen hat, glaubt er längst nicht mehr oder, vielleicht, glaubt er es auch, misst ihm aber keinerlei Bedeutung bei, – alles ist längst bekannt, alt, gewöhnlich ... Er glaubt einzig an das Originelle und Nichtalltägliche. Eine verlogene Moral, in origineller Form vorgetragen, rührt ihn zu Tränen. Seine beiden Notizbücher sind vollgeschrieben mit ungewöhnlichen Ausdrücken, die er sich bei verschiedenen Autoren abschreibt, und wenn er irgendeinen Ausdruck finden muss, wühlt er nervös in beiden Büchlein und findet ihn gewöhnlich nicht. Noch der verstorbene Akim Ivanyč hatte ihn in einer fröhlichen Minute aus Prahlsucht eingeladen, Anwalt des Werks zu werden, und ihm ein Gehalt von zwölftausend ausgesetzt. Alles, was er für das Werk zu tun hatte, bestand in zwei-drei kleineren Prozessen, die Lysevič seinen Assistenten übertrug.

Anna Akimovna wusste, dass er für das Werk nichts zu tun hatte, aber ihm zu kündigen, brachte sie nicht über sich: Ihr fehlte der Mut, außerdem war sie an ihn gewöhnt. Sich selbst nannte er Juriskonsult, und sein Gehalt, das er pünktlich am Monatsersten abholen ließ – die rauhe Prosa. Anna Akimovna war bekannt, dass man nach Vaters Tod ihren Wald für Eisenbahnschwellen verkauft und Lysevič an diesem Verkauf über fünfzehntausend verdient hatte, die er sich mit Nazaryč teilte. Als sie von diesem Verkauf erfuhr, weinte sie bitterlich, gewöhnte sich dann aber daran.

Nachdem er sie beglückwünscht und ihr beide Hände geküsst hatte, maß er sie mit einem Blick und runzelte die Stirn.

»Nicht doch!«, sagte er aufrichtig bekümmert. »Ich sagte, Geliebte, nicht doch!«

»Wovon sprechen Sie, Viktor Nikolaič?«

»Ich sagte, nicht zunehmen sollen Sie. In Ihrer Familie haben alle die unglückliche Neigung zu Körperfülle. Nicht doch«, wiederholte er mit flehentlicher Stimme und küsste ihr die Hand. »Sie sind so schön! Sie sind so prachtvoll! Hier, Euer Exzellenz«, wandte er sich an Krylin, »darf ich vorstellen: Die einzige Frau auf der Welt, die ich einmal ernstlich geliebt habe.«

»Das nimmt nicht wunder. In Ihrem Alter mit Anna Akimovna bekannt zu sein und sie nicht zu lieben, ist unmöglich.«

»Ich bete sie an!«, fuhr der Anwalt völlig aufrichtig, aber mit seiner gewohnten trägen Grazie fort. »Ich liebe sie, nicht weil ich ein Mann bin und sie eine Frau; wenn ich mit ihr zusammen bin, so scheint sie eines dritten Geschlechts zu sein, ich eines vierten, und beide entfleuchen wir ins Reich der feinsten Farbschattierungen und verschmelzen dort zu einem Spektrum. Am besten definiert solche Beziehungen Leconte de

Lisle. Bei ihm gibt es eine vorzügliche Stelle, eine wunderbare Stelle.«

Lysevič wühlte in dem einen Büchlein, dann in dem andern, und da er den Ausspruch nicht fand, beruhigte er sich. Man begann vom Wetter zu sprechen, von der Oper, davon, dass bald die Duse kommen würde. Anna Akimovna fiel ein, dass Lysevič und, wie es schien, auch Krylin im vergangenen Jahr bei ihr gesessen hatten, und jetzt, als sie sich anschickten zu gehen, begann sie aufrichtig und mit flehentlicher Stimme darzulegen, dass sie, da es für weitere Besuche schon zu spät sei, bei ihr zum Essen bleiben müssten. Nach einigem Schwanken willigten sie ein.

Neben dem Essen, das aus Šči, Spanferkel, Gans mit Äpfeln und dergl. bestand, bereitete man in der Küche an hohen Feiertagen noch das sogenannte französische oder Diner des Kochs zu für den Fall, dass jemand von den Gästen im oberen Stockwerk davon zu speisen wünsche. Als man im Esszimmer anfing, mit Geschirr zu klappern, befiel Lysevič eine merkliche Erregung; er rieb sich die Hände, zuckte mit den Schultern, blinzelte und erzählte voller Gefühl, was für Diners die Alten einst gegeben hatten und was für eine wunderbare Matelote aus Aalraupe der hiesige Koch zuzubereiten versteht – keine Matelote, sondern eine Offenbarung! Er schmeckte das Essen voraus, aß bereits in Gedanken und genoss. Als Anna Akimovna ihn untergehakt ins Esszimmer führte und er, endlich, ein Gläschen Vodka trank und ein Stückchen Lachs in den Mund schob, schnurrte er geradezu vor Vergnügen. Er kaute laut, widerlich, irgendwelche Laute durch die Nase ausstoßend, und seine Augen wurden dabei ölig und heißhungrig.

Die Zakuska war üppig. Unter anderem gab es frische Steinpilze in Smetana und *sauce provençale* aus gebratenen Austern und Krebshälsen, stark gewürzt mit bitteren Pickles. Das Essen selbst bestand aus erlesenen Feiertagsgerichten, und die Weine waren wunderbar. Mišenjka bediente bei Tisch wie im Rausch. Wenn er ein neues Gericht auf den Tisch brachte und von der glänzenden Kasserolle den Deckel abnahm oder Wein nachschenkte, so tat er dies mit dem Ernst eines Professors für schwarze Magie, und wenn er sein Gesicht und seinen Gang sah, ähnlich der ersten Figur der Quadrille, dachte der Anwalt einige Male: »Was für ein Dummkopf!«

Nach dem dritten Gang sprach Lysevič, an Anna Akimovna gewandt:

»Die Frau des *fin de siècle* – ich verstehe darunter eine junge und, natürlich, reiche – muss unabhängig sein, klug, elegant, intelligent, kühn und ein bisschen verrucht. Verrucht mit Maßen, nur ein bisschen, denn, geben Sie zu, Sattheit ist bereits Ermüdung. Sie, meine Geliebte, dürfen nicht dahinvegetieren, nicht leben wie alle andern, sondern müssen das Leben auskosten, und eine leichte Verruchtheit ist die Sauce des Lebens. Vergraben Sie sich in Blumen mit betörendem Duft, berauschen Sie sich an Moschus, essen Sie Haschisch, und vor allem, lieben Sie, lieben Sie, lieben Sie … Fürs Erste würde ich mir an Ihrer Stelle sieben Männer zulegen, je einen für jeden Tag, und nennen würde ich den einen Montag, den zweiten Dienstag, den dritten Mittwoch, damit jeder weiß, an welchem Tag er dran ist.«

Dieses Gespräch erregte Anna Akimovna. Sie aß nichts und trank nur ein Gläschen Wein.

»Lassen Sie endlich auch mich etwas sagen!«, sprach sie. »Für mich persönlich verstehe ich die Liebe nicht ohne Familie. Ich bin einsam, einsam wie der Mond am Himmel, dazu noch der abnehmende, und was immer Sie mir sagen mögen, ich bin überzeugt, dass dieses Abnehmen nur aufgefüllt werden kann durch Liebe im gewöhnlichen

Sinne. Mir scheint, dass diese Liebe meine Pflichten, meine Arbeit bestimmen, meine Weltanschauung aufhellen würde. Ich will von der Liebe den Frieden meiner Seele, Ruhe, ich will möglichst weit fort von Moschus und all den Spiritismen und dem *fin de siècle* … mit einem Wort«, geriet sie durcheinander, »ich will Mann und Kinder.«

»Heiraten wollen Sie? Ja nun, auch das ist möglich«, willigte Lysevič ein. »Sie müssen alles ausprobieren: die Ehe, die Eifersucht, die Süße der ersten Untreue, sogar Kinder … Aber beeilen Sie sich zu leben, beeilen Sie sich, Liebste, die Zeit vergeht, sie wartet nicht.«

»Dann werde ich eben heiraten!«, sagte sie und sah zornig in sein sattes, zufriedenes Gesicht. »Ich heirate auf die allergewöhnlichste, die trivialste Weise und werde strahlen vor Glück. Und stellen Sie sich vor, ich heirate einen einfachen Arbeiter, irgendeinen Mechaniker oder Zeichner.«

»Auch das ist nicht übel. Herzogin Josiane verliebte sich in Gwynplaine, und das war ihr erlaubt, weil sie Herzogin war; Ihnen ist ebenfalls alles erlaubt, weil Sie eine ungewöhnliche Frau sind. Liebste, wenn Sie Lust haben, einen Afrikaner oder Araber zu lieben, genieren Sie sich nicht, verschreiben Sie sich einen Afrikaner. Versagen Sie sich nichts. Sie müssen ebenso kühn sein wie Ihre Wünsche. Bleiben Sie hinter ihnen nicht zurück.«

»Bin ich denn so schwer zu verstehen?«, fragte Anna Akimovna verwundert, und in ihren Augen glänzten Tränen. »Verstehen Sie endlich, ich habe ein riesiges Werk am Hals, zweitausend Arbeiter, für die ich vor Gott verantwortlich bin. Menschen, die für mich arbeiten, erblinden und taub werden. Ich habe Angst zu leben, Angst! Ich leide, und Sie besitzen die Grausamkeit und erzählen mir was von irgendwelchen Afrikanern ... und lächeln auch noch!« Anna Akimovna schlug mit der Faust auf den Tisch. »So weiterleben wie bisher, oder einen genauso untätigen, unfähigen Menschen heiraten, wie ich einer bin, wäre einfach ein Verbrechen. Ich kann nicht länger so leben«, sagte sie hitzig, »ich kann es nicht!«

»Wie schön sie ist!«, sagte Lysevič, von ihr entzückt. »Mein Gott, wie schön sie ist! Aber warum denn so zornig, Liebste? Meinetwegen habe ich unrecht, aber meinen Sie denn, wenn Sie im Namen von Ideen, die ich übrigens zuhöchst achte, sich langweilen und sich die Lebensfreude versagen, dass die Arbeiter es davon leichter haben? Nicht im mindesten! Nein, Verruchtheit! Verruchtheit!«, sagte er entschieden. »Sie müssen verrucht sein, unbedingt, es ist Ihre Pflicht! Strengen Sie Ihr Hirn an, Liebste, strengen Sie Ihr Hirn an!«

Anna Akimovna war froh, sich ausgesprochen zu haben, und heiterte auf. Ihr gefiel, dass sie so gut gesprochen hatte und so ehrenhaft und schön denkt, und sie war sich schon sicher, dass, wenn, zum Beispiel, Pimenov sich in sie verlieben würde, sie ihn mit Vergnügen heiraten würde.

Mišenjka begann Champagner einzuschenken.

»Sie machen mich böse, Viktor Nikolaič«, sagte sie, mit dem Anwalt anstoßend. »Mich ärgert, dass Sie andern Ratschläge erteilen, aber selbst das Leben ganz und gar nicht kennen. Ihrer Meinung nach ist ein Mechaniker oder Zeichner unbedingt gleich Bauer und Flegel. Aber das sind äußerst kluge Menschen! Ungewöhnliche Menschen!«

»Ihren Herrn Papa und Ihren Onkel … habe ich gekannt und geachtet«, sagte gedehnt, mit Pausen Krylin, der, ausgebreitet, dasaß wie ein Götzenbild und die ganze Zeit, ununterbrochen, aß. »Sie waren Menschen von bedeutendem Verstande und … und hohen seelischen Qualitäten.«

»Schön, diese Qualitäten kennen wir«, murmelte der Anwalt und bat um Erlaubnis zu rauchen.

Als das Essen beendet war, führte man Krylin zur Ruhe. Lysevič rauchte die Zigarre zu Ende und folgte, vor Sattheit schwankend, Anna Akimovna in deren Kabinett. Abgeschiedene Eckchen mit Fotografien, mit Fächern an den Wänden und mit der unvermeidlichen rosa oder hellblauen Laterne an der Decke liebte er nicht, das war für ihn Ausdruck eines welken, unoriginellen Charakters; außerdem waren Erinnerungen an einige seiner Romane, deren er sich heute schämte, an diese Laterne gebunden. Anna Akimovnas Kabinett hingegen mit seinen kahlen Wänden und den geschmacklosen Möbeln gefiel ihm außerordentlich. Er saß weich und gemütlich auf dem türkischen Divan und schaute auf Anna Akimovna, die gewöhnlich auf dem Teppich vor dem Kamin saß und, die Arme um die Knie geschlungen, ins Feuer blickte und über etwas nachdachte, und ihm schien, als spiele in ihr das altgläubige Bauernblut.

Jedes Mal nach dem Essen, wenn man Kaffee und Liqueure reichte, lebte er auf und erzählte ihr irgendwelche literarischen Neuigkeiten. Er sprach hochtrabend, inspiriert, begeisterte sich selbst an seiner Erzählung, und sie hörte ihm zu und dachte jedes Mal, dass man für solch ein Vergnügen nicht zwölftausend, sondern das Dreifache zahlen könne, und verzieh ihm alles, was ihr an ihm missfiel. Es kam vor, dass er ihr den Inhalt von Novellen, sogar von Romanen erzählte, und dann vergingen zwei oder drei Stunden unmerklich, wie Minuten. Diesmal begann er irgendwie säuerlich, mit geschwächter Stimme und geschlossenen Augen.

»Ich, Liebste, habe seit langem nichts gelesen«, sagte er, als sie ihn bat, etwas zu erzählen. »Übrigens, manchmal lese ich Jules Verne.«

»Und ich dachte, Sie würden mir etwas Neues erzählen.«

»Hm … etwas Neues«, murmelte Lysevič schläfrig und drückte sich noch tiefer in die Ecke des Divans. »Die ganze neue Literatur, meine Liebe, taugt nicht mehr für uns beide. Natürlich muss sie so sein, wie sie ist, und sie nicht anerkennen würde bedeuten, die natürliche Ordnung der Dinge nicht anzuerkennen, ich erkenne sie ja auch an, aber …« Lysevič schien eingeschlafen zu sein. Doch eine Minute später war wieder seine Stimme zu hören:

»Die ganze neue Literatur stöhnt und heult wie der Herbstwind im Schornstein: ›Ach, Unglücklicher! ach, dein Leben ist zu vergleichen mit einem Gefängnis! ach, was ist es dir im Gefängnis so dunkel und feucht! ach, du wirst unweigerlich zugrunde gehen, und es gibt für dich keine Rettung!‹ Sehr schön, aber ich zöge eine Literatur vor, die mich belehrt, wie ich aus dem Gefängnis fliehen kann. Von allen modernen Schriftstellern lese ich, übrigens, nur hin und wieder Maupassant.« Lysevič öffnete die Augen. »Ein guter Schriftsteller, ein vorzüglicher Schriftsteller!« Lysevič rutschte auf dem Divan hin und her. »Ein wunderbarer Künstler! Ein schrecklicher, ungeheuerlicher, übernatürlicher Künstler.« Lysevič stand vom Divan auf und hob den rechten Arm in die Höhe. »Maupassant!«, sagte er begeistert. »Liebste, lesen Sie Maupassant! Eine Seite von ihm gibt Ihnen mehr als alle Reichtümer der Erde! Jede Zeile ein neuer Horizont. Die weichsten, zärtlichsten Regungen der Seele wechseln ab mit heftigen, stürmischen Empfindungen, Ihre Seele verwandelt sich unter dem Druck von vierzigtausend Atmosphären in ein nichtswürdiges Stückchen eines Stoffes von unbestimmter, rosiger Farbe, der, wie mir scheint, wenn man ihn auf die Zunge legte, einen herben, wollüstigen Geschmack abgäbe. Welch Ungestüm der Übergänge, Motive, Melodien! Sie ruhen auf Maiglöckchen und Rosen, und plötzlich fliegt ein Gedanke auf Sie zu, ein schrecklicher, schöner, unabweislicher Gedanke, wie eine Lokomotive, und umfängt Sie mit heißem Rauch und betäubt Sie wie ein Pfiff. Lesen Sie, lesen Sie Maupassant! Liebste, ich verlange es!«

Lysevič fing an, mit den Armen zu fuchteln, und ging in heftiger Erregung von einer Ecke in die andere.

»Nein, es ist unmöglich!«, sagte er, als sei er verzweifelt. »Seine letzte Sache hat mich erschöpft, berauscht! Doch ich fürchte, Sie wird sie gleichgültig lassen. Um sich dafür zu begeistern, muss man sie auskosten, den Saft aus jeder Zeile in sich aufsaugen, austrinken ... Trinken muss man sie!«

Nach dem langen Vorwort, in dem viele solcher Wörter vorkamen wie dämonische Wollust, Netz feinster Nerven, Samum, Kristall usw., begann er schließlich, den Inhalt des Romans zu erzählen. Er erzählte nicht mehr so hochtrabend, dafür sehr detailliert, wobei er ganze Beschreibungen und Gespräche auswendig aufführte; die

Personen des Romans entzückten ihn, und wenn er sie charakterisierte, nahm er Posen ein, änderte den Ausdruck von Gesicht und Stimme, wie ein rechter Schauspieler. Vor Begeisterung lachte er bald im Bass, bald mit hoher Fistelstimme, klatschte in die Hände oder fasste sich mit einem Ausdruck an den Kopf, als wolle der gleich platzen. Anna Akimovna hörte entzückt zu, obgleich sie in diesem Roman bereits las, doch in der Erzählung des Anwalts erschien er ihr bei weitem schöner und komplizierter als im Buch. Er lenkte ihre Aufmerksamkeit auf verschiedene Feinheiten und unterstrich die geglückten Ausdrücke und tiefen Gedanken, doch sie sah nur das Leben, das Leben, das Leben und sich selbst, so als sei sie in dem Roman eine handelnde Person; ihre Laune hob sich, und laut lachend, in die Hände klatschend, dachte sie nun selbst, dass so zu leben unmöglich sei, dass nicht notwendig sei, schlecht zu leben, wenn man schön leben könne; ihr fielen ihre Worte und Gedanken vom Esstisch ein, und sie war stolz auf sie, und als in ihrer Vorstellung plötzlich Pimenov erschien, war ihr froh zumute und sie hätte sich gewünscht, dass er sich in sie verliebe. Mit seiner Erzählung zu Ende, setzte sich Lysevič ermattet auf den Divan.

»Wie sind Sie prachtvoll! Wie schön!«, begann er wenig später mit schwacher Stimme, wie ein Kranker. »Ich, Liebste, bin glücklich, wenn ich in Ihrer Nähe bin, und trotzdem, warum bin ich zweiundvierzig, und nicht dreißig Jahre alt? Unsere Geschmäcker stimmen nicht überein: Sie müssen der Verruchtheit leben, ich bin über diese Phase längst hinaus und will eine verfeinerte Liebe, keine materielle, eine Liebe wie ein Sonnenstrahl, das heißt, vom Gesichtspunkt einer Frau Ihres Alters tauge ich keinen Teufel mehr.«

Er liebte, seinen Worten zufolge, Turgenev, den Sänger der jungfräulichen Liebe, der Reinheit, Jugend und der traurigen russischen Natur, selbst aber liebte er jungfräuliche Liebe nicht aus der Nähe, sondern vom Hörensagen, als etwas Abstraktes, das jenseits des wirklichen Lebens existierte. Jetzt versicherte er sich selbst, dass er Anna Akimovna platonisch liebe, idealistisch, obwohl er selbst nicht wusste, was das bedeutet. Doch ihm war wohlig, gemütlich, warm, Anna Akimovna erschien ihm bezaubernd, originell, und er dachte, das angenehme Selbstgefühl, das diese Umgebung in ihm weckte, sei eben das, was man platonische Liebe nennt.

Er schmiegte die Wange an ihre Hand und

sagte in einem Ton, in dem man kleine Kinder zu liebkosen pflegt:

»Liebes, wofür haben Sie mich gestraft?«

»Ich? Wann?«

»Ich habe zum Feiertag keine Gratifikation von Ihnen erhalten.«

Anna Akimovna hatte noch nie gehört, dass man dem Anwalt zum Feiertag eine Gratifikation geschickt hätte, und befand sich nun in einer schwierigen Lage: Wie viel sollte sie ihm geben? Aber etwas geben musste sie, denn darauf wartete er, auch wenn er sie mit Augen voller Liebe ansah.

»Sicher hat Nazaryč es vergessen«, sagte sie. »Aber es ist nicht zu spät, das nachzuholen.«

Plötzlich fielen ihr die gestrigen anderthalbtausend ein, die jetzt bei ihr im Schlafzimmer lagen, im Toilettentischchen. Und als sie ihm dieses unsympathische Geld brachte und der Anwalt es mit träger Grazie in die Seitentasche steckte, geschah dies alles irgendwie freundlich und natürlich. Das unverhoffte Erinnern an die Gratifikation und diese Anderthalbtausend standen dem Anwalt gut zu Gesicht.

»Merci«, sagte er und küsste ihr einen Finger.

Krylin trat ein mit verschlafenem, seligem Gesicht, aber schon ohne seine Orden.

Er und Lysevič saßen noch eine Weile, tranken ein Glas Tee und machten sich auf den Weg. Anna Akimovna war ein wenig verlegen … Sie hatte völlig vergessen, wo Krylin diente und ob man ihm Geld geben musste oder nicht, und wenn, ob man es ihm jetzt geben oder in einem Couvert schicken sollte.

»Wo dient er?«, flüsterte sie Lysevič zu.

»Weiß der Teufel«, murmelte der Anwalt, gähnend.

Sie sagte sich, dass, wenn Krylin bei ihrem Onkel und Vater verkehrt und sie geachtet habe, dann gewiss nicht umsonst: offenbar tat er auf ihre Kosten gute Werke, im Dienst irgendeines Wohltätigkeitsvereins. Sie drückte ihm zum Abschied dreihundert Rubel in die Hand; er schien verwundert und schaute sie eine Minute lang mit bleiernen Augen an, doch dann schien er begriffen zu haben und sagte:

»Aber eine Quittung, hochverehrte Anna Akimovna, können Sie nicht vor Neujahr erhalten.«

Lysevič war schon ganz erschlafft und schwer, schwankte, als Mišenjka ihm in den Pelz half. Und während er völlig erschöpft nach unten ging, war zu sehn, dass er, kaum dass er im Schlitten saß, sofort einschlafen würde.

»Euer Exzellenz«, sagte er zu Krylin matt, mitten auf der Treppe stehen bleibend, »haben Sie jemals das Gefühl gehabt, dass eine unsichtbare Kraft Sie in die Länge zieht, Sie strecken und strecken sich immer weiter, bis Sie sich am Ende verwandelt haben in einen ganz-ganz dünnen Draht? Subjektiv äußert sich das in einem unvergleichlich wollüstigen Gefühl, das sich mit nichts vergleichen lässt.«

Anna Akimovna, die oben stand, sah, wie beide Mišenjka je einen Geldschein gaben.

»Vergessen Sie uns nicht! Auf Wiedersehen!«, rief sie ihnen nach und lief zu sich ins Schlafzimmer.

Schnell warf sie das Kleid ab, das sie schon beengte, zog das Capot über und lief nach unten. Und während sie die Treppe hinunterlief, lachte sie und trappste mit den Füßen, wie ein kleiner Junge. Sie hatte große Lust, Unfug zu treiben.

IV
Der Abend

Tantchen in einer weiten Kattunbluse, Varvaruška und noch zwei alte Frauen saßen im Esszimmer und aßen zu Abend. Vor ihnen auf dem Tisch lagen ein großes Stück Pökelfleisch, ein Schinken und verschiedene gesalzene Zakuski, und von dem sehr fetten und schmackhaft aussehenden Pökelfleisch stieg Dampf auf bis zur Decke. Im unteren Stockwerk trank man keine Weine, dafür gab es vielerlei Schnäpse und Liqueure. Die Köchin Agafjuška, wohlbeleibt, weiß, satt, stand in der Tür, die Arme gekreuzt, und unterhielt sich mit den zwei alten Frauen, während die untere Maša, eine Brünette mit ponceaurotem Band im Haar, die Gerichte entgegennahm und auftrug. Die Alten waren noch vom Morgen satt und hatten eine Stunde zuvor Tee zu süßer Butterteigpirogge getrunken und aßen deshalb nur mit Mühe, wie aus Pflichtgefühl.

»Och, Mütterchen!«, ächzte Tantchen, als plötzlich Anna Akimovna ins Esszimmer gelaufen kam und sich auf den Stuhl neben sie setzte. »Ich bin zu Tode erschrocken!«

Im Hause liebte man es, wenn Anna Akimovna gut gelaunt und zu Dummheiten aufgelegt war; das erinnerte jedes Mal daran, dass die Alten schon tot sind und die alten Frauen im Haus keinerlei Macht mehr haben und jeder leben darf, wie es ihm gefällt, ohne befürchten zu müssen, dass man ihn dafür streng bestraft. Nur die zwei unbekannten alten Frauen schielten befremdet nach Anna Akimovna: Sie sang, aber bei Tisch zu singen ist Sünde.

»Unser Mütterchen, unsere Schönheit, du Bild wie gemalen!«, begann Agafjuška süßlich zu trällern. »Unser kostbarer Deamant! ... Volk, so viel Volk ist heute gekommen, um unsre Königin zu sehn – Herr, es ist dein Wille! Generäle, Offiziere, feine Herrn ... Hab zum Fenster rausgeschaut und geschaut, gezählt und gezählt, dann hab ichs bleibenlassen.«

»Wenns nach mir ginge, bräuchten sie überhaupt nicht zu kommen, die Halunken!«, sagte Tantchen; traurig schaute sie auf ihre Nichte und fügte hinzu: »Nur die Zeit vertrödelt haben sie meinem armen Waisenkind.«

Anna Akimovna hatte Hunger, denn sie hatte seit dem Morgen nichts gegessen. Man schenkte ihr einen sehr bitteren Liqueur ein, sie trank ihn und aß dazu Pökelfleisch mit Senf und fand es ungewöhnlich schmackhaft. Dann trug die untere Maša den Truthahn auf, eingelegte Äpfel und Stachelbeeren. Auch das schmeckte ihr, nur eines war unangenehm: Vom Kachelofen her wehte es heiß, es war stickig, und allen glühten die Wangen. Nach dem Abendessen nahm man die Decke vom Tisch und stellte darauf Teller mit Pfefferminzplätzchen, Haselnüssen und Rosinen.

»Setz du dich auch, was ist schon dabei!«, sagte Tantchen zur Köchin.

Agafjuška seufzte und setzte sich an den Tisch; Maša stellte auch ihr ein Liqueurgläschen hin, und Anna Akimovna schien es schon, als wehe es vom Ofen ebenso heiß wie von Agafjuškas weißem Hals. Alle sprachen darüber, wie schwer es heutzutage sei zu heiraten, dass Männer in früheren Zeiten wenn nicht durch Schönheit, so doch durch Geld anzulocken waren, während man heutzutage nicht schlau draus würde, was sie eigentlich wollten, und früher seien nur die Buckligen und Lahmen sitzengeblieben, heute nähme man nicht mal mehr die Schönen und Reichen. Tantchen begann das mit der Unsittlichkeit zu erklären und damit, dass die Menschen nicht mehr gottesfürchtig seien, doch plötzlich fiel ihr ein, dass ihr Bruder Ivan Ivanyč und Varvaruška – beide von frommem Lebenswandel – gottesfürchtig waren und dennoch heimlich Kinder in die Welt gesetzt und sie ins Findelhaus geschickt hatten; sie stockte und brachte das Gespräch darauf, was sie einmal für einen Bräutigam gehabt habe, einen Werksarbeiter, und wie sehr sie ihn geliebt habe, dass die Brüder sie aber gezwungen hätten, einen Witwer, einen Ikonenmaler, zu heiraten, der, Gott sei Dank, zwei Jahre später gestorben war. Die untere Maša setzte sich ebenfalls an den Tisch und erzählte mit geheimnisvoller Miene, dass seit einer Woche schon jeden Morgen ein unbekannter Mann mit schwarzem Schnurrbart und in einem Mantel mit Schafspelzkragen auf den Hof käme: Er kommt auf den Hof, schaut zu den Fenstern des großen Hauses auf und geht weiter – zu den Werkskomplexen; ein Mann – nicht übel, stattlich …

Von allen diesen Erzählungen bekam Anna Akimovna plötzlich aus irgendeinem Grunde Lust zu heiraten, große Lust, heftig bis zur Sehnsucht; ein halbes Leben und ihr ganzes Vermögen hätte sie gegeben, wenn sie nur wüsste, dass es im oberen Stockwerk einen Menschen gibt, der ihr näher steht als alle auf der Welt, der sie heftig liebt und sich nach ihr sehnt; und der Gedanke an diese entzückende, nicht in Worten auszudrückende Nähe erregte ihre Seele. Und der Instinkt der Gesundheit und Jugend schmeichelte und log ihr vor, die wahre Poesie des Lebens sei noch nicht gekommen, sondern liege noch vor ihr, und sie glaubte es und, sich im Stuhl zurückwerfend (wobei sich ihre Haare lösten), begann sie zu lachen, und als die andern sie so sahen, lachten auch sie. Und im Esszimmer verstummte lange nicht ein grundloses Gelächter. Man meldete, die Stechfliege sei zum Übernachten gekommen. Das war die Pilgerin Paša oder Spiridonovna, eine magere kleine Frau um die fünfzig, im schwarzen Kleid und mit weißem Kopftuch, scharfäugig, spitznasig, mit spitzem Kinn; ihre Augen waren schlau, tückisch, und sie blickte mit einem Ausdruck, als durchschaue sie alle. Ihre Lippen bildeten ein Herzchen. Wegen ihrer Tücke und Gehässigkeit nannte man sie in Kaufmannshäusern die Stechfliege. Als sie ins Esszimmer kam, begab sie sich, ohne jemanden anzublicken, zu den Ikonen und sang mit tiefem Alt »Deine Geburt«, dann sang sie »Jungfrau heute«, dann »Christ ist geboren«, danach drehte sie sich um und durchbohrte alle mit ihrem Blick.

»Frohes Fest!«, sagte sie und küsste Anna Akimovna auf die Schulter. »Mit Ach und Krach hab ich es geschafft bis zu euch, meine Wohltäter.« Sie küsste Tantchen auf die Schulter. »Bin heute Morgen schon zu euch aufgebrochen, aber bei guten Menschen eingekehrt, um auszuruhen. ›Bleib doch, bleib noch, Spiridonovna‹ – da hab ich nicht gesehn, wie es Abend wurde.«

Da sie kein Fleisch zu sich nahm, gab man ihr Kaviar und Lachs. Sie aß, blickte alle misstrauisch an, und trank drei Gläschen Vodka. Als sie sich satt gegessen hatte, betete sie und verneigte sich vor Anna Akimovna bis zum Boden.

Wie im vorigen und im vorvorigen Jahr begann nun das Könige-Spiel, und alle Dienstboten, so viele ihrer in beiden Stockwerken waren, drängten sich in der Tür, um bei dem Spiel zuzuschauen. Anna Akimovna schien es, als sei in der Menge der Frauen und Männer zweimal auch Mišenjka mit einem herablassenden Lächeln vorbeigehuscht. Als Erste wurde Stechfliege König, und Anna Akimovna als Soldat zahlte ihr Tribut, dann wurde Tantchen König, und Anna Akimovna rutschte unter die Bauern oder die »Kätzchen«, was allgemeine Begeisterung hervorrief, und Agafjuška wurde Prinz und schämte sich vor Vergnügen. Am andern Ende des Tisches kam eine weitere Partie zusammen: Beide Mašas, Varvaruška und die Näherin Marfa Petrovna, die man eigens fürs Spiel geweckt hatte und deren Gesicht verschlafen, böse war.

Während des Spiels ging das Gespräch über Männer, darüber, wie schwer es heute sei, einen guten Menschen zu heiraten, und darüber, wer das bessere Los habe – Jungfrau oder Witwe.

»Du bist ein schönes, gesundes, kräftiges Mädchen«, sagte Stechfliege zu Anna Akimovna. »Nur will mir einfach nicht in den Kopf, Mutter, für wen du dich aufbewahrst.«

»Was tun, wenn mich niemand nimmt?«

»Oder hast du vielleicht ein Gelübde abgelegt, Jungfrau zu bleiben?«, fuhr Stechfliege fort, als habe sie nicht gehört. »Ja nun, gut, dann bleib es ... Bleib es«, wiederholte sie, aufmerksam und boshaft in ihre Karten blickend. »Ja, Mädchen, bleib es ... ja ... Nur, Jungfrauen, selbst die ehrwürdigsten, gibt es verschiedene«, seufzte sie und spielte den König aus. »Oh, sehr verschiedene, Mutter! Die einen führen sich tatsächlich auf wie Nonnen, und kein schwarzes Fleckchen, und wenn sich eine mal versündigt, quält sie sich, die Ärmste, schrecklich, ein Sünder, wer sie verurteilt. Dann aber gibt es andre Mädchen, die gehn in schwarzen Kleidern und nähn sich Leichenhemden, lieben aber heimlich alte Männer mit Geld. Ja-a, ihr meine Kanarienvögelchen. Manch eine Schelmin verhext einen alten Mann und beherrscht ihn, ihr meine Täublein, herrscht, verdreht und verdreht ihm den Kopf, und wenn sie genug Geld und Gewinnlose beisammenhat, verhext sie ihn, bis er tot ist.«

Als Antwort auf diese Anspielungen seufzte Varvaruška nur und blickte zur Ikone auf. Auf ihrem Gesicht lag christliche Demut.

»Ich hab eine Bekannte, so ein Mädchen, meine üble Feindin«, fuhr Stechfliege fort und blickte alle triumphierend an. »Die seufzt auch in einem fort, und schaut in einem fort zur Ikone, die Teufelin. Die hat ihren Alten beherrscht, und wenn du zu ihr kommst, wirft sie dir einen Brocken hin und befiehlt, dich bis zum Boden zu verneigen, und spricht: ›In der Geburt hast du die Jungfräulichkeit bewahrt‹ … Am Feiertag den Brocken, und werktags macht sie ihn dir zum Vorwurf. Nun, aber jetzt hab ich meine Freude an ihr! Soviel ich Lust hab, freu ich mich, ihr Deamanten!«

Varvaruška blickte wieder zur Ikone auf und bekreuzigte sich.

»Ja, aber mich nimmt ja niemand, Spiridonovna«, sagte Anna Akimovna, um das Thema zu wechseln. »Was tun?«

»Bist selber schuld, Mutter. Wartest in einem fort auf Adlige und Gebildete, heirat lieber deinesgleichen, einen Kaufmann.«

»Nein, ja keinen Kaufmann!«, sagte Tantchen und rutschte auf dem Stuhl hin und her. »Rette uns, Himmelskönigin! Der Adlige verschleudert dein Geld, dafür aber hat er Mitleid mit dir, Dummchen. Der Kaufmann dagegen wird solche Strenge einführen, dass du im eignen Haus keinen Platz mehr für dich findest. Du willst zärtlich sein, er – schneidet Coupons, und setzt du dich mit ihm zu Tisch, macht er dir das Stück Brot zum Vorwurf, der Holzkopf! ... Heirate du einen Adligen.«

Alle fingen gleichzeitig an zu sprechen, sich gegenseitig laut unterbrechend, und Tantchen klopfte mit dem Nussknacker auf den Tisch und sagte, rot und zornig im Gesicht:

»Keinen Kaufmann, ja keinen Kaufmann! Bringst du einen Kaufmann ins Haus, gehe ich ins Altenasyl!«

»Psch ... Stille!«, schrie Stechfliege; als alle still geworden waren, kniff sie ein Auge zusammen und sagte: »Weißt du was, Annuška, Schwälbchen? Richtig heiraten, wie alle, das brauchst du doch nicht. Du bist ein reicher, freier Mensch, bist deine eigne Königin; aber auch alte Jungfer bleiben ist nichts für dich, Kindchen. Ich werd schon jemand für dich finden, weißt du, so ein klappriges und einfältiges Männlein, das nimmst du zum Schein vor dem Gesetz, und dann – tobst du dich aus, Kleines! Deinem Mann steckst du fünf- oder zehntausend zu, und er soll hingehen, wo er hergekommen ist, und du bist Herrin im eigenen Haus, – liebe, wen du willst, und niemand kann dich verurteilen. Dann lieb deine Adeligen und Gebildeten. Ach, das wird kein Leben, das wird jeden Tag ein Fest!« Stechfliege schnippte mit den Fingern und pfiff dazu: »Tob dich aus, Kleines!«

»Das ist Sünde!«, sagte Tantchen.

»Ach was, Sünde«, feixte Stechfliege. »Sie ist gebildet, sie versteht. Einen Menschen erstechen oder einen alten Mann verhexen – ist Sünde, das stimmt, aber einen lieben Freund lieben ist alles andere als Sünde. Was soll das schon, wirklich! Es gibt keine Sünde! Das haben sich alles die Frömmlerinnen ausgedacht, um dem einfachen Volk Sand in die Augen zu streuen. Ich sage ja auch überall: Sünde, ja, Sünde, und weiß selber nicht, Sünde warum.« Stechfliege trank ihren Liqueur aus und krächzte. »Tob dich aus, Kleines!«, sagte sie, dieses Mal offensichtlich an sich selbst gewandt. »Dreißig Jahre, ihr meine Schmetterlinge, hab ich immerfort gedacht: Sünde und mich gefürchtet, heute sehe ich: Alles habe ich verpasst, verschlafen! Ach, dummes Weib, dummes Weib!«, seufzte sie. »Weiberleben ist kurz, jeder Tag muss dir teuer sein. Du, Annuška, bist sehr schön, sehr reich, aber bist du erst fünfunddreißig oder vierzig, dann kannst auch du dein Leben abschreiben. Hör auf niemanden, Mädchen, lebe, tob dich aus bis vierzig, dann kannst du immer noch Abbitte leisten und hast noch genug Zeit für tiefe Verbeugungen und Leichenhemden. Dem lieben Gott eine Kerze, und dem Teufel den Schürhaken! Wirf alles auf den einen Haufen! Ja nun? Willst du einem Männlein die Wohltat erweisen?«

»Ja«, lachte Anna Akimovna. »Mir ist es jetzt egal, ich würde auch einen einfachen heiraten.«

»Ja nun, ist doch gut! Uch, und was wirst du dir da für einen Prachtkerl nehmen!« Stechfliege zwinkerte und wiegte den Kopf. »Uuch!«

»Ich sag ihr ja auch immer wieder: Einen Adligen wirst du nicht kriegen, aber heirate bloß keinen Kaufmann, sondern lieber was möglichst Einfaches«, sagte Tantchen. »Dann hätten wir wenigstens einen Herrn im Haus. Und gibt es denn so wenig anständige Leute? Nehmen wir nur unsre Werksarbeiter. Lauter nüchterne, solide Leute ...«

»Und ob!«, stimmte Stechfliege zu. »Feine Jungs. Wenn du willst, Tante, freie ich für Annuška zum Beispiel Lebedinskij Vasilij?«

»Nein, Vasja hat zu lange Beine«, sagte Tantchen im Ernst. »Zu dürr. Sieht nach nichts aus.«

In der Menge an der Tür wurde gelacht.

»Dann Pimenov. Willst du Pimenov heiraten?«, fragte Stechfliege Anna Akimovna.

»Gut. Freie um Pimenov.«

»Wirklich?«

»Tu es!«, sagte Anna Akimovna entschieden und schlug auf den Tisch. »Ehrenwort, ich heirate ihn.«

»Wirklich?«

Anna Akimovna schämte sich plötzlich, dass ihre Wangen glühten und alle sie anschauten, sie warf auf dem Tisch die Karten durcheinander und lief hinaus, und als sie die Treppe hinauflief und dann nach oben kam und sich im Salon an den Flügel setzte, drang aus dem unteren Stockwerk Stimmengewirr, so als rausche das Meer; wahrscheinlich sprach man über sie und Pimenov, und vielleicht beleidigte Stechfliege, ihre Abwesenheit nutzend, Varvaruška, ohne sich natürlich mehr in ihrer Ausdrucksweise zu mäßigen.

Im ganzen oberen Stockwerk brannte nur eine Lampe im Saal, und ihr schwaches Licht drang durch die Tür in den Salon. Es war die zehnte Stunde, nicht später. Anna Akimovna spielte einen Walzer, dann einen zweiten, einen dritten – sie spielte ununterbrochen. Sie schaute in die dunkle Ecke hinter dem Flügel, lächelte, rief in Gedanken nach jemandem, und ihr kam in den Sinn: Sollte sie nicht sofort in die Stadt fahren, zum Beispiel zu Lysevič, und ihm erzählen, was eben in ihrer Seele geschah? Sie wollte sprechen, ohne Pause, lachen, Dummheiten machen, doch die dunkle Ecke hinter dem Flügel schwieg mürrisch, und ringsumher, in allen Zimmern des oberen Stockwerks war es still, menschenleer.

Sie liebte gefühlvolle Romanzen, hatte aber eine rohe, nicht ausgebildete Stimme, deshalb spielte sie nur die Begleitung und sang kaum hörbar, nur mit dem Atem. Flüsternd sang sie Romanze um Romanze, mehr und mehr über Liebe, über Trennung, verlorene Hoffnung, und stellte sich vor, wie sie ihm die Hände entgegenstrecken und bittend, unter Tränen zu ihm sagen würde: »Pimenov, nehmen Sie diese Last von mir!« Und dann, so als seien ihr die Sünden vergeben, würde es in ihrer Seele leicht und froh, dann würde ein freies und, vielleicht, glückliches Leben anbrechen. In sehnsüchtiger Erwartung beugte sie sich über die Tasten und wollte leidenschaftlich, dass die Veränderung in ihrem Leben sofort geschehe, unverzüglich, und es graute ihr bei dem Gedanken, ihr bisheriges Leben könnte noch eine Zeit lang so weitergehen. Dann spielte sie wieder und sang kaum hörbar, und ringsumher war es still. Aus der unteren Etage drang kein Stimmengewirr mehr herauf: Dort hatte man sich wohl schlafen gelegt. Schon lange hatte es zehn geschlagen. Es nahte eine lange, einsame, langweilige Nacht.

Anna Akimovna ging durch alle Räume, lag eine Weile auf dem Divan, las bei sich im Kabinett die am Abend erhaltenen Briefe. Es waren zwölf Glückwunschbriefe und drei anonyme, ohne Unterschrift. In einem beschwerte sich ein einfacher Arbeiter mit einer entsetzlichen, kaum entzifferbaren Handschrift darüber, dass man den Arbeitern im Werksladen bitteres Fastenöl verkaufe, das nach Kerosin rieche; im zweiten meldete jemand ehrerbietig, dass Nazaryč auf der letzten Auktion, als er Eisen einkaufte, von jemandem ein Schmiergeld von tausend Rubel angenommen habe; im dritten beschimpfte man sie wegen ihrer Unmenschlichkeit.

Die feiertägliche Erregung war bereits im Abklingen, und um sie aufrechtzuerhalten, setzte sich Anna Akimovna wieder an den Flügel und spielte still einen neuen Walzer, dann fiel ihr ein, wie klug und ehrenhaft sie heute beim Essen gesprochen hatte. Sie blickte auf die dunklen Fenster und Wände mit den Bildern ringsum, auf das schwache Licht, das aus dem Saal drang, und fing unversehens an zu weinen, und ärgerte sich, dass sie so einsam war, dass sie niemanden hatte, mit dem sie hätte sprechen, mit dem sie sich hätte beraten können. Um sich aufzumuntern, versuchte sie sich in ihrer Vorstellung Pimenov auszumalen, doch das wollte ihr nicht mehr gelingen.

Es schlug zwölf. Mišenjka trat ein, nicht mehr im Frack, sondern im Jackett, und zündete schweigend zwei Kerzen an; danach ging er hinaus und kehrte eine Minute später mit einem Tablett zurück, auf dem eine Tasse Tee war.

»Worüber lachen Sie?«, fragte sie, da sie auf seinem Gesicht ein Lächeln bemerkte.

»Ich war unten und habe gehört, wie Sie dort über Pimenov gescherzt haben …«, sagte er und bedeckte den lachenden Mund mit der Hand. »Hätten Sie den vorhin mit Viktor Nikolaevič und mit dem General an einen Tisch gesetzt, er wäre vor Angst gestorben.« Mišenjkas Schultern zuckten vor Lachen. »Er kann wahrscheinlich nicht einmal die Gabel halten.« Das Lachen des Lakaien, seine Worte, das Jackett und das Schnurrbärtchen erzeugten in Anna Akimovna den Eindruck von Unsauberkeit. Sie schloss, um ihn nicht sehen zu müssen, die Augen und stellte sich, ohne es zu wollen, Pimenov, Lysevič und Krylin am Tisch vor, und seine schüchterne, unintelligente Gestalt erschien ihr kläglich, hilflos, und sie verspürte Ekel. Und erst jetzt, zum ersten Mal an diesem ganzen Tag, wurde ihr klar, dass alles, was sie über Pimenov und die Ehe mit einem einfachen Arbeiter gedacht und gesagt hatte, Unsinn, Dummheit und Selbstbetrug gewesen war. Um sich vom Gegenteil zu überzeugen, um den Ekel zu überwinden, wollte sie sich der Worte erinnern, die sie bei Tisch gesagt hatte, konnte sie aber nicht mehr finden; Scham für ihre Gedanken und Handlungen, und die Angst, heute, vielleicht, etwas Überflüssiges gesagt zu haben, und der Ekel über ihre Feigheit stürzten sie in äußerste Verwirrung. Sie nahm eine Kerze und ging schnell, als würde sie von jemandem verfolgt, nach unten, weckte Spiridonovna und begann sie zu versichern, alles sei nur Scherz gewesen. Dann ging sie zu sich ins Schlafzimmer. Die rothaarige Maša, die im Sessel neben dem Bett schlummerte, sprang auf und begann, die Kissen aufzuschütteln. Ihr Gesicht war erschöpft, verschlafen, und die wunderbaren Haare nach einer Seite verrutscht.

»Heute Abend war der Beamte Čalikov wieder da«, sagte sie, gähnend, »aber ich habe nicht gewagt, ihn zu melden. Er war schon sehr betrunken. Er sagt, er käme morgen wieder.«

»Was will er von mir?«, erboste sich Anna Akimovna und schleuderte einen Kamm zu Boden. »Ich will ihn nicht sehen! Ich will nicht!«

Sie entschied, ihr sei in ihrem Leben nichts mehr geblieben außer diesem Čalikov, er werde nicht mehr aufhören, sie zu verfolgen, und sie jeden Tag daran erinnern, wie uninteressant und absurd ihr Leben sei. War sie doch nur dazu fähig, den Armen zu helfen! Oh, wie war das dumm!

Ohne sich auszukleiden, legte sie sich hin und schluchzte vor Scham und Langeweile. Am ärgerlichsten und dümmsten schien ihr, dass ihre heutigen Träumereien, Pimenov betreffend, zwar ehrlich, erhaben und vornehm gewesen waren, doch zugleich spürte sie, dass ihr Lysevič und Krylin näherstanden als Pimenov und alle Arbeiter zusammengenommen. Sie dachte jetzt, wenn es möglich wäre, den eben erlebten Tag auf einem Bild darzustellen, dass dann alles Hässliche und Triviale, wie zum Beispiel das Essen, die Worte des Anwalts, das Könige-Spiel die Wahrheit wären, ihre Träume von Pimenov und ihr Gerede hingegen sich von dem Ganzen abheben würden als falsche Stelle, als Überspanntheit. Auch dachte sie, es sei für sie schon zu spät, vom Glück zu träumen, als sei für sie alles schon verloren und als sei in jenes Leben zurückzukehren, in dem sie mit ihrer Mutter unter einer Decke geschlafen hatte, oder sich irgendein neues, besonderes Leben auszudenken schon unmöglich.

Die rothaarige Maša kniete vor dem Bett und schaute sie traurig an, dann fing sie selbst an zu weinen und schmiegte das Gesicht an ihre Hand; und ohne Worte war zu begreifen, weshalb ihr so bitter zumute war.

»Dumme Weiber sind wir beide«, sagte Anna Akimovna, weinend und lachend. »Dumme Weiber sind wir! Ach, was für dumme Weiber!«

TIM KROHN

Strahlende Nacht

Jlien Meinhard hatte schon immer schnell gefroren, doch seit sie wusste, dass sie schwanger war, hörte die Kälte gar nicht mehr auf. Sie hatte im Jahr davor die Zürcher Schauspielschule abgeschlossen, hatte ein Debütantinnenjahr am Essener Schauspiel hinter sich, aber ihr Vertrag war nicht verlängert worden. Das wunderte sie nicht, sie hatte in jenem Jahr viel Liebeskummer gehabt und schlecht gespielt. Jlien Meinhard war fein von Gestalt, sie hatte große, kindliche Augen und trug das Haar zum Bubikopf geschnitten. Sie war an der Schauspielschule die Frau gewesen, die jeden hätte haben können und die keinen wollte, weil sie sich selbst noch nicht als Frau sah.

Erst im letzten Schuljahr hatte sie eine komplizierte Beziehung zu ihrem Sprecherzieher Urs begonnen, der mehr als doppelt so alt war wie sie, ein brachialer, unreifer Mensch zwar, doch er war auch doppelt so schwer, und sie liebte es, in seinen Armen zu versinken. Allerdings war er bekannt für seine Affären, und kaum war Jlien nach Essen abgereist, schlief er mit einer Regiestudentin aus dem ersten Jahr. Das hinderte ihn nicht daran, Jlien eifersüchtig nachzustellen, nachts rief er alle paar Stunden an und raubte ihr den Schlaf, dabei erschöpfte sie die Arbeit am Theater so sehr. Doch auch Jlien fiel es schwer, Urs hinter sich zu lassen. Als sie nach Spielzeitende das Zimmer in Essen aufgab und nach Zürich zurückkehrte, drängte sich eine Entscheidung auf. Jlien wollte bei ihm einziehen (vorübergehend schlief sie in ihrer alten WG auf dem Sofa), doch Urs fürchtete ihre Kontrolle. Nach heftigem Streit trennten sie sich Mitte Dezember, zehn Tage später stellte sie fest, dass sie schwanger war. Und seither fror sie.

Im Thurgau lebte noch ihre Mutter, sie arbeitete als Bürofachfrau in einer Möbelfabrik. Für die Feiertage fuhr Jlien zu ihr, sie feierten wie stets ein stilles Weihnachtsfest zu zweit. Jliens Vater, ein deutschstämmiger Südafrikaner, war nach Kapstadt zurückgekehrt, als Jlien sechs war, sie hatte keine Geschwister (ihr kleinerer Bruder war als Dreijähriger mit dem Dreirad tödlich verunglückt).

Doris Meinhard war eine schweigsame Frau, und obwohl sie zweifellos gemerkt hatte, dass ihre Tochter aufgewühlt war, wartete sie, bis Jlien von sich aus erzählte. Und auch danach sagte sie nur: »Fahr mit mir nach Vals, in der Therme wird dir wieder warm.«

Anfang Januar fuhren sie, doch Jlien fröstelte selbst im Feuerbecken. Sie teilten sich ein Zimmer im Haus Selva, zweimal täglich gingen sie ins Bad, zweimal täglich aßen sie, das Mittagessen ließen sie aus, stattdessen tranken sie in der Hotellounge Kaffee. Die übrige Zeit saß Jlien auf dem Bett, die Knie unters Kinn gezogen, sah in die verschneiten Lärchen vor dem Fenster und hörte dem Klicken der Nadeln zu, denn Doris Meinhard saß am Tisch und strickte. Beide schwiegen. Erst am Nachmittag des dritten Tages fragte Jlien irgendwann: »Was muss ich tun, um abzutreiben?«

»Ich weiß es nicht«, sagte ihre Mutter. »Ich will es auch nicht wissen.«

»Mit Kind kann ich die Schauspielerei vergessen«, sagte Jlien. »Und ich bin viel zu jung für ein Kind.«

»Ich war auch vierundzwanzig«, sagte Doris, nachdem sie Maschen gezählt hatte.

»Und was ist aus dir geworden?«, sagte Jlien.

Darauf sagte ihre Mutter nichts.

»Ich kann kein Kind allein großziehen«, sagte Jlien. »Ich brauche einen Mann.«

»Ich helfe dir«, versprach ihr Doris. »Und so, wie du aussiehst, findest du auch mit Kind noch einen guten Mann.«

»Du hast auch keinen gefunden«, sagte Jlien.

»Ich habe keinen gesucht«, sagte Doris.

In der Lounge bestellte Jlien Latte macchiato mit einem doppelten Espresso. »Vielleicht kurbelt das den Kreislauf an«, sagte sie, »und sieh mich nicht so an. Ich brauche keine Rücksicht zu nehmen, ich werde dieses Kind nicht kriegen.«

»Teilen wir uns ein Stück Kuchen?«, fragte Doris nur. Das fragte sie jeden Nachmittag, doch sie bestellten nie Kuchen.

Die Nächte waren lang, denn Doris Meinhard träumte stets heftig, und Jlien lag schlaflos auf dem Rücken, musterte die Schatten an der Decke und fühlte das Fremde, das in ihr nistete und alle Wärme raubte. In der dritten Nacht schrie Doris mehrmals im Schlaf, sie träumte noch oft von jenem Unglücksfall, und schließlich kleidete Jlien sich wieder an – der Kälte wegen hatte sie sich nur halb ausgezogen –, verließ das Haus Selva und machte sich auf den Weg ins Dorf.

Die Straße war zwar geräumt, doch nur vom Neuschnee, darunter lag eine glatte, harte Schneeschicht, auf der man leicht ausglitt. Jlien versuchte, mit Anlauf zu rutschen, doch dafür hatten ihre Schuhe zu viel Profil, stattdessen warf sie Schneebälle, bis der Schnee in Klumpen an den Strickhandschuhen klebte.

Es war eine ausgesprochen klare Nacht. Tagsüber hatte es Flocken geschneit, die fein waren wie Glitter, nun hatte sich der Himmel aufgetan, doch hinter den elektrischen Weihnachtssternen an den Straßenlampenmasten erahnte sie die echten Sterne nur. Während sie über die Brücke ging, glitt sie aus, doch es gelang ihr, sich aufzufangen. »Gelernt ist gelernt«, sagte sie, dachte an den Akrobatikunterricht und sehnte sich danach, wieder auf der Bühne zu stehen. Gleich verstärkte sich das Gefühl im Unterleib.

Sie hatte Angst vor der Abtreibung, die sicherlich schmerzhaft sein würde, und begann nach Zeichen zu suchen, die ihren Entschluss bestätigten. In einem Schaufenster stand die Weihnachtskrippe, das war, entschied sie, kein Zeichen. Die Taschenmesser daneben sahen schon mehr nach Zeichen aus. Beim Dorfbrunnen trank sie schneidend kaltes Wasser aus der hohlen Hand, eine

Marienstatue mit Kind schmückte die Brunnensäule. War das ein Zeichen? Eher war ein Zeichen, dass der Schnee das Jesuskind fast ganz verschwinden ließ, nur ein fettes Unterärmchen und das Kinn nicht.

Etwas weiter dorfaufwärts hörte sie ein Bimmeln, das klang wie das Weihnachtsglöckchen in ihrer Kindheit, es kam aus einem Ziegenstall. »Hallo, Ziegen«, sprach sie in die Finsternis und sorgte im Stall für Aufregung. Es rumpelte, sie hörte ein sonores Meckern und dann ein dünnes, herzerweichend helles »Mäh«.

»Ein Frühchen«, dachte sie, »das überlebt die Kälte nicht.« Dann fiel ihr ein, dass es zu Ostern sowieso geschlachtet würde, auch Doris briet fast jedes Jahr ein Osterzicklein.

Doch all das waren keine klaren Zeichen. »Gib mir ein Zeichen«, befahl sie dem Himmel, während sie die Dorfstraße verließ, und setzte sich abseits auf einen Schneehaufen. Der Mond stand als scharfe Sichel über dem Grat des Piz Tomül. Sie malte sich aus, wie ihr mit einer solchen Sichel der Fötus aus dem Leib geschnitten würde, danach wäre sie wieder das unschuldige Kind, das sie bis vor vier Wochen gewesen war, ein Kind, das Wärme, Geborgenheit, Schutz verdient hatte.

Dann kam am Grat des Piz Tomül Wind auf, er blies den Schnee zu Schwaden auf, die den Mond verhüllten, und Jlien staunte, wie tiefschwarz der Himmel sich wölbte. Darin stand eine Flut von Sternen, allein die schiere Menge war unfassbar. Dazu waren sie nicht einfach gelb, wie Jlien sich Sterne bisher gedacht hatte, sie sah, dass es goldene, weiße und grüne gab, stahlgraue, blaue und gar rötliche. Es gab fette, unverrückbare und ganz feine, zittrige, die vielleicht eben erst erglommen oder bereits erloschen. Sie entdeckte, dass die Masse der Sterne Struktur hatte, sich verdichtete zu einer Brücke oder einem Pfad, der sich vom Piz Tomül bis hin zum Dachberg spannte, und sie begriff, dass sie die Milchstraße sah. Sie war davor nie auf den Gedanken gekommen, dass es die geben könnte, sie kannte sie nur aus einem Kinderbuch, das ihr Vater ihr vor sehr langem vorgelesen hatte, *Peterchens Mondfahrt.*

Gleich war alle Erinnerung wieder da, die Sternchenwiese mit den tausend Stühlchen, auf denen die Sterne saßen, deren jedes die Aufgabe hatte, ein Menschenkind sein Leben lang zu schützen und ihm Glück zu schenken. Die Weihnachtswiese mit den Pfefferkuchenbäumen, mit einer Marzipanschweinezüchterei und Wegen aus

Krachmandelkies. Vor allem aber die Kette winziger Sternenkinder, die noch kein Menschenkind beschützen durften und die doch schon heimlich zur Erde hinabschielten, weil – wer weiß? – vielleicht gerade ein Kind geboren wurde, das eben doch ganz dringend einen Glücksstern brauchte …

Und ebenda sah Jlien in einer abgelegenen Himmelsecke, in der kaum Sterne standen, einen ganz scheuen, der zwinkerte und flackerte und derart winzig war, dass er immer wieder verschwand. Das war das Zeichen, daran zweifelte sie keinen Augenblick, das war das Sternlein ihres ungeborenen Kindes, das gewiss in ihrem Bauch nicht anders mit dem Leben kämpfte. Und schon konnte sie nicht mehr begreifen, wohin sie sich die letzten Wochen verrannt hatte, schon konnte sie nur noch denken, dass das Kind dringend ihre Wärme brauchte, dass sie es beschützen und lieben musste und dass dies und nichts sonst ihre Aufgabe war. Als sie auf dem Rückweg zum Hotel wieder zu rutschen versuchte, sah sie sich schon mit dem Kind um die Wette schlittern. Sie roch den Ofen einer Bäckerei und stellte sich vor, wie sie mit dem Kind Pfefferkuchen backen würde.

Sie setzte sich in den Speisesaal, lange bevor das erste Personal kam, sie hatte vieles zu denken. Auch Doris kam früh, das Buffet wurde erst aufgebaut. Dem Kellner, der sie an den Tisch begleitete, sagte sie: »Bringen Sie mir doch bitte dasselbe«, und zeigte auf Jliens Latte macchiato.

»Auch ohne Koffein?«, fragte der Kellner, und Doris nickte nur. Dann, nachdem er gegangen war, brach sie in Tränen aus.

»Ich wusste nicht, dass es dich so beschäftigt«, sagte Jlien, während sie zuließ, dass Doris ihre Hände fasste, sie küsste und das tränennasse Gesicht darin verbarg. Doris lachte nur, sah auf und schüttelte den Kopf, dann betrachteten sie einander, als müssten sie sich neu kennenlernen.

»Du hast endlich mal Farbe im Gesicht«, stellte Jliens Mutter fest.

»Mir ist auch warm«, sagte Jlien, »und hungrig bin ich.« Sie befreite ihre Hände, stand auf und ging zum Buffet. »Wenn es da ist«, sagte sie, als sie an den Tisch zurückkehrte, »glaubst du, Papa kommt dann mal vorbei?«

»Ich weiß es nicht«, sagte Doris nur, »ich weiß es wirklich nicht.«

Danach schwiegen sie wieder, und jede ging ihren Gedanken nach.

JOSEPH ROTH

Weihnachten in Cochinchina

Es geschah an einem der wunderbaren Tage, die dem Anbruch der Weihnachtsferien mit angehaltenem Atem vorangingen und die ich damals den schulfreien Zeiten ebenso vorzog, wie ich heute den Tag meiner Abfahrt einer langen Reise vorziehe, dass der Herr Lehrer sagte:

»Jungens, wer fünf Pfennige hat, kommt heute Nachmittag hierher in die Klasse, wir gehen ins Weltpanorama!«

Ich streckte zwei Finger in die Höhe und sagte: »Ich habe keine fünf Pfennige!«

Einen Augenblick herrschte Schweigen, wie wenn der Herr Direktor inspizieren gekommen wäre. Der Lehrer hatte sich umgewandt, den Rücken kehrte er der Klasse zu, das Angesicht der Tafel, als glaubte er, dass von ihr ein Gedanke komme, dass von ihrer matten schwarzen Fläche ein unsichtbarer Engel mit weißer Kreide einen guten Rat hinschreiben könnte. Wahrscheinlich geschah etwas Ähnliches. Denn nach ungefähr einer Minute wandte der Lehrer sein Gesicht wieder der Klasse zu und sagte zu mir, der ich immer noch stand: »Setz dich vorderhand!«

In der Pause kam der Schuldiener in den Hof und holte mich zum Herrn Direktor in die Kanzlei.

»Zeig deine schmutzigen Finger her!«, schrie der Herr Direktor. Ich hielt beide Hände in die Luft waagrecht vor mich hin.

Der Herr Direktor beugte sich wenig hinab, um sie zu betrachten. Er hatte aber nicht den goldgeränderten Zwicker angelegt, wie er es sonst zu tun pflegte, wenn er etwas ernstlich zu untersuchen entschlossen war. Ich wusste bereits, dass es sich um etwas ganz anderes handelte als um meine schmutzigen Finger.

»Du gehst heute mit ins Weltpanorama, ohne zu zahlen!«, sagte der Herr Direktor. Vielleicht hätte er mir noch etwas mitzuteilen gehabt. Aber es läutete schon. Deshalb murmelte er nur: »Geh in die Klasse!«

Ich kratzte mit einem Fuß die Diele und ging.

Am Nachmittag um drei Uhr, die Dämmerung lauerte schon an den Fenstern, brachen wir auf zum Weltpanorama.

Es lag in einer stillen, kleinen Gasse und sah von außen einem gewöhnlichen Laden ähnlich. Über der Glastür hing eine rot-weiße Fahne. Öffnete man die Tür, so erklang eine Glocke wie ein Gruß. Am Eingang saß eine Dame wie eine grauhaarige Königin und verkaufte Eintrittskarten. Drinnen war es dunkel, warm und sehr still. Sobald sich die Augen an die Dunkelheit gewöhnt hatten, erblickten sie einen Kasten, rund wie ein Karussell, hoch wie der halbe Raum, mit Gucklöchern in Manneshöhe die ganze Rundung entlang, in Abständen von etwa je zwanzig Zentimeter. Die Gucklöcher an dem Kasten leuchteten wie Katzenaugen in der Finsternis. Man ahnte, dass der Kasten innen hohl und beleuchtet war. Unten stahl sich aus seinem Innern ein schwacher geheimnisvoller Schimmer und verschwamm auf dem Fußboden. Vor jedem Guckloch-Paar stand ein runder Klaviersessel.

»Setzen!«, sagte der Herr Lehrer, es klang wie in der Klasse, aber in der Finsternis war es kein Befehl, sondern nur eine Art milder Einladung. Wir rückten mit den Stühlen, ich saß, weil ich zu klein war, nicht ganz, sondern hatte den runden Sessel gleichsam halb gelüftet und presste meine Nase gegen die Wand des Kastens, meine

Augen gegen die Gucklöcher, die von Metall umrahmt waren.

Drinnen erschienen Bilder aus Cochinchina. Der Himmel war blau, unendlich, strahlend. Es war jene Art von sommerlichem Blau, das so aussieht, als hätte es in sich eine Menge Sonnengold verschluckt, verwischt, zerrieben und in noch mehr Blau verwandelt. Man hatte die Empfindung, dass dieser blaue Himmel strahlen müsste, auch wenn er keine Sonne zu tragen hätte. Aber zum Überfluss schien auch noch die Sonne. Nach dem zweiten Bild wusste ich nicht mehr, dass draußen Dezember war und Regen in gasförmigem Aggregatzustand in der Luft. Die Sonne rann aus dem Kasten durch die Augen ins Herz und gleichzeitig in die Welt. Unbeweglich wie eine Art Naturtürme ragten riesenhohe Palmen und warfen einen kurzen, mittäglichen Schatten, der sich scharf und schwarz auf dem gelben Boden abzeichnete. Weiße Männer in Tropenhelmen standen da wie eingeklebt, mitten im Gehen aufgehalten, ein Fuß schwebte immer noch in der Luft – und man glaubte, er werde die Erde berühren, sobald das nächste Bild erschienen wäre. Man sah halbnackte Eingeborenenfrauen mit erregenden Brüsten, wie schöne bronzene

Kegel, die allzu schnell verschwanden, und mit blauen Lendenschürzen, die gewiss abgefallen wären, wenn man die Bilder hätte halten können. Man sah eine Schule im Freien. Eine vollkommen zugeknöpfte Lehrerin aus Europa unterrichtete völlig nackte Kinder. Alle hielten Schiefertafeln im Schoß und saßen auf ihren eigenen Füßen. Nur die Lehrerin saß erhöht auf einem umgelegten Baum, einem Elementarkatheder. Man sah Fischer und Badende, einen Radfahrer mit einem Girardihut und eine Dame mit einem wehenden Reiseschleier, der hinter ihr weiß und waagrecht durch die Luft schwamm wie Rauch hinter dem Schornstein eines Dampfers. Sooft ein neues Bild erschien, räusperte sich etwas im Kasten, wie in alten Uhren, ehe sie schlagen. Dann erklang ein leiser, heller, lieblicher Gongschlag. Dann erfolgte eine leise Erschütterung, es bebte das Gefüge des runden Apparates, als ächzte er unter der Mühe, so viel fremde, ferne Welten heranzuholen. Immer tiefer wurde das Blau, strahlender das Weiß, goldener die Sonne, azuren wurde das Grün, aufregender die regungslosen Frauenleiber, anmutiger die nackten Kinder.

Nach einer halben Stunde wiederholte sich das erste Bild.

Da ertönte die Stimme des Lehrers wie Dezember: »Aufstehn!«

Ich trottete betäubt nach Hause. Es war, als wäre der Dezember ein Traum, der bald vorbei sein, und Cochinchina die Wirklichkeit, in die ich bald erwachen müsste. So blieb es eigentlich viele Jahre lang. In mir lag Cochinchina, wie in jenem Kasten.

Vor einem Jahr, um die Weihnachtszeit, kam ich in eine kleine Stadt. In einer schmalen, engen Gasse erblickte ich ein Schild. »Weltpanorama!« stand darauf. »Cochinchina!«, jubelte meine Erinnerung. Ich ging hinein – nicht mehr umsonst, es kostete fünfzig Pfennige für Erwachsene, zu denen ich merkwürdigerweise gezählt wurde. Es war fast leer. Der Kasten räusperte sich, der Gong schlug an, genau wie damals. Aber auf den Bildern war nicht mehr Cochinchina zu sehen. Man zeigte vielmehr die Schweiz. – Leider. Mitten im Winter. – Schneegipfel. – Ein Hotel mit modernem Komfort, mit einer Lesehalle. –

Ich lehnte mich zurück. Zwei Stühle von mir entfernt saß ein Herr. Er sah, wie mir schien, leidenschaftlich interessiert durch die Gucklöcher. Welch ein langweiliger Kerl! – dachte ich voller Gehässigkeit, mitten in der Weihnachtszeit.

Als ich aber wieder draußen stand, wurde ich sanft und gerecht. Vielleicht – so dachte ich – hat er in seiner Knabenzeit gerade die Schweiz sehen dürfen. – Umsonst. – Vor Weihnachten. – Und: schließlich hat jeder sein Cochinchina.

THEODOR FONTANE

Tannenbaum und Stechpalme

Weihnachten klopft auch in London an die Türen. Es ist nicht mehr der national-britische Christmaseve mit seinem vorwiegend patriarchalischen Charakter; der Klopfende gleicht vielmehr unsrem alten Freunde »Knecht Ruprecht«, der während der letzten zwanzig Jahre es prächtig verstanden hat, für sich selber Propaganda zu machen und auch der englischen Weihnachtszeit ein mehr und mehr deutsches Gepräge zu geben. Mit andern Worten, es ist der Sieg des Tannenbaums über den altenglischen Weihnachtsbaum, den *mistle-toe*. In alten Zeiten (wie jedermann aus zahllosen Beschreibungen englischer Romane weiß) prangte der weihnachtliche Mistelbusch am äußersten Ende der festgeschmückten Halle; der Qualm der Lichter und Fackeln mischte sich mit dem Duft der Rund- und Rückenstücke, die an flackernden Feuern brieten; Musik erklang, und die scharf gezogenen Schranken zwischen

Herr und Diener fielen auf die kurze Dauer eines Abends. Unter dem alten Mistelbusch galt überdies noch das alte Reimwort von einem »Kuss in Ehren«. So war es vordem. Das Alte hat sein Leben auf Schlössern und Herrensitzen gerettet; aber in den großen Städten ist, neben der Mistel und dem reizenden Stechpalmenreis, die Tanne in die Höh' geschossen und bedroht die alten weihnachtsgrünen Mächte mit einer siegreichen Konkurrenz. Eine neue Dynastie, aber stark, weil zweckentsprechend. Einzelne Hyperpatrioten, die den »german influence« auf jedem Gebiete, auch auf dem harmlosesten, bekämpfen und ausrotten möchten, haben zwar die deutsche Tanne in den Bann getan; aber sie werfen sich vergebens dem rollenden Rad entgegen, und jeder neue Weihnachtstisch ist ein neuer Sieg unserer deutschen Sitte. Die Umwandlung hat sich in London beinah vollständig vollzogen: Das Weihnachtsfest, dessen häusliche Feier ein soziales Fest, ein Fest der Ausgleichung, der Brüderlichkeit im schönsten Sinne war, ist ein Kinderfest geworden. Eine schöne und tief poetische Idee hat die andere abgelöst; vielleicht war das Alte tiefer im Gedanken und lustiger in der Erscheinung, aber das neue ist lieblicher und heitrer. Noch einmal:

Weihnachten im englischen Hause ist ein Kinderfest geworden, und im Einklang mit dieser Wandlung präsentieren sich jetzt die Londoner Straßen. Auch hier drängen sich die Penny-, die Six-Pence- und die Schilling-Buden; riesige Wiegepferde (hübscher als die unsrigen, wie es sich in dem Lande des Vollbluts geziemt) bäumen in die Höh' oder sprengen in vollem Galopp durch die Spiegelscheiben; Trommeln (schlechter als die unsrigen, wie sich's im Lande der militärischen Antipathien von selbst versteht) bilden die üblichen Pyramiden; rote, sternbesäte Luftballons schweben die Glasdecke der Arkaden entlang, und überall an den Straßenecken grünt das Edeltannenreis in Blumentöpfen. Auch an Kauflustigen fehlt es nicht. In der Mittagszeit sind die zur Stadt fahrenden Omnibusse bis auf den letzten Platz besetzt. Damen, junge und alte, sitzen sich in langer Reihe einander gegenüber und haben etwas von der ernsten Würde des Weihnachtsmannes. Nur ein Element unter den täglichen Fahrgenossen fehlt – die Kinder. Das Geheimnis der Weihnachtswoche hält sie daheim, und hier wie überall finden sich selbst die wildesten leicht in jene Gefangenschaft, die schon nach wenig Tagen mit der Freiheit und – dem Christbaum schließt.

ERNEST HEMINGWAY

Weihnachten in Norditalien

Mailand, die wuchernde, neu-alte, gelbbraune Großstadt des Nordens, eingefroren in der Dezemberkälte.

Vor den Metzgerläden hängen Füchse, Rehe, Fasane und Hasen. Aus den Weihnachtsurlaubszügen kommen Soldaten und streifen frierend durch die Straßen. In den Cafés trinkt alle Welt Punsch mit Rum.

Offiziere aller Nationalitäten, Dienst- und Nüchternheitsgrade drängen sich im Café Cova gegenüber der Scala und wünschen, sie könnten über Weihnachten zu Hause sein.

Ein junger Arditi-Leutnant erzählt mir, wie Weihnachten in den Abruzzen gefeiert wird, wo man Bären jagt und die Männer noch Männer und die Frauen noch Frauen sind.

Chinks Auftritt mit der tollen Neuigkeit.

Die tolle Neuigkeit lautet: In der Via Manzoni gibt es einen Mistelzweigladen, der von den Jungen und Schönen Mailands zugunsten irgendeines wohltätigen Zwecks betrieben wird.

Wir stellen so schnell wie möglich eine Patrouille zusammen, in der Italiener, Betrunkene und alle Ränge höher als Major nichts zu suchen haben.

Wir halten auf den Mistelzweigladen zu. Die Jungen und Schönen sind durch das Fenster deutlich zu sehen. Draußen hängt ein großer Strauß Mistelzweige. Wir treten ein. Es werden massenhaft Mistelzweige gekauft. Wir peilen die Lage. Wir ziehen ab, beladen mit großen Mengen von Mistelzweigen, die wir an vorbeikommende Putzfrauen, Bettler, Polizisten, Politiker und Taxifahrer verteilen.

Wir betreten den Laden aufs Neue. Wir kaufen noch mehr Mistelzweige. Ein prächtiger Tag für gute Taten. Wir ziehen ab, beladen mit noch größeren Mengen von Mistelzweigen, die wir an vorbeikommende Journalisten, Barkeeper, Straßenkehrer und Straßenbahnschaffner verteilen.

Wir betreten den Laden aufs Neue. Inzwischen ist das Interesse der Jungen und Schönen von Mailand geweckt. Wir bestehen darauf, dass wir den großen Strauß Mistelzweige vor dem Laden kaufen; der Laden ist ein leerstehendes Bankgebäude. Wir zahlen einen hohen Betrag für den Strauß, und dann drängen wir ihn, in Sichtweite des Ladenfensters, einem sehr förmlich aussehenden Mann auf, der mit Zylinder und Stock auf der Via Manzoni an uns vorbeikommt.

Der sehr förmliche Gentleman verweigert das Geschenk. Wir bestehen darauf, dass er es annimmt. Er lehnt ab. Dies sei eine zu große Ehre für ihn. Wir erklären ihm, für uns sei es eine Ehre, wenn er das Geschenk annehme. Es handele sich um einen bescheidenen kanadischen Weihnachtsbrauch. Der Gentleman zögert.

Immer noch in Sicht des Ladenfensters, rufen wir dem Gentleman eine Droschke, helfen ihm beim Einsteigen und legen den großen Mistelbaum neben ihn auf den Sitz.

Vielmals dankend und ziemlich verlegen fährt er davon. Viele Leute bleiben stehen und starren ihm nach.

Inzwischen sind die Jungen und Schönen von Mailand im Laden fasziniert.

Wir treten wieder ein und erklären mit gesenkten Stimmen, in Kanada sei der Mistelzweig mit einem gewissen Brauch verknüpft.

Die Jungen und Schönen führen uns ins Hinterzimmer und stellen uns ihren Anstandsdamen vor. Es sind sehr ehrwürdige Ladys, die Contessa di X, sehr groß und heiter, und die Contessa di Y, sehr dünn und eckig und aristokratisch. Wir werden aus dem Hinterzimmer hinausgeführt und flüsternd informiert, die Anstandsdamen würden in einer halben Stunde zum Tee ausgehen.

Wir rücken ab, beladen mit riesigen Mengen von Mistelzweigen, die wir feierlich dem Oberkellner des Grand d'Italia-Restaurants überreichen. Der Ober ist von dieser kanadischen Sitte gerührt und dankt uns entsprechend.

Gewürznelken kauend, gehen wir zu dem Mistelzweigladen zurück. Unter den wenigen noch übrigen Mistelzweigen führen wir den heiligen kanadischen Brauch vor. Bis die Anstandsdamen zurückkommen. Ein Pfiff auf der Straße warnt uns.

Und so kam der wahre Gebrauch des Mistelzweigs nach Norditalien.

JOHN IRVING

Sex und Glaube

Den langen Gang zum Regal Airport Hotel am internationalen Flughafen von Hongkong schmückte eine Ansammlung von Weihnachtsnippes – glücklich dreinblickende Rentiere und Elfenhelfer des Weihnachtsmannes, aber kein Schlitten, keine Geschenke, kein Weihnachtsmann. »Der Weihnachtsmann wird grade flachgelegt – wahrscheinlich hat er einen Escortservice angerufen«, teilte Dorothy Juan Diego mit.

»Genug Sex, Dorothy«, ermahnte ihre Mutter das widerspenstig wirkende Mädchen.

Aus der Gereiztheit, die ihr offenbar mehr als nur Mutter-Tochter-haftes Geplänkel durchzog, schloss Juan Diego, dass dieses Mutter-Tochter-Team schon jahre-, wenn nicht jahrhundertelang gemeinsam reiste.

»Jedenfalls steigt der Weihnachtsmann hier ab«, sagte Dorothy zu Juan Diego. »Diesen Weihnachtskrempel gibt es das ganze Jahr.«

»Dorothy, du bist nicht das ganze Jahr hier«, sagte Miriam. »Das kannst du doch gar nicht wissen.«

»Wir sind oft genug hier«, antwortete die Tochter mürrisch. »Jahrein, jahraus, so kommt es mir jedenfalls vor«, sagte sie zu Juan Diego.

Sie fuhren eine Rolltreppe hoch, an einer Weihnachtskrippe vorbei. Juan Diego wunderte sich, dass er noch kein einziges Mal im Freien gewesen war, seit er im Schneegestöber am JFK-Flughafen aus dem Wagen gestiegen war. Die üblichen Verdächtigen – Menschen und, mit einer exotischen Ausnahme, lauter Nutztiere – umstanden die Krippe, wobei die wunderwirkende Jungfrau Maria nach Juan Diegos Ansicht unmöglich nur menschlich sein konnte; hier in Hongkong lächelte sie schüchtern und schlug vor ihren Bewunderern keusch die Augen nieder. Sollte im Stall nicht die gesamte Aufmerksamkeit ihrem kostbaren, in der Krippe liegenden Sohn gelten? Offenbar nicht – die Jungfrau Maria stahl ihm die Schau (und nicht nur hier in Hongkong, dachte Juan Diego).

Neben ihr stand Joseph – der arme Narr. Doch falls Maria wirklich eine Jungfrau war, schien Joseph mit dieser Geburt gut klarzukommen –

keine finsteren oder misstrauischen Blicke, weder auf die neugierigen Könige, Weisen oder Hirten noch auf die anderen Gaffer und Groupies im Stall: eine Kuh, ein Esel, ein Haushahn, ein Kamel (wobei natürlich das Kamel der besagte Exot war).

»Bestimmt war einer der Weisen der Vater«, schlug Dorothy vor.

»Genug Sex, Dorothy«, sagte ihre Mutter.

Juan Diego nahm fälschlicherweise an, nur er habe bemerkt, dass das Christuskind in der Krippe fehlte – vielleicht lag es ja irgendwo zugedeckt im Heu. »Der kleine Jesus –«, begann er.

»Jemand hat das Jesuskind vor Jahren entführt«, erklärte Dorothy. »Den Hongkongchinesen ist das offenbar egal.«

»Vielleicht bekommt das Christuskind ja gerade ein Facelifting«, überlegte Miriam.

»Nicht jeder kriegt ein Facelifting, Mutter«, sagte Dorothy.

»Das Jesuskind ist kein Kind, Dorothy«, entgegnete ihre Mutter. »Glaub mir, Jesus hatte ein Facelifting.«

»Die katholische Kirche hat mehr als nur ein Facelifting hinter sich, um besser auszusehen«, sagte Juan Diego scharf – als wären Weihnachten und der ganze Wirbel um die Krippe eine rein römisch-katholische Angelegenheit. Mutter und Tochter wunderten sich über seinen verärgerten Ton, dabei hatten sie (fast) alle seine Romane gelesen und hätten es daher besser wissen müssen. Er hatte weiterhin eine Rechnung offen – nicht mit religiösen Menschen oder Menschen, die an sonst etwas glaubten, sondern mit der katholischen Kirche und einigen ihrer sozialen und politischen Gepflogenheiten.

Dennoch taten alle immer überrascht, wenn in Juan Diegos Worten gelegentlich eine gewisse Schärfe anklang; er wirkte so sanftmütig, bewegte sich aufgrund seiner Behinderung eher bedächtig und nicht wie jemand, der Risiken einging, außer in seiner Phantasie.

Am oberen Ende der Rolltreppe standen die drei Reisenden vor einem Labyrinth unterirdischer Gänge, Schilder wiesen in alle möglichen Richtungen: Kowloon, Hong Kong Island und nach einer Halbinsel namens Sai Kung.

»Fahren wir mit dem Zug?«, fragte Juan Diego seine beiden weiblichen Fans.

»Jetzt nicht«, sagte Miriam und hakte ihn unter. Einer der Gänge musste zum Flughafenbahnhof führen, doch die unzähligen Werbeschilder für Schneiderläden, Restaurants und Juweliere mit einem endlosen Angebot an Opalen verwirrten Juan Diego.

»Was ist an Opalen so besonders?«, fragte Juan Diego, doch die Frauen schienen nur sehr selektiv zuzuhören.

»Zuerst checken wir im Hotel ein, damit wir uns ein wenig frischmachen können«, teilte ihm Dorothy mit und hakte sich auf der anderen Seite bei ihm unter.

Juan Diego humpelte los, auch wenn er sich einbildete, weniger stark zu hinken als sonst. Zu seinem Erstaunen schob Dorothy Juan Diegos großen Rollkoffer und ihren eigenen mühelos, mit einer Hand, vor sich her. Wie schafft sie das nur?, wunderte sich Juan Diego gerade, als sie an der Rezeption ihres Hotels an einem großen Spiegel vorbeikamen. Als Juan Diego sich kurz darin musterte, waren seine zwei tatkräftigen Begleiterinnen links und rechts von ihm nicht zu sehen, was aber auch daran liegen mochte, dass er wirklich nur einen sehr flüchtigen Blick in den Spiegel geworfen hatte.

»Nachher nehmen wir den Zug nach Kowloon – nach Einbruch der Dunkelheit spiegeln sich die Lichter der Wolkenkratzer auf Hong

Kong Island im Hafenwasser«, raunte Miriam Juan Diego ins Ohr.

»Dann essen wir einen Happen, gönnen uns ein, zwei Drinks und fahren zurück ins Hotel«, sagte ihm Dorothy ins andere Ohr. »Dann haben wir die nötige Bettschwere.«

Eine innere Stimme sagte Juan Diego, dass er die beiden Frauen schon einmal gesehen hatte, aber wo nur und wann?

Etwa in dem New Yorker Taxi, das die Leitplanke durchbrochen hatte und in dem hüfthohen Schnee auf dem Joggingpfad neben dem East River feststeckte?

»Wo kommst du denn her, du Wichser – aus Scheiß-*Mexiko*?«, hatte Juan Diegos Chauffeur dem Fahrer eines anderen Wagens zugerufen.

Das Heckfenster des Taxis hatte die Gesichter seiner zwei weiblichen Fahrgäste eingerahmt; für Juan Diego sahen sie durchaus wie Mutter und Tochter aus, wenn auch nicht wie Miriam und Dorothy, dafür wirkten sie zu verängstigt. Vor wem oder was hätten sich die zwei schon fürchten sollen? Doch der Gedanke hakte sich fest: Er hatte diese beiden beeindruckenden Frauen schon einmal gesehen, daran bestand für ihn kein Zweifel.

»Es ist sehr *modern.*« Mehr fiel Juan Diego zum Regal Airport Hotel nicht ein, während er mit Miriam und Dorothy im Aufzug nach oben fuhr. Die beiden hatten für ihn eingecheckt; er hatte nur seinen Reisepass vorzeigen müssen, er glaubte nicht, dass er bezahlt hatte.

Es war eins dieser Hotels, wo der Zimmerschlüssel wie eine Kreditkarte aussieht; nach Betreten des Zimmers steckte man die Karte in einen kleinen Kasten an der Wand, direkt hinter der Tür.

»Sonst funktionieren die Lampen nicht, und der Fernseher geht nicht an«, hatte Dorothy erklärt.

»Rufen Sie uns an, wenn Sie mit den modernen Geräten Probleme haben«, hatte Miriam zu Juan Diego gesagt.

»Nicht nur Probleme mit dem modernen Kram – *egal,* welche Probleme«, hatte Dorothy ergänzt und auf die Hülle von Juan Diegos Kartenschlüssel ihre eigene Zimmernummer und die ihrer Mutter gekritzelt.

Dann schläft also jede allein?, hatte sich Juan Diego gefragt, als die beiden sein Zimmer verlassen hatten.

Unter der Dusche meldete sich seine Erektion

zurück; er wusste, er sollte einen Betablocker nehmen – das war überfällig. Doch die Erektion ließ ihn zögern. Was, wenn entweder Miriam oder Dorothy ihm Avancen machen würden oder, noch unvorstellbarer, alle beide?

Juan Diego nahm die Betablocker aus seinem Kulturbeutel und legte sie neben das Wasserglas auf dem Waschbeckenrand. Es waren Lopressor-Tabletten, elliptisch und bläulich grau. Dann nahm er das Viagra-Döschen heraus und öffnete es. Die Viagra-Pillen waren zwar wie die Betablocker blaugrau, aber sonst eher rautenförmig, wie ein Football mit vier abgerundeten Ecken.

Sollte das Wunder geschehen, dass Miriam oder Dorothy ihm Avancen machten, wäre es zu früh, das Viagra jetzt zu nehmen. Dennoch entnahm er seinem Kulturbeutel den Tablettenteiler und legte ihn vorsorglich zu den Viagra-Tabletten, ebenfalls neben das Wasserglas – nur als Erinnerung, dass eine *halbe* Viagra genügte. (Als Romanautor musste er immer umsichtig sein.) Ich phantasiere wie ein notgeiler Teenager!, dachte Juan Diego, während er sich umzog. Sein Verhalten überraschte ihn selbst am meisten. Unter diesen ungewöhnlichen Umständen entschied er sich schließlich dagegen, Medikamente zu nehmen; es störte ihn, wie sehr die Betablocker ihn reduzierten, wie er sich Dr. Stein gegenüber ausgedrückt hatte, und er war nicht so dumm, die halbe Viagra zu früh zu nehmen. Bei seiner Rückkehr in die Staaten durfte er nicht vergessen, sich bei Rosemary für ihren Rat zu bedanken, er solle experimentieren.

Schade, dass Juan Diego nicht mit seiner befreundeten Ärztin reiste, denn sich bei Rosemary »zu bedanken« war nicht das Vordringlichste. Dr. Stein hätte ihn vielmehr daran erinnern können, weshalb er sich wie ein euphorischer Romeo fühlte, der im Körper eines alternden Schriftstellers herumhumpelte: Wenn du Betablocker nimmst und damit aussetzt, sieh dich vor!, hatte sie ihm eingeschärft. Dein Körper hat nach Adrenalin gelechzt, und plötzlich produziert dein Körper nicht nur mehr Adrenalin, sondern auch mehr Adrenalinrezeptoren. Denn diese vermeintlichen Träume, in Wahrheit nichts anderes als intensive, gestochen scharfe Erinnerungen an seine Kindheit und frühe Jugend, waren ebenso sehr dem eigenmächtigen Aussetzen der Lopressor-Tabletten geschuldet wie sein plötzliches rauschhaftes Verlangen nach zwei Unbekannten, Mutter und Tochter, die ihm so vertraut erschienen, wie einem Fremde niemals sein sollten.

Der Flughafenexpress zur Kowloon Station kostete 90 Dollar. Vielleicht hinderte Juan Diego seine Schüchternheit daran, seine beiden Begleiterinnen unterwegs genauer zu betrachten; wie sonst ließ sich erklären, dass er seine Zugfahrkarte so ausgiebig studierte, als wollte er sie auswendig lernen, und sogar so weit ging, die chinesischen Schriftzeichen mit den entsprechenden englischen Wörtern zu vergleichen. (So war etwa 1 EINFACHE FAHRT auf Englisch in Großbuchstaben gesetzt, während es bei den chinesischen Schriftzeichen keine entsprechende Hervorhebung zu geben schien.)

Der Schriftsteller in Juan Diego hatte an »1 einfache Fahrt« etwas auszusetzen; hätte die Ziffer *1* nicht als Wort ausgeschrieben werden müssen? Sah »eine einfache Fahrt« nicht besser aus? Fast wie ein Titel, dachte Juan Diego und kritzelte mit seinem Kugelschreiber, den er immer zur Hand hatte, etwas auf den Fahrschein.

»Was machen Sie da?«, wollte Miriam von Juan Diego wissen. »Was kann denn an einem Zugfahrschein so faszinierend sein?«

»Er *schreibt* wieder«, sagte Dorothy zu ihrer Mutter. »Er schreibt die ganze Zeit.«

»›Fahrschein in die Stadt für Erwachsene ab achtzehn‹«, las Juan Diego auf seinem Zugticket, das er anschließend in die Hemdtasche steckte. Er wusste einfach nicht, wie man sich bei einem Date verhielt, und in Gegenwart dieser beiden Frauen erst recht nicht.

»Wenn ich ›ab achtzehn‹ lese, denke ich immer ›nicht jugendfrei‹«, sagte Dorothy mit einem anzüglichen Lächeln.

»Es *reicht,* Dorothy«, sagte ihre Mutter.

Es war schon dunkel, als ihr Zug in der Kowloon Station einfuhr; am Wasser wimmelte es von Touristen, die von dort aus die Skyline des gegenüberliegenden Hongkonger Hafens fotografierten, aber Miriam und Dorothy schwebten gänzlich unbeachtet zwischen ihnen hindurch. Offenbar war Juan Diego inzwischen von dem Mutter-Tochter-Gespann so betört, dass er sich einbildete, wie seine Begleiterinnen förmlich zu schweben.

Die engen kurzärmeligen Pullover, die die beiden Frauen unter ihren passenden Jäckchen trugen, betonten zwar ihre Brüste, wirkten aber dennoch damenhaft zurückhaltend. Vielleicht lag es an diesen konservativen Twinsets, dass man Miriam und Dorothy keine Beachtung schenkte, überlegte Juan Diego, oder daran, dass die anderen Touristen überwiegend Asiaten waren und sich offensichtlich nicht für diese beiden attraktiven westlichen Frauen interessierten. Die beiden trugen zu den Twinsets passende, figurbetonte Röcke, *eng*, wie Juan Diego gesagt hätte, wenn auch nicht übertrieben gewagt.

Bin ich denn der Einzige, der diese Frauen ständig anstarren muss?, fragte er sich. Er hatte von Mode keine Ahnung und wusste nichts über die Wirkung neutraler Farben. Er hatte weder einen Blick für das beige-braune noch für das silbrig-graue Ensemble noch für deren hervorragenden Schnitt und auch nicht für deren weiche Anmutung. Ins Auge fielen ihm nur die davon verhüllten Brüste – und natürlich die Hüften.

Später konnte sich Juan Diego so gut wie gar nicht an die Zugfahrt zur Kowloon Station erinnern, auch nicht an das geschäftige Treiben in Kowloon – nicht einmal an das Restaurant, in dem sie zu Abend aßen, außer daran, dass er ungewöhnlich hungrig gewesen war und Miriams und Dorothys Gesellschaft genossen hatte. Ja, er konnte sich nicht erinnern, wann er sich zuletzt so amüsiert hatte, auch wenn er eine knappe Woche später schon nicht mehr wusste, worüber sie sich unterhalten hatten. Über seine Romane? Seine Kindheit?

Bei Lesungen gab Juan Diego sich immer Mühe, nicht zu viel von sich zu reden, obwohl seine Leser immer möglichst viel über ihn erfahren wollten. Meist versuchte er, das Gespräch von sich ab- und auf die jeweiligen Fragesteller zu lenken; bestimmt hatte er Miriam und Dorothy gebeten, von sich zu erzählen. Wie war *ihre* Kindheit, *ihre* Jugend gewesen? Und bestimmt hatte Juan Diego die beiden Frauen, wenn auch diskret, nach den Männern in ihrem Leben gefragt; zweifellos war er neugierig darauf gewesen zu erfahren, ob sie eine feste Beziehung hatten. Allerdings konnte er sich anschließend an nichts erinnern, außer an seine obsessive Betrachtung der Fahrkarte unterwegs zur Kowloon Station und an eine kurze Unterhaltung über Bücher auf der Rückfahrt zum Regal Airport Hotel.

In seiner Erinnerung haften blieb allerdings ein heikler Augenblick auf einem der schicken, blitzsauberen unterirdischen Bahnsteige der Kowloon Station, wo Juan Diego mit den beiden Frauen auf den Zug wartete.

In diesem überwiegend verglasten, ganz in Goldtönen gehaltenen Bahnhofsinterieur mit den allgegenwärtigen glänzenden Mülleimern aus rostfreiem Edelstahl, die wie Polizisten über die Sauberkeit wachten, kam Juan Diego sich vor wie auf einem Krankenhausflur. Nachdem er lange vergeblich das Display seines Smartphones nach der Kamera abgesucht hatte, weil er unbedingt ein Foto von Mutter und Tochter knipsen wollte, nahm die chronisch besserwisserische Miriam ihm das Handy weg.

»Dorothy und ich, wir wollen keine Fotos – wir sind absolut nicht fotogen –, aber wie wär's, wenn ich eins von *Ihnen* mache«, schlug Miriam vor.

Bis auf ein junges händchenhaltendes chinesisches Liebespaar (fast noch Kinder, dachte Juan Diego) waren sie ganz allein auf dem Bahnsteig. Der junge Chinese beobachtete fasziniert, wie Dorothy ihrer Mutter Juan Diegos Handy wieder entriss.

»Gib her, lass *mich* das machen«, sagte sie. »Du machst schreckliche Fotos.«

Doch der junge Chinese ließ sich von Dorothy das Handy geben. »Wenn ich es mache, kriege ich Sie alle drei aufs Bild«, sagte der junge Bursche.

»Wunderbar, vielen Dank!«, sagte Juan Diego.

Worauf Miriam ihrer Tochter einen jener Blicke zuwarf, die besagten: Hättest du *mich* einfach machen lassen, Dorothy, wäre das nicht passiert.

Sie alle hörten den Zug kommen, und die junge Chinesin sagte etwas zu ihrem Freund, vermutlich: Der Zug kommt. Beeil dich!

Das tat er auch. Er knipste einfach drauflos, guckte jedoch anschließend wie seine Freundin enttäuscht, vielleicht weil das Bild unscharf war, vermutete Juan Diego. Doch dann fuhr der Zug ein, Miriam schnappte sich das Handy, doch Dorothy entriss es ihr, und als Juan Diego im Flughafenexpress Platz nahm und ihm Dorothy sein Mobiltelefon zurückgab, war es bereits nicht mehr im Kameramodus.

»Wir sind nicht fotogen, Punkt«, sagte Miriam zu dem chinesischen Paar, das immer noch übertrieben irritiert wirkte (zweifellos weil ihre Bilder sonst viel besser wurden).

Juan Diego beschäftigte sich wieder mit seinem Handy, das für ihn ein Buch mit sieben Siegeln war. Was hatte es mit dem Media-Center-Symbol auf sich? Nichts, was ich will, dachte Juan Diego, als Miriam ihre Hände über die seinen legte; sie beugte sich so nah zu ihm, als müsste sie sich über großen Lärm hinweg mit ihm verständigen, und tat so, als wären sie allein, obwohl doch Dorothy neben ihnen saß und alles mithören konnte.

»Es hat *nichts* mit Sex zu tun, Juan Diego, was ich Sie jetzt fragen will«, sagte Miriam, womit sie Dorothy ein hämisches Lachen entlockte, das so laut war, dass das chinesische Pärchen, das etwas abseits miteinander flüsterte, herumfuhr. (Das Mädchen saß zwar auf dem Schoß des Jungen, schien aber aus irgendeinem Grund sauer auf ihn zu sein.) »Darum geht's nun *wirklich* nicht, Dorothy«, blaffte Miriam.

»Wir werden ja sehen«, blaffte Dorothy zurück.

»In *Eine von der Jungfrau Maria in Gang gesetzte Geschichte* gibt es eine Stelle, wo Ihr Missionar – wie hieß er noch mal –«, setzte Miriam an.

»Martin«, soufflierte Dorothy.

»Genau, *Martin*«, sagte Miriam. »Aha, dann hast du diesen Roman also auch gelesen«, ergänzte sie, an ihre Tochter gewandt. »Also dieser Martin bewundert doch Ignatius von Loyola, stimmt's?«, fragte Miriam Juan Diego, redete aber, ohne die Antwort des Schriftstellers abzuwarten, sofort weiter. »Ich denke dabei an die Begegnung des Heiligen mit einem Mohren auf einem Maultier und ihre anschließende Debatte über die Jungfrau Maria.«

»Sowohl der Mohr als auch der heilige Ignatius ritten auf Maultieren«, unterbrach Dorothy ihre Mutter.

»Ich *weiß*, Dorothy«, sagte Miriam herablassend. »Und der Mohr sagt, er könne zwar glauben, dass die Mutter Gottes ohne männliches Zutun empfangen hat, aber nicht, dass sie nach der Entbindung immer noch Jungfrau war.«

»An der Stelle geht es natürlich sehr wohl um Sex«, sagte Dorothy.

»Tut es *nicht*, Dorothy«, wies ihre Mutter sie zurecht.

»Und nachdem der Mohr weitergeritten ist, denkt Ignatius, er sollte dem Muslim hinterherreiten und ihn *umbringen*, stimmt's?«, fragte Dorothy Juan Diego.

»St-st-stimmt«, stotterte Juan Diego, dachte aber weder an den weit zurückliegenden Roman noch an den Missionar, den er darin Martin genannt hatte und der Ignatius von Loyola bewunderte. Vielmehr dachte er an Edward Bonshaw alias Señor Eduardo und an den Tag seiner Ankunft in Oaxaca, der Juan Diegos Leben so von Grund auf verändert hatte. Als Rivera den verletzten Juan Diego zum *Templo de la Compañia de Jésus* fuhr, während der Junge, den Kopf auf Lupes Schoß, mit schmerzverzerrtem Gesicht auf dem Rücksitz lag, war auch Edward Bonshaw zur Jesuitenkirche unterwegs. Doch während Deponiechef Rivera auf ein Wunder der Sorte hoffte, wie es seiner Meinung nach nur die Jungfrau Maria bewirken konnte, sollte der neue amerikanische Missionar zum zuverlässigsten Wunder in Juan Diegos Leben werden – ein Wunder von einem *Menschen,* kein Heiliger, und mit menschlichen Schwächen.

Ach, wie mir Señor Eduardo fehlt!, dachte Juan Diego, die Augen von Tränen verschleiert.

»Schon erstaunlich, wie hartnäckig der heilige Ignatius Marias Jungfräulichkeit verteidigte«, sagte Miriam gerade, verstummte aber, als sie Juan Diegos Tränen sah.

»Die Leugnung des nachgeburtlichen vaginalen Zustandes der Jungfrau Maria war ein unangemessenes und untragbares Verhalten«, warf Dorothy ein.

In diesem Moment, als Juan Diego mit den Tränen kämpfte, wurde ihm klar, dass Mutter und

Tochter fast wortwörtlich aus *Eine von der Jungfrau Maria in Gang gesetzte Geschichte* zitierten. Doch wie kam es, dass sie sich so genau an diese Stelle aus seinem Roman erinnerten?

»Oh, nicht weinen – Sie lieber Mann!«, sagte da Miriam plötzlich zu ihm und berührte sein Gesicht. »Diese Stelle *liebe* ich einfach!«

»*Du* hast ihn zum Weinen gebracht«, sagte Dorothy zu ihrer Mutter.

»Nein, nein – es ist nicht so, wie Sie denken«, begann Juan Diego.

»Ihr Missionar«, fuhr Miriam fort.

»Martin«, präzisierte Dorothy.

»Ich *weiß*, Dorothy!«, sagte Miriam. »Dass Martin Ignatius bewundernswert findet, ist nur so rührend, so zauberhaft.« Und sie fuhr fort: »Ich meine, dieser Ignatius von Loyola klingt doch völlig durchgeknallt!«

»Er will irgendeinen Fremden auf einem Maultier umbringen – nur weil der den nachgeburtlichen vaginalen Zustand der Jungfrau Maria in Frage stellt. Der spinnt total!«, stellte Dorothy fest. »Doch wie immer«, zitierte Juan Diego aus seinem eigenen Buch, »bemühte sich Ignatius, in dieser Angelegenheit Gottes Willen zu erfahren.«

»Verschonen Sie mich mit Gottes Willen!«, riefen Miriam und Dorothy wie aus einem Mund. (Damit war ihnen die Aufmerksamkeit des chinesischen Paares gewiss.)

»Und wo sich der Weg teilte, ließ Ignatius die Zügel seines Maultiers locker; falls das Tier dem Mohren folgte, würde Ignatius den Heiden töten«, sagte Juan Diego. Er hätte die Geschichte auswendig hersagen können. Dass ein Romanschriftsteller sich fast Wort für Wort an das erinnern kann, was er geschrieben hat, war nichts Ungewöhnliches, dachte Juan Diego. Aber dass Leser es noch so genau im Kopf haben – *das* war ungewöhnlich, oder etwa nicht?

»Doch das Maultier wählte den anderen Weg«, zitierten Mutter und Tochter unisono, und für Juan Diego klangen sie wie der allwissende Chor in einer griechischen Tragödie.

»Aber der heilige Ignatius war tatsächlich verrückt – er muss geisteskrank gewesen sein«, sagte Juan Diego; er wusste nicht recht, ob sie das verstanden.

»Ja«, sagte Miriam. »Es ist sehr mutig von Ihnen, das anzusprechen, gerade in einem Roman.«

»Das Thema des nachgeburtlichen vaginalen Zustandes einer Person ist ein sexuelles Thema«, stellte Dorothy fest.

»Ist es *nicht* – es geht um *Glauben*«, sagte Miriam.

»Es geht um Sex und Glauben«, murmelte Juan Diego, was er durchaus nicht diplomatisch meinte, sondern eindeutig ernst, das merkten auch die beiden Frauen.

»Kannten Sie jemanden wie diesen Missionar, der den heiligen Ignatius bewunderte?«, fragte ihn Miriam.

»Martin«, wiederholte Dorothy leise.

Ich glaube, ich brauche einen Betablocker, dachte Juan Diego, sprach es aber nicht aus.

»Sie meint: Hat es Martin wirklich gegeben?«, erklärte Dorothy; sie hatte gesehen, wie der Schriftsteller bei der Frage ihrer Mutter zusammenzuckte, und zwar so heftig, dass Miriam seine Hände losließ.

Juan Diegos Herz raste – seine Adrenalinrezeptoren empfingen wie verrückt, doch er bekam kein Wort heraus. »Ich habe so viele Menschen verloren«, stotterte Juan Diego, doch das Wort Menschen vernuschelte er, wie früher Lupe.

»Vermutlich hat's ihn sehr wohl gegeben«, sagte Dorothy zu ihrer Mutter.

Jetzt ergriffen beide je eine Hand von Juan Diego, der dasaß und zitterte.

»Der Missionar, den ich kannte, war *nicht* Martin«, brach es schließlich aus ihm heraus.

»Aber Dorothy, unser lieber Juan Diego hat viele ihm nahestehende Menschen verloren – wir haben doch beide das Interview gelesen«, tadelte Miriam ihre Tochter.

»Ich weiß«, erwiderte Dorothy, »aber du hast zuerst nach dieser Martin-Figur gefragt.«

Juan Diego konnte nur stumm den Kopf schütteln; dann kamen ihm die Tränen, jede Menge Tränen. Er hätte diesen Frauen nicht erklären können, warum (und um wen) er weinte – na ja, jedenfalls nicht im Flughafenexpress.

»Eduardo!«, rief Juan Diego. »Señor Eduardo!«

In diesem Moment rastete die junge Chinesin aus, die immer noch auf dem Schoß ihres Freundes saß – und die immer noch wegen irgendetwas sauer war –, und fing an, auf ihren Freund einzuschlagen – mehr aus Frustration als aus Wut und wie zum Spaß (und überhaupt nicht gewalttätig).

»Ich hab ihm *gesagt,* dass Sie es sind!«, sagte das Mädchen plötzlich zu Juan Diego. »Ich wusste, Sie sind es, aber er hat mir nicht geglaubt!«

Offenbar hatte sie den Schriftsteller erkannt, vielleicht von Anfang an, doch ihr Freund hatte ihr nicht geglaubt – oder er las keine Bücher. In Juan Diegos Augen sah der junge Chinese nicht wie ein Leser aus, und dass seine Freundin eine Leserin war, kam für den Autor nicht überraschend. Hatte Juan Diego das nicht immer wieder betont? Leser*innen* hielten die Literatur am Leben – hier war noch eine. Als Juan Diego Señor Eduardos Namen sagte, war die junge Chinesin davon überzeugt, dass sie den Schriftsteller leibhaftig vor sich hatte.

Es war, wie Juan Diego klarwurde, ein klassischer Fall von Schriftsteller-Wiedererkennung. Er wünschte, er könnte aufhören zu schluchzen. Er winkte der jungen Chinesin zu und rang sich ein Lächeln ab; hätte er bemerkt, wie Miriam und Dorothy das junge chinesische Paar ansahen, hätte er sich vielleicht gefragt, wie sicher er in Begleitung dieser ihm unbekannten Mutter und ihrer Tochter war, aber Juan Diego sah den vernichtenden Blick nicht, mit dem seine Begleiterinnen seine chinesische Leserin zum Schweigen brachten – ein drohender Blick, der so viel besagte wie: Wir haben ihn zuerst gefunden, du miese kleine Schlampe. Verschwinde und such dir deinen eigenen Lieblingsautor – der hier gehört *uns*!

Warum hatte Edward Bonshaw immer Thomas von Kempen zitiert? Er mokierte sich öfter über eine Stelle aus *Die Nachfolge Christi:* »Sei nicht oft bei Jünglingen und Fremden.«

Tja, es wäre ohnehin zu spät gewesen, Juan Diego jetzt noch vor Miriam und Dorothy zu warnen. Man lässt nicht seine Betablocker aus, um dann zwei Frauen wie diese Mutter samt ihrer Tochter zu ignorieren.

Dorothy hielt Juan Diego an ihre Brust gedrückt, wiegte ihn in ihren erstaunlich starken Armen, wo er weiterschluchzte. Bestimmt war ihm aufgefallen, dass die junge Frau einen jener dünnen BHs trug, so dass man ihre Brustwarzen durch den BH *und* den Pulli hindurch sah, den Dorothy unter ihrem offenen Strickjäckchen trug.

Zweifellos war es Miriam, die Juan Diego jetzt den Nacken massierte; erneut hatte sie sich ganz nah zu ihm hinübergebeugt und ihm ins Ohr geflüstert. »Sie wunderbarer Mann, natürlich schmerzt es, *Sie* zu sein! Was Sie alles *empfinden*! Kaum ein Mann hat Ihre Bandbreite an Gefühlen und Empfindungen«, sagte Miriam. »Die arme Mutter in *Eine von der Jungfrau Maria in Gang gesetzte Geschichte* – mein Gott! Wenn ich daran denke, was ihr alles zustößt –«

»Lass es!«, warnte Dorothy ihre Mutter.

»Eine Statue der Jungfrau Maria fällt von ihrem Sockel und erschlägt sie! Sie ist auf der Stelle tot«, fuhr Miriam fort.

Dorothy spürte, wie Juan Diego an ihren Brüsten erschauerte. »Jetzt hast du's geschafft, Mutter«, sagte die Tochter missbilligend. »Willst du ihn *noch* unglücklicher machen?«

»Du verstehst nicht, worum es wirklich geht«, sagte ihre Mutter rasch. »Es steht doch im Roman: ›Wenigstens war sie glücklich. Nicht jeder Christ konnte schließlich von sich behaupten, auf der Stelle von der Heiligen Jungfrau getötet zu werden.‹ Das ist eine *lustige* Szene, Herrgott noch mal!«

Doch (wieder) schüttelte Juan Diego den Kopf, diesmal zwischen Dorothys Brüsten. »Das war doch nicht *Ihre* Mutter – das ist doch nicht *ihr* zugestoßen, oder?«, fragte ihn Dorothy.

»Genug der autobiographischen Anspielungen, Dorothy«, mahnte ihre Mutter.

»Das musst *du* gerade sagen«, entgegnete Dorothy.

Es konnte Juan Diego nicht entgangen sein, dass auch Miriam attraktive Brüste hatte, auch wenn ihre Brustwarzen sich nicht durch den Pulli abzeichneten. Nicht so ein moderner BH, dachte

Juan Diego, während er sich abmühte, Dorothys Frage über *seine* Mutter zu beantworten, die nicht von einer von ihrem Sockel fallenden Statue der Jungfrau Maria erschlagen worden war – zumindest nicht wirklich.

Doch einmal mehr bekam Juan Diego kein Wort heraus. Er war emotional wie sexuell aufgeladen; durch seinen Körper rauschte so viel Adrenalin, dass er weder seine Lust noch die Tränen in den Griff bekam. Ihm fehlten alle, die er je gekannt hatte; er begehrte sowohl Miriam als auch Dorothy, und zwar so sehr, dass er nicht hätte sagen können, welche der beiden Frauen er mehr wollte.

»Armes Baby«, flüsterte Miriam Juan Diego ins Ohr; er spürte, wie sie seinen Nacken küsste.

Dorothy atmete nur ein. Juan Diego spürte, wie sich ihre Brust gegen sein Gesicht wölbte.

Was hatte Edward Bonshaw doch gleich gesagt in den Augenblicken, wenn der Zelot der Meinung war, die menschlichen Schwächen müssten Gottes Willen weichen, wenn wir Sterbliche uns Gottes Willen nur anhören konnten, und ihm dann gehorchen? Juan Diego hörte immer noch Señor Eduardo sagen: »*Ad majorem Dei gloriam* – zur größeren Ehre Gottes.«

Blieb Juan Diego unter diesen Umständen – an Dorothys Busen geschmiegt, von ihrer Mutter geküsst – überhaupt etwas anderes übrig, als sich einfach nur anzuhören, was Gottes Wille war, und ihm dann zu gehorchen? Natürlich gab es dabei einen Widerspruch: Juan Diego befand sich nicht unbedingt in der Gesellschaft der Sorte Frauen, die sich um Gottes Willen scherten. (Miriam und Dorothy waren eher Frauen der Sorte »Verschon mich mit Gottes Willen!«.)

»Ad majorem Dei gloriam«, murmelte der Romancier.

»Muss wohl Spanisch sein«, teilte Dorothy ihrer Mom mit.

»Meine Güte, Dorothy«, sagte Miriam. »Das ist Latein, verdammt.«

Juan Diego spürte, wie Dorothy mit den Achseln zuckte. »Egal, was es ist«, sagte die rebellische Tochter, »es geht um Sex, das weiß ich genau.«

VESO PORTARSKY

Die Rute des Weihnachtsmanns

Berlin ist eine liberale Stadt.

»Leben und leben lassen«, sagte vor vielen Jahren Friedrich der Große, und das hat sich als eine Art Motto der Stadt etabliert. Das zeigt sich in vielen Aspekten des Berliner Lebens. Einer davon ist das freie Ausleben der Sexualität. Aus meiner Jugend in Bulgarien war ich es nicht gewohnt, Männer zu sehen, die in der Öffentlichkeit Händchen hielten oder sich an den Po fassten, geschweige denn küssten oder öffentlich heiraten durften. In Berlin war das ganz normal. Manchmal fragte ich mich, ob die Anzahl der schwulen Männer in dieser Stadt die Anzahl der Heteros überstieg. In Berlin durfte der Bürgermeister vor einigen Jahren in aller Öffentlichkeit sagen: »Ich bin schwul, und das ist gut so.« In Bulgarien würde eine solche Aussage einen hochrangigen Politiker wahrscheinlich das Amt kosten.

Als ich einen vorweihnachtlichen Auftrag von der Studentenarbeitsvermittlung bekam, ahnte ich nicht, dass ich mit dieser Welt in Berührung kommen würde. Auch dieses Telefongespräch verlief wie gewohnt. Die Mutter nannte mir den Namen des Kindes. Sie sagte mir, dass der beste Freund ihres Sohnes im Kindergarten Hans hieß und sein Hamster Helmut. Ihr Sohn solle in Zukunft zeitig ins Bett gehen und seine Zähne allein putzen. Ich notierte mir alles fleißig in mein Goldenes Buch, aus dem ich bei den Familien vorlas.

Es war der Tag vor Weihnachten, mein erster Auftrag in diesem Jahr, und ich sollte um 19 Uhr da sein. Manche Familien bestellten den Weihnachtsmann am 23., um die Zeit der Bescherung selbst bestimmen zu können. Die Wohnung der Auftraggeberin lag weit entfernt, und ich musste mit der S-Bahn fahren. Ich fragte sie deswegen, ob ich mein Weihnachtsmannkostüm im Treppenhaus anziehen könne.

»Gar kein Problem!«, antwortete die höfliche Damenstimme. »Wir haben sehr freundliche Nachbarn. Bei ihnen zu Hause könnten Sie sich in aller Ruhe umziehen. Ich kümmere mich darum, dass sie informiert sind, und glauben Sie mir, die beiden werden sich freuen, wenn der Weihnachtsmann vorbeikommt!«

Es war kalt und dunkel in Berlin. Die Straßen waren menschenleer. Ich hatte meinen Weihnachtsmannanzug, den Bart, eine weiße Perücke und das Goldene Buch in meinen Geschenkesack gepackt. Zwanzig Minuten vor meinem Auftritt war ich bereits im Haus, einem sanierten Altbau. Ich klingelte bei den Nachbarn. Ein Mann Ende fünfzig, der wie ein höflicher, vielleicht ein wenig zu höflicher Kater aussah, öffnete die Tür. Er hatte einen gelben Bademantel an und sah so entspannt aus, als ob er davor lange in der Badewanne gelegen hätte.

»Ach, wie lange haben wir schon auf Sie gewartet, mein lieber Weihnachtsmann!«, begrüßte er mich und bat mich herein.

»Danke!«, erwiderte ich sachlich, wusste aber nicht, wieso er auf mich gewartet hatte. Ich war ja von der Familie gegenüber bestellt worden.

»Kommen Sie doch herein! Kommen Sie einfach herein! Legen Sie Ihren dicken Wintermantel rasch ab. Ach, lassen Sie mich Ihnen helfen! Schön sehen Sie aus! Groß und muskulös, so habe ich mir einen richtigen Weihnachtsmann vorgestellt.«

»Danke, danke!«, sagte ich. Ich wusste, dass man auf Komplimente mit »danke« antworten sollte. Gleichzeitig war mir ein wenig unheimlich, wie mich dieser alte Mann mit dem schelmischen Blick und dem leicht zufriedenen Schmunzeln im Gesicht mit Komplimenten überschüttete. Ich schaute mich in der Wohnung um und entdeckte zuerst einen Kronleuchter in Form eines männlichen Glieds. Er war bestimmt sechzig Zentimeter groß und hing locker in der Mitte des Wohnzimmers. Er bestand aus drei Lampen. Zwei symbolisierten die Eier und die dritte den Pimmel. Plötzlich spürte ich eine große Hand auf meiner Schulter. Sie kam von hinten. Solange es meine Schulter und nicht mein Hintern war, war ich bereit es zu akzeptieren. Ich drehte mich schnell um.

»Darf ich Ihnen meinen Freund vorstellen? Das ist Lorenzo!«

Lorenzo war bestimmt zwanzig Jahre jünger. Er sah wie eine griechische Skulptur aus. Er war an die 185 cm groß und machte den Eindruck, als ob er die meiste Zeit im Fitnessclub verbringen würde. Er trug einen gepflegten Vollbart und ein aufgeknöpftes, weißes Hemd, das einen großen Teil seines glattrasierten Oberkörpers zur Schau stellte. Der Duft seines Parfüms war süß, und er hatte viel davon aufgetragen.

Unter meinen Füßen spürte ich etwas Weiches. Ich schaute nach unten auf einen herrlichen Teppich. Darauf waren in der Tat Figuren aus der Antike abgebildet. Nackte männliche Gestalten, die sich gegenseitig anfassten.

Ich wusste, dass es in der griechisch-römischen Antike einen ausgeprägten Phalluskult gab. Vielleicht war Lorenzo ein Grieche. Seinem Namen und Äußeren nach vielleicht doch eher ein Italiener, aber das ging mich nichts an. Ich musste meine Gedanken sammeln und mich auf meinen Auftritt beim Nachbarskind vorbereiten.

»Dürfen wir Ihnen einen Whiskey, Cognac oder vielleicht ein Glas Champagner anbieten?«, fragte der alte Kater mit festlicher Stimme.

»Danke – ich muss mich schnell umziehen, um zu Ihren Nachbarn zu gehen.«

»Das hat Zeit, lieber Santa Claus! Alles im Leben hat seine Zeit! Nicht jeden Tag ist der Weihnachtsmann höchstpersönlich bei uns zu Besuch, und das müssen wir gebührend feiern«, sagte der Alte und machte eine Flasche Champagner auf. »Das ist nett von Ihnen, aber ich habe wirklich keine Zeit. Das Kind Ihrer Nachbarin wartet auf mich!«, wiederholte ich. Der Alte schien das zu überhören und schenkte drei Gläser Champagner ein. »Lange haben wir auf so eine Weihnachtsüberraschung gewartet«, sagte er und reichte mir ein Glas.

Ich nahm das Glas entgegen und setzte es auf den Tisch, ohne etwas davon zu trinken. »Was werde ich denn noch alles als Weihnachtsmann erleben?«, fragte ich mich insgeheim. Dieser Job erlaubte mir, in die Wohnungen wildfremder Menschen zu spazieren und für einige Minuten Teil ihres Lebens zu sein. Das waren Realitäten, mit denen ich höchstwahrscheinlich sonst nie in Berührung gekommen wäre. Einerseits empfand ich das als Bereicherung. Andererseits musste ich schauen, wie stark ich in diese anderen Leben involviert werden wollte. Viele Familien bestellten den Weihnachtsmann in der Hoffnung, mangelnde Harmonie dadurch zu ersetzen. Viele Kinder bekamen viel zu viele Geschenke. Die vom Berufsleben gestressten Eltern wollten so ihre fehlende Aufmerksamkeit kompensieren. Es hatte schon alleinerziehende Mütter gegeben, die mich nach meinem Auftritt bei ihren Kindern auf ein Glas Sekt eingeladen hatten, und nun bot mir dieses schwule Pärchen Champagner an.

Um als Weihnachtsmann zu arbeiten, musste man eine Schulung durchlaufen, die von der Arbeitsvermittlung meiner Uni organisiert wurde. Eine der Regeln war, dass man bei den Familien keine alkoholischen Getränke annehmen durfte, denn ein betrunkener Weihnachtsmann würde bei den Kindern nicht seriös rüberkommen. »Darf ich mich bei Ihnen umziehen?«, wiederholte ich meine Frage.

»Aber natürlich, lieber Weihnachtsmann – Sie können sich gerne bei einem Glas Champagner umziehen!«, antwortete der Alte und lächelte mich an. »Wir würden Ihnen gerne dabei zuschauen, wenn Sie nichts dagegen haben«, fügte er hinzu und setzte sich mit Lorenzo auf ein großes Sofa.

»Meine Herren, ich bin als Weihnachtsmann für das Kind Ihrer Nachbarn und nicht für eine Striptease-Show bei Ihnen bestellt worden!«, wollte ich den beiden erklären, aber ich musste cool bleiben und professionell wirken. Mir fielen die Regenbogenfarben der Vorhänge auf. Die beiden stießen an, gaben sich einen kurzen, saftigen Zungenkuss und schauten mich erwartungsvoll an.

Mir war zwar schon zu Ohren gekommen,

dass der Weihnachtsmann in der schwulen Szene eine populäre Figur war und einen Spielraum für erotische Träume bot, ich hatte das aber bislang in meinem Berufsleben als Santa Claus nie erlebt.

Wenn ich weiter höflich blieb, würde ich es nicht rechtzeitig zu meinem Auftrag schaffen.

Der Alte zündete ein paar Kerzen auf dem Tisch an und machte das Licht aus.

»Ich werde mich nicht vor Ihnen umziehen!«, sagte ich entschlossen. Jede weitere Höflichkeit meinerseits konnte in diesem Augenblick missverstanden werden. Beide schauten mich an, ohne ein Wort zu sagen, und rührten sich nicht vom Fleck. Ich wurde lauter: »Wenn Sie jetzt nicht den Raum verlassen, werde ich ins Treppenhaus gehen, um mich da in Ruhe umzuziehen, und dann alles Ihrer Nachbarin erzählen! Das ist mein Ernst!«

Ich musste jetzt klare Worte finden und Taten folgen lassen. Ich machte ein paar Schritte Richtung Tür, das schien zu wirken.

»Bleiben Sie! Bleiben Sie ruhig hier, lieber Weihnachtsmann! Ganz wie Sie wollen!«, sagte der Kater mit einem Seufzer und bedeutete Lorenzo mit einem Kopfruck, dass sie den Raum verlassen sollten. »Ich verstehe aber nicht, wieso man nicht ein wenig Spaß haben darf!«, sagte er noch. »Schließlich ist Weihnachtszeit, und wir sollten nicht vergessen, dass es das Fest der Liebe ist …«

Lorenzo setzte sich in Bewegung, ohne ein Wort zu sagen. Ich war mir nicht sicher, ob er Deutsch konnte. Das war auch nicht so wichtig. Wichtig war, dass die beiden das Wohnzimmer verließen und ich zügig das Weihnachtsmannoutfit anzog.

Noch nie hatte ich mich bei meinen Weihnachtsmann-Einsätzen so schnell umgezogen. Ich rückte meinen Bart zurecht, setzte meine rote Mütze so tief auf, dass meine Augenbrauen versteckt blieben, und machte mich auf dem Weg hinaus. Lorenzo und der Kater standen im gedämpften Licht des Korridors und schauten mich schweigend an. Der Kater hatte immer noch seinen gelben Bademantel und Lorenzo sein weißes, aufgeknöpftes Hemd an. Der Korridor war ungefähr drei Meter lang und nicht mehr als einen Meter breit. Ich musste an den beiden vorbei, um nach draußen zu gelangen.

»Augen zu und durch!«, sagte ich mir und ging mutig vorwärts.

»Wenn Sie nach dem Auftritt bei den Nachbarn die Flasche Champagner mit uns austrinken möchten, fühlen Sie sich herzlich eingeladen, lieber Weihnachtsmann!«, hörte ich den Alten sagen. »Behalten Sie das Kostüm ruhig an. Wir könnten alle zusammen eine Menge Spaß haben!«, flüsterte er mir noch ins Ohr.

»Seid artig, liebe Kinder, damit der Weihnachtsmann nächstes Jahr wieder zu euch kommt!«, antwortete ich mit lauter, veränderter Stimme und der ganzen Autorität des Weihnachtsmanns und machte die Tür auf.

»Ich mag nicht artig sein!«, meldete sich zum ersten Mal Lorenzo. Seine Stimme war tief und fühlte sich wie Klebstoff an.

»Sonst kommt der Weihnachtsmann nächstes Jahr mit der Rute!«, versuchte ich es zum Abschied mit einem witzigen Spruch.

»Ich möchte die Rute des Weihnachtsmanns testen!«, erwiderte Lorenzo und packte den Kater temperamentvoll am Hintern.

»Genießt das Fest der Liebe, liebe Kinder! Frohe Weihnachten!«, verabschiedete ich mich in Weihnachtsmann-Tonfall und machte die Tür so schnell ich nur konnte hinter mir zu.

Ich atmete tief ein und aus. Eins war mir klar: Nach meinem Auftritt bei den Nachbarn würde ich dieses Haus in Windeseile verlassen. Schließlich will der Weihnachtsmann auch in einer Stadt wie Berlin seine Jungfräulichkeit bewahren.

MAEVE BRENNAN

Der Spaßvogel

Kümmerlinge, so nannte Isobel Bailey ihre Weihnachtsgäste. Dieses Jahr hatte sie drei davon zu Besuch, drei Kümmerlinge – eine Frau, einen älteren Herrn und einen jungen Mann, anständige Leute, wohlerzogen, sanftmütiges Äußeres, ordentliche Kleidung. Dem äußeren Anschein nach genau wie jeder andere, waren sie doch verloren. Sie hatte eine geheime Liste mit solchen Leuten im Kopf, auf die sie jedes Jahr zurückgriff, wenn die Festtage nahten. Ihre Liste mit Kümmerlingen wurde nicht kürzer. Ja, im Lauf der Jahre schien sie immer länger zu werden, dabei war sie doch noch jung, erst einunddreißig. Wie wird jemand zum Kümmerling, dachte sie (am häufigsten, sobald es Winter wurde, und zu Weihnachten immer)? Was ist der Auslöser? Wann nehmen Leute dieses verhängnisvoll abgesonderte Aussehen an? Wird man als Kümmerling geboren?

Einmal hatte sie gedacht, was Kümmerlinge

auszeichne, sei ihr Mangel an Selbstsicherheit – denn wer hätte je einen selbstsicheren Kümmerling gesehen? Man erlebt sie trotzig, steif, unhöflich, aber sind sie nicht immer auch verwirrt? Dabei war Verwirrtheit natürlich kein Zustand, der sich auf Kümmerlinge beschränkte. Ebenso wenig, befand sie, lag es an Geldmangel, obwohl Geld eine große Rolle zu spielen schien. Manchmal konnte man tatsächlich beobachten, wie sich die Leute vor aller Augen in Kümmerlinge verwandeln. Aus Mädchen wurden plötzlich alte Jungfern, zumindest sahen sie so aus, als sei gegen ihr Ledigsein kein Kraut gewachsen. Aus heiter geschäftigen Frauen wurden betäubte Witwen. Männer verloren den Bezug zur Wirklichkeit und wurden zutiefst verunsichert. Es war nicht ein Merkmal allein, das jemanden zum Kümmerling stempelte. Davon war Isobel überzeugt. Es hatte nichts damit zu tun, dass man verkrüppelt, in Ungnade gefallen oder auch nur unverheiratet war. Es war eine Schmach, ein Kümmerling zu sein, zugleich aber auch etwas Geheimnisvolles. Es ließ sich nicht erklären oder definieren, und immer wieder kam sie auf ihren ursprünglichen Gedanken zurück – dass Kümmerlinge schlichtweg Menschen waren, die aus dem Zug gedrängt worden waren, weil es keinen Platz für sie gab. Sie hatten ihre Fahrkarte verloren. Einige von ihnen hatten nie eine Fahrkarte besessen. Vielleicht hatten ihre Eltern es versäumt, ihnen eine Fahrkarte zuzustecken. Die armen Hascherln, sie waren aufgeschmissen. An gewöhnlichen Tagen des Jahres konnten sie ihre Not kaschieren. Weihnachten jedoch, wenn der Zug zur Stunde der Besinnung und der Offenbarung anhielt – wie stachen da die Kümmerlinge heraus, leuchtend in ihrer Einsamkeit. Jeder Weihnachtstag (sagte sich Isobel und lächelte versonnen) war eine Station auf der Reise des Lebens. Dort auf dem zugigen Bahnsteig versammelten sich beschämt die Kümmerlinge, um die Glücklichen im warmen, hell erleuchteten Abteil zu bestaunen. Nicht alle schauten herein, das wusste sie, einige wandten den Blick ab. Sie, Isobel, nahm sie alle in Augenschein und entschied, wen von ihnen sie in ihren eigenen hell erleuchteten Waggon einladen sollte. Ihr gefiel der Gedanke, dass sie in einem Waggon erster Klasse saß – ihrem Haus aus rotem Ziegelstein in Herbert's Retreat, solide, bezaubernd, gewachst und gewienert, gut geheizt, mit Blumen gefüllt, mit Kristall und Tafelsilber und sauberen Handtüchern bestückt.

Isobel glaubte unbedingt an Recht und Ordnung und an Organisation. Sie glaubte fest an organisierte Wohltätigkeit. Sie gab regelmäßig Spenden an Wohlfahrtseinrichtungen und diente gern und gewissenhaft in mehreren Ausschüssen. Sie fand, es sei nur recht und billig, jenen beizustehen, die weniger Glück hatten als sie selbst, obwohl es einen Punkt gab, wo sie die Grenze zog. Nie gab sie auf der Straße beiläufig Almosen, und ihre Dienstmädchen hatten strikte Anordnung, Bettler abzuweisen. »Diese Leute können sich andernorts um Unterstützung bemühen«, sagte sie.

Anders bei den Weihnachtskümmerlingen. Zunächst einmal standen sie nicht nur außerhalb der Gesellschaft, sie standen außerhalb organisierter Wohltätigkeit. Niemand bezog sie in seine Pläne ein. Und es geschah im Geist der Weihnacht, dass sie sie an ihre Tafel lud. Sie waren Teil der Weihnachtstradition, Teil der Festlichkeit, die sie so liebte. Sie genoss es, den Baum zu schmücken, Truthahn und Plumpudding zu essen, den Häusern von Freunden beschwingte Stippvisiten abzustatten und auf große Partys zu gehen, Geschenke zu geben und zu empfangen. Meist nahmen sie und Edwin eine Einladung für den Abend des Weihnachtstages an, und manchmal verschickten sie Karten für ein spätes kleines Abendessen, doch der Nachmittag war den Kümmerlingen vorbehalten. Sie spürte, dass es nur recht und billig war, sie und Edwin hatten doch so viel. Ihrem Gefühl nach passte es ganz wunderbar, dass sie ihr Haus am Weihnachtstag, dem vollkommensten Tag des Jahres, wenn alle Betriebsamkeit zum Stillstand kam und der verborgene Sinn des Lebens sich enthüllte, den Heimatlosen öffnete.

Isobels Freundinnen waren sich ihrer Gewohnheit, am Weihnachtsnachmittag Kümmerlinge zu sich einzuladen, undeutlich bewusst. Wenn sie hörten, dass sie »die arme Miss T.« oder »den armen, entmutigten Mr. F.« an ihrem Tisch bewirtet hatte, schüttelten sie den Kopf und hielten Isobels Güte für echt. Sie war nicht vorgetäuscht, sagten sie verwundert. Isobel war wirklich herzensgut.

Als erster Kümmerling dieses Jahres traf Miss Amy Ellis ein, die Blusen für Isobel und kleine Seidenkleidchen für Susan, Isobels fünfjährige Tochter, nähte. Isobel hatte Miss Ellis noch nie woanders als in ihrem Arbeitszimmer gesehen, wo sie, sommers wie winters, einen luftigen Kittel aus naturfarbenem Seidentaft trug, der ihr einen künstlerischen Anstrich verleihen sollte. Heute trug sie ein schwarzes Seidenkleid, das um ihre Schultern zu einer Art Kapuze drapiert war und ihre Arme unbedeckt ließ. Und Miss Ellis' Arme waren, wie Isobel im Licht einer plötzlichen Eingebung erkannte, der Schlüssel zu Miss Ellis' Charakter und zu ihrem Leben. Dünn, sehnig, kalt und weiß, langgezogen und starr in ihrer Leere – sie waren es, die sie wie einen Kümmerling aussehen ließen. Konnte es sein, dass Miss Ellis ihrer Arme wegen ein Kümmerling war? Das war einen Gedanken wert. Jedenfalls standen Miss Ellis' Beine ihren Armen in nichts nach, und durch den dünnen Stoff ihres Kleides konnte man leicht sehen, dass auch ihre Schultern hoch und spitz waren. Ihr Kinn mündete trostlos in eine eingefallene blasse Kehle. Ihr grünlich-goldenes Haar war zu einer schlaffen, kurzen Kappe zurückgekämmt, die denselben Kunstwillen bewies, der sie auch dazu veranlasste, den Kittel aus Seidentaft zu tragen. Ihre herabbaumelnden Ohrringe waren aus einem kohleartigen Material gehämmert. Ihre tiefliegenden, wimpernlosen Augen zeigten, dass sie voller Stolz, aber ohne Temperament war. Ein hoffnungsloser Fall. Aber zweifellos hatte alles mit ihren Armen begonnen. Die verrieten sie.

Miss Ellis hatte Isobel Veilchen mitgebracht, Edwin einen neuen Kriminalroman und Susan ein Puppenkleidchen. Sie setzte sich in eine Ecke des Sofas, kreuzte ihre Füße, verlieh ihrer Freude beim Anblick des Kaminfeuers Ausdruck und ließ sich von Edwin einen Martini reichen. Edwin Bailey war siebenunddreißig und ein erfolgreicher Syndikus. Sein Händedruck war warm und fest, sein Blick hellwach. Er hatte feines, glattes blondes Haar, und sein Bauch sah so flach und hart aus, als hätte man ihm ein Brett in die Hose geschoben. Er war hochgewachsen und maßvoll. Das dunkelste Gefühl, zu dem er sich bekannte, war Verachtung. Gewohnheitsmäßig begegnete er der Welt – sowohl seiner eigenen als auch der Welt, wie sie sich in den Zeitungen darbot – mit Langmut. Von den Theorien seiner Frau über die Weihnachtskümmerlinge ahnte er nichts, hätte sie jedoch fraglos hingenommen, so wie er alles an Isobel hinnahm. »Meine Frau ist der reifste Mensch, dem ich je begegnet bin«, sagte er zuweilen. Isobel war nie eifersüchtig, denn Eifersucht war etwas Kindisches. Und sie war nie böse. »Wenn man die Leute versteht, wirklich versteht, kann man einfach nicht böse auf sie sein«, sagte sie lachend.

Nun machte sie sich daran, Miss Ellis zu umschmeicheln, und Edwin hatte sich träge zurückgelehnt, um ihnen dabei zuzusehen, als der zweite Kümmerling, Vincent Lace, in der Tür erschien. Ungestüm sprintete er über den Teppich und fiel, ohne nach rechts oder links zu blicken, vor Susan, die sich auf dem Kaminvorleger zusammengerollt hatte und ihre neue Puppe auszog, auf die Knie.

»Ah, das prächtige kleine Mädchen!«, rief Vincent. »Ist sie ihrer entzückenden Mutter nicht wie aus dem Gesicht geschnitten! Und welchen Namen hat man dir gegeben, mein Schatz?«

»Susan«, sagte das Kind kühl, stand auf und kauerte sich unter die ausladenden Zweige des herrlichen Baumes, der zwischen zwei hohen Fenstern stand und vom Fußboden bis zur Zimmerdecke glitzerte und glänzte. Die schmale Straße hinter den Fenstern lag kalt und grau, außer wenn der Wind, der vom Hügel herabwehte, einen zerrissenen Bogen roten oder grünen Weihnachtspapiers oder eine bunte Luftschlange aufwirbelte.

Ungerührt von der Flucht des Kindes, wippte Vincent auf seinem dicken Hintern vor und zurück, schlang die Arme um die Knie und beehrte erst seinen Gastgeber, dann Miss Ellis und schließlich Isobel mit dem überwältigenden Anblick seiner kleinen, verfaulenden Zähne.

»Nun, Isobel«, murmelte er, »kleine Isobel mit den torfbraunen Augen. Sie haben noch immer Ihre schönen Augen, Isobel. Aber was erlaube ich mir da!«, rief er und sprang auf die Füße. »Ihr Mann hält mich bestimmt für einen völlig ungehobelten Kerl. Verzeihen Sie, Isobel, aber das kleine Mädchen hat mir einfach den Atem geraubt. Sie ist die Miniaturausgabe Ihrer selbst.«

»Edwin, das ist unser irischer Dichter«, sagte Isobel. »Vincent Lace, ein lieber Freund von Vater. Ich sehe, Sie tragen noch immer die rote Fliege, Vincent, Ihr altes Erkennungszeichen. Die ist mir als Erstes aufgefallen, als wir uns neulich über den Weg gelaufen sind. Um genau zu sein, war es die Fliege, die meine Aufmerksamkeit erregt hat. Sie gehen nie ohne sie aus, nicht wahr?«

»Ach, wir alle haben unsere kleinen Eitelkeiten, Isobel«, sagte Vincent und lächelte Edwin entwaffnend an.

Vincents Gesicht schien von zu viel Schmerz oder von zu viel Gelächter gestrafft zu werden, und wenn er nicht lächelte, setzte er eine Miene würdevoller Aufsässigkeit auf. Er war deutlich sorgfältiger gebürstet und gestriegelt, als es einem dreiundsechzigjährigen Mann anstand, und seine hellblauen Augen blickten ängstlich. Vor zwanzig Jahren war er aus Irland gekommen, um an Colleges und Universitäten überall in den USA eine Reihe von Vorlesungen über irische Literatur zu halten. In seinem Koffer schleppte er mehrere Exemplare zweier schmaler Gedichtbände mit sich herum, die ihm den Lehrauftrag allererst verschafft hatten.

»Meine Gedichte bringen die Jungs zu Hause völlig zur Raserei«, hatte Vincent Isobels Vater anvertraut, als er zum ersten Mal bei ihnen zu Gast gewesen war. »Dem modernen Unfug schenke ich überhaupt keine Beachtung. Der Bagage fällt doch nichts anderes ein, als hübsch klingende Imitationen von Yeats und seinem Klüngel anzufertigen. Yeats, Yeats, Yeats, was anderes kennen sie nicht. Meine Meister dagegen sind schon lange tot. Im Geiste gehe ich zu den großen Seelen des achtzehnten Jahrhunderts zurück, die die Moore und Hügel unseres unglückseligen Landes durchwandert, Brot mit dem Volk gebrochen und aus dem Herzen des Volkes heraus geschrieben haben.«

An diesem Punkt (denn es handelte sich um

eine Rede, die Isobel und die anderen noch des Öfteren hören sollten) sprang er für gewöhnlich auf und intonierte mit seinem irischen Akzent die Namen der Männer, die er bewunderte, und mit jeder Silbe wurde seine Stimme bedeutungsschwerer, bis es zuletzt den Anschein hatte, als müsse er einen Schluchzer ausstoßen. Aber dazu kam es nie, auch wenn seine kleinen blauen Augen feucht waren vor Zorn. Mit seiner wilden schwarzen Mähne, seiner roten Fliege und seiner scharfen Zunge machte er sich in Kürze allseits beliebt, und als seine Tournee zu Ende ging, nahm er das Angebot einer der New Yorker Universitäten an und ließ sich im Kreise seiner gastlichen neuen Freunde nieder. Isobels Vater, der eine irische Großmutter gehabt hatte, fühlte sich sogleich zu Vincent hingezogen, und wie Isobel sich erinnerte, hatte es eine Zeit gegeben, da ihre Mutter kein Abendessen planen konnte, ohne Vincent einzubeziehen. Im Alter von fünfzig Jahren büßte er seinen Lehrauftrag ein. Alle Welt wusste den Grund dafür: Er trank zu viel, aber Vincent gab irgendeiner Intrige in seiner Abteilung die Schuld. Er war niedergeschmettert. Nie hätte er geglaubt, dass ihm dergleichen widerfahren könnte. Isobel erinnerte sich daran, wie er ihren Vater am Esstisch angeschrien hatte: »Die werden noch vor mir auf die Knie fallen! Ich kehre zurück, aber zu meinen Bedingungen!«, Dann hatte er den Kopf in den Händen vergraben und geweint, und ihre Mutter war aufgestanden und voller Abscheu aus dem Zimmer gegangen. Isobel erinnerte sich daran, dass er alle angepumpt hatte. Nach dem Tod ihres Vaters hatte ihre Familie Vincent fallenlassen. Alle hatten ihn fallenlassen. Er ging ihnen viel zu sehr auf die Nerven. Hin und wieder berichtete jemand, er habe ihn in einer Bar gesichtet. Dauernd schrie er, wie großes Unrecht ihm geschehen sei. Er taugte einfach nichts, mehr ließ sich dazu nicht sagen. In Wahrheit hatte er noch nie etwas getaugt, obwohl seine schnelle Zunge und sein respektloses Gebaren ihm den Anschein von Scharfsinn verliehen hatten.

Einen Monat zuvor hatte Isobel ihn zufällig auf der Straße getroffen, ihre erste Begegnung seit vielen Jahren. Vincent ist ein Kümmerling, hatte sie gedacht und ihn erstaunt gemustert. Vincent, der beredsame romantische Dichter ihrer Kindheit – unverkennbar ein Kümmerling. Es stand ihm ins Gesicht geschrieben, in jede Falte seines elenden, flehentlichen Gesichts. Zwei Tage vor

Weihnachten hatte sie ihn zum Essen eingeladen. Er war entzückt gewesen. Erschienen war er, wie er sich einbildete, in bester Form – schelmisch, neckisch, pfiffig und schwermütig.

Edwin bot ihm einen Martini an, und er antwortete geziert, er sei schon lange trocken. »Aber eine Zigarette nehme ich gern«, sagte er und wählte eine aus dem Etui auf dem Tisch neben ihm. Zu ihrer unangenehmen Überraschung stellte Isobel fest, dass sie sich an seine Hände erinnerte, die klein und gedrungen waren, mit langen, manikürten Fingernägeln. Grässliche Hände. Sie fragte sich, durch welches Elend sie ihn wohl in all den Jahren begleitet hatten, da sie ihn kannte. Und die berühmte Fliege, dachte sie belustigt – wie schlecht sie unter diesem feisten, enttäuschten Gesicht saß! An dieser charakteristischen Fliege hielt er sich fest, als ob heute auch nur irgendwer ihn noch mit dieser Fliege oder mit irgendetwas assoziierte.

In dem Augenblick, als Jonathan Quin das Zimmer betrat, war Isobel klar, dass gesprächshalber von ihm nichts zu erwarten war. Der wird mir auch keine Hilfe sein, dachte sie, störte sich aber nicht weiter daran, denn von ihren Weihnachtsgästen hatte sie sich noch nie viel versprochen. Bei einer Abendgesellschaft wenige Tage zuvor hatte sie neben einem Zeitungsredakteur gesessen und ihn gefragt, ob es unter seinen Mitarbeitern junge Leute gebe, die Weihnachten nichts mit sich anzufangen wüssten. Tags darauf hatte er sie angerufen, ihr Jonathan genannt und erklärt, dieser sei ein Reporter, der aus einer Kleinstadt in North Carolina nach New York gekommen sei und niemanden kenne.

Als Jonathan das riesige, vom Kaminfeuer in sanftes Licht getauchte Zimmer betrat, hielt er wegen ihres schwarzen Kleides zunächst Miss Ellis für seine Gastgeberin, dann stolperte er, verwirrt über seinen Irrtum, umher und suchte nach einem Sessel, in dem er sich verstecken konnte. Seine Füße waren groß. Er trug zu weite, ramponierte schwarze Schuhe, die so lange gewienert worden waren, bis jeder Riss und jeder Kratzer zu sehen waren. In diese Schuhe hatte er neue Schnürsenkel eingefädelt. Edwin stellte ihm ein paar aufmunternde Fragen zu seiner Arbeit bei der Zeitung, und er nickte und stotterte und verschüttete sein Getränk und teilte ihnen schließlich mit, er finde die Zeitungsredaktion sehr interessant.

Vincent sagte: »Ein herrliches Scharlachrot, Ihr Kleid, Isobel. Es steht Ihnen. Eine triumphale, eine königliche Farbe.«

Isobel, die mit dem Rücken zum glitzernden Christbaum in einem gelben Sessel saß, blickte an ihrem schmalen Wollkleid herab.

»Ein weihnachtliches Rot, Vincent. Genau das richtige Rot für Weihnachten, finden Sie nicht auch? Ich habe es gestern Abend beim Schmücken des Weihnachtsbaums getragen.«

»Und mein Liebling Susan trägt genau die gleiche Farbe, sie ist wie eine kleine rote Beere!«, rief Vincent und heftete seinen stechenden Blick auf das stumme Kind, das ihn nicht beachtete. Er gab sich größte Mühe, der witzige, draufgängerische Professor zu sein, der er zu Lebzeiten ihres Vaters gewesen war, und sich zugleich heimlich Edwin anzudienen. Er wusste nicht, dass dies sein einziger Besuch sein würde, ganz gleich, wie höflich er sich gab.

Vincent hatte etwas Beängstigendes, dachte Isobel. Es hatte keinen Sinn, sich auf ihn einzulassen. Er war nur schwer zu ertragen, und sie wusste, wie furchtbar es wäre, wenn er zum Inventar des Haushalts gehörte. »Ein Teil des Schmucks hat früher bei uns zu Hause am Baum gehangen, Vincent«, sagte sie plötzlich. »Vielleicht erinnern Sie sich an ein, zwei davon. Die dürften fast so alt sein wie ich.«

Vincent betrachtete den Baum, dann sagte er liebenswürdig: »Ich kann mich nicht einmal daran erinnern, was ich voriges Jahr gemacht habe. Oder vielleicht sollte ich sagen, ich ziehe es vor, mich nicht daran zu erinnern. Aber es war sehr freundlich von Ihnen, an mich zu denken, Isobel. Sehr freundlich.« Verstohlen betrachtete er die Getränke in den Gläsern, die allmählich zur Neige gingen.

Isobel dachte, dass es ein Fehler gewesen sei, ihn einzuladen. Alte Freunde sollten niemals Kümmerlinge werden. Da war es schon leichter, über Miss Ellis nachzudenken, die immerhin eine Fremde war. Bemitleidenswerte Leute, dachte sie. Wie sie an ihrem elenden Leben schleppten! Sie ließ Jonathan Zeit, einen Martini auszutrinken – einer wäre mehr als genug für einen Wirrkopf wie ihn –, bevor sie sich erhob, um alle zum Abendessen zu treiben.

Das warme rosa Esszimmer roch nach Gewürzen, gebratenem Truthahn und Rosen. Das Tischtuch war aus steifem eisweißem Damast, und die Tafeldekoration – Stechpalmenzweige,

Efeu und aufgegangene blutrote Rosen – blühte und flammte und warf hundert kleine Schatten, die zwischen dem Kristall und dem Tafelsilber zitterten. Im Kamin glühte ein großer Holzscheit, nicht ganz so üppig wie der im Wohnzimmer, aber doch von einem mächtigen Dunkelrot.

Vincent erschreckte sie alle mit einem lauten Freudenruf. »Isobel, Isobel, Sie haben daran gedacht!« Er ergriff die Rückenlehne des Stuhles, auf dem er sitzen sollte, und starrte in übertriebenem Entzücken auf den Tisch.

»Ich wusste, dass Sie es bemerken würden«, sagte Isobel zufrieden. »Es geht um die Tafeldekoration«, erklärte sie den anderen. »Zur Weihnachtszeit hat meine Mutter bei uns zu Hause in der Mitte des Tisches auch immer rote Rosen und Stechpalmenzweige arrangiert. Und Vincent ist immer zum Weihnachtsessen gekommen, nicht wahr, Vincent?«

»Zum Weihnachtsessen und zu vielen anderen Essen«, sagte Vincent, als sie Platz genommen hatten. »Es waren die glücklichsten Abende meines Lebens. Ich denke noch oft daran.«

»Obwohl meine Mutter um vier Uhr morgens immer wutentbrannt nach unten gestürmt ist und Sie hinausgeworfen hat, damit mein Vater wenigstens noch etwas Schlaf bekam, bevor er am Morgen ins Gericht musste«, bemerkte Isobel hinterhältig.

»Wir haben einige glänzende Gespräche geführt, Ihr Vater und ich. Und ich bin ja nicht jedes Mal hinausgeworfen worden. So manche Nacht habe ich auf Ihrem großen roten Sofa verbracht. Da hat mich dann die arme alte Matty gefunden, umgeben von Gläsern und Aschenbechern und den Büchern, die Ihr Vater aus dem Regal geholt hat, um mir zu beweisen, dass ich unrecht hätte, und welche Mühe sie erst hatte, mich hinauszuschaffen, bevor Ihre Mutter mich entdeckte! Die arme Matty, sie lebte in beständiger Angst, ich könnte mit einer brennenden Zigarette einschlafen und das Haus anzünden. Aber ich erinnere mich noch an jedes Fädchen in dem Sofa, an jedes Knötchen vielmehr. Wem es jetzt wohl gehört, Isobel? Ich hoffe, Sie haben es irgendwo versteckt. Natürlich, auf dem Dachboden. Da würden elegante junge Dinger wie Sie ein bequemes altes Möbelstück abstellen. Das bequemste Bett, auf dem ich je gelegen habe.«

Delia, das knochige irische Dienstmädchen, servierte so diskret, dass jede Bewegung, die sie machte, wie der Einwurf einer Münze war. Sie stellte die Schüsseln und Teller so auf den Tisch, als würden sie in schmale Schlitze wandern. Ihr dünnes Haar unter der weißen Haube war zu steifen Dauerwellen gepresst, und sie schien nichts zu hören, dabei hatte sie Alice, der Köchin, die ihre Tante war, längst eine Beschreibung von Vincent Lace geliefert, bei der sie sich an ihrem heißen Herd krümmen musste vor boshafter Heiterkeit. Wenn Isobel das heisere, höhnische Gelächter der beiden dort draußen in der Küche vernahm, hatte sie so manches Mal Gelegenheit, sich über all die Berichte zu wundern, die sie über die sanften Stimmen der Irinnen gehört hatte.

»Isobel hat mir erzählt, Sie hätten in der Nähe der Universität eine Buchhandlung eröffnet, Mr. Lace«, sagte Edwin herzlich. »Das muss eine interessante Tätigkeit sein.«

»Nun, ich würde nicht sagen, dass ich sie eröffnet habe, Mr. Bailey«, erwiderte Vincent. »Die brauchten jemanden, der sie über gewisse Perioden der irischen Literaturgeschichte berät, und ich helfe ihnen dabei, die betreffende Abteilung aufzubauen, obwohl ich natürlich überall aushelfe, wo man mich benötigt. Ich unterhalte mich gern mit den Kunden, und sonst habe ich viel

Zeit für meine eigene schriftstellerische Tätigkeit, da ich nur halbtags da zu sein brauche. Wie jeder halbwegs anständige Mann der Muße befasse ich mich mit der Schriftstellerei, Mr. Bailey. Dabei fällt mir ein – neulich erhielt ich einen Brief von einem meiner alten Studenten, der durch einen höchst unwahrscheinlichen Zufall in der *Modern Encyclopedia* auf meinen Namen gestoßen ist. Ein Artikel über die Geschichte der Dekorationsmalerei, Isobel. Was sagen Sie dazu? Mr. Quin und Miss Ellis: Isobel und ihr Vater kannten mich als gebildeten und, wenn ich so sagen darf, leidlich geistreichen Vertreter der irischen Literatur. Die Studenten prügelten sich geradezu darum, meine Vorlesung über irische Schriftsteller zu hören ... ›Neid ist Ansporn‹, hatte ich sie überschrieben. Aber um auf meinen tintenbeklecksten ehemaligen Studenten zurückzukommen, dessen Name mir entfallen ist. Er wollte wissen, ob ich mich an einen gewissen Maimorgen erinnern könne, als ich die gesamte Studentenschaft, oder doch so viele, wie ich aus der Bibliothek und von der Treppe des Gebäudes fortlocken konnte, zu Quanley's führte – eine herrlich primitive Kneipe jener Zeit, Mr. Quin –, um eine Stunde lang vor dem Lokal zu randalieren, ich wiederhole, zu randalieren, aus Protest, weil man sich in den frühen Morgenstunden geweigert hatte, mir das letzte Glas vorzusetzen, das mir meiner Überzeugung nach zustand.«

»Nun, das muss ja ein gewaltiger Aufruhr gewesen sein, Mr. Lace, ich kann es mir lebhaft vorstellen«, sagte Miss Ellis.

Vincent richtete seinen erregten Blick auf Isobel. »Sie werden sich an jenen Morgen nicht erinnern, Isobel.«

»Ehrlich gesagt, weiß ich nicht, ob ich mich erinnere oder nicht, Vincent. Sie haben so viele Eskapaden erlebt. Ihr Einfallsreichtum schien keine Grenzen zu kennen.«

»Oh, ich war ein böser Schlingel. Miss Ellis, zu meiner Zeit war ich ein richtiger Halunke. Aber wenn ich Vorlesungen hielt, hörte man mir zu. Man hörte mir zu. Isobel, Sie haben ja ein oder zwei meiner Vorlesungen besucht. Inzwischen schmeichele ich mir, dass ich mit meiner meisterhaften Sprachbeherrschung selbst Sie gefesselt habe. Isobel, erzählen Sie doch Ihrem Göttergatten, der kultivierten Dame hier und dem kultivierten jungen Mann, dass ich nicht immer der Clown war, den Sie jetzt vor sich sehen. Nehmen Sie Ihren alten Freund in Schutz, Isobel.«

»Vincent, Sie haben sich aber auch gar nicht verändert, stimmt's?«

»Ah, genau da irren Sie, Isobel. Denn ich habe mich sehr verändert. Ihr Vater würde das sehen. Sie waren noch zu jung. Sie können sich nicht erinnern. Sie alle sind zu jung«, schloss er unzufrieden.

Miss Ellis rutschte nervös auf ihrem Stuhl umher und schien etwas sagen zu wollen, hielt aber den Mund. Edwin fragte sie, ob sie glaube, dass sich das Genre des Kriminalromans nach wie vor großer Beliebtheit erfreue, und Vincent sah aus, als wolle er geringschätzig losprusten – Isobel erinnerte sich, dass er immer über alles lachte, was jemand sagte –, aber er blieb stumm und duldete, dass das Gespräch seinen Fortgang nahm.

Isobel dachte, dass Vincent ihres Wissens immer schon redselig gewesen war, aber er war doch wohl nicht immer schon der Schaumschläger gewesen, der er jetzt war? Wieder wünschte sie, sie hätte ihn nicht zum Essen eingeladen, aber dann bemerkte sie, wie herzhaft er der Mahlzeit zusprach, und wurde weicher. Sie war froh, dass er sah, was für ein schönes Haus sie hatte, und dass er ein gutes Essen zu sich nahm.

Träumerisch lauschte Isobel der Geschichte, die Vincent über einen Bücherdieb erzählte, der nur an Dienstagen stahl und ausschließlich Bücher mit gelbem Umschlag, und versuchte zu ergründen, welche Farbe Miss Ellis' strähniges Haar ursprünglich gehabt haben musste, als sie bemerkte, dass Delia dicht neben ihr stand und ihr in dringlichem Ton etwas über einen Mann ins Ohr krächzte, der an der Küchentür bettele.

»Edwin«, unterbrach Isobel sanft, »an der Hintertür steht ein Bettler, und ich finde, da Weihnachten ist, sollten wir ihm ein Essen vorsetzen, findest du nicht auch?«

»Was wollte er denn, Delia?«, fragte Edwin.

»Er hat uns um einen Dollar gebeten, Sir, und dann hat er gesagt, für anderthalb Dollar singt er uns unseren Lieblingschoral vor«, antwortete Delia und begann ungebührlich zu kichern.

»Fragen Sie ihn, ob er *The boy stood on the burning deck* kennt«, sagte Vincent.

»Der arme Mann, am Weihnachtstag unbehaust umherzuirren!«, sagte Miss Ellis.

»Delia, hol einen Extrateller, damit Mr. Bailey dem armen Kerl etwas Truthahn geben kann!«, rief Isobel aufgeregt. »Wie froh ich bin, dass er hierhergekommen ist! Wie froh ich bin, dafür sorgen zu können, dass er in den Genuss eines richtigen Weihnachtsessens kommt! Edwin, auch du bist froh, selbst wenn du so tust, als wärst du dagegen!«

»Na schön, Isobel, ganz wie du willst«, sagte Edwin lächelnd.

Während Delia mit verständiger Miene neben seinem Ellbogen stand, häufte er den Teller des Fremden voll. »Gib ihm mehr Füllung, Edwin«, sagte Isobel. »Und Delia, sorg dafür, dass er genug warme Brötchen hat. Ich will, dass er das Gleiche bekommt wie wir.«

»Aber nichts zu trinken, Isobel«, sagte Edwin. »Wenn er heute nicht schon getrunken hat, will ich nicht die Verantwortung dafür übernehmen, dass er damit anfängt. Ich hoffe, Sie halten mich nicht für einen Geizhals«, fügte er hinzu und lächelte in die Runde.

»Mitnichten, Mr. Bailey«, sagte Miss Ellis beherzt. »Wir alle haben unsere eigenen Auffassungen in diesen Dingen. Das macht den Unterschied zwischen uns aus. Wie wäre es um die Welt bestellt, wenn wir alle gleich wären?«

»Meine Mutter«, bemerkte Jonathan, eine Hand in der Hosentasche, mit heiserer Stimme, »meine Mutter sagt, wenn jemand so schlecht dran ist, dass er sie um etwas bittet, ist er schlimmer dran als sie.«

»Ihre Mutter muss eine sehr feine Dame sein, Mr. Quin«, kommentierte Miss Ellis.

»Eine merkwürdige Äußerung von Mr. Quins Mutter«, sagte Vincent verdrießlich.

»Ach, Sie würden ihn natürlich zu Tisch bitten und ihm das Haus überlassen, Vincent!«, rief Isobel höchst amüsiert. »Ich erinnere mich an Ihren Ruf als edler Spender, Vincent.«

»Mr. Lace hat das Aussehen eines großzügigen Mannes«, sagte Miss Ellis mit ihrem dünnen, kindlichen Lächeln. Die schwarzen Ohrringe hingen wie schwere Gewichte neben ihrem schmalen Kinn herab.

Vincent musterte sie. »Isobel meint, ich würde den Mann hereinbitten und ihm das Haus überlassen«, sagte er verbittert. »Aber zurzeit, liebe Dame, bin ich nicht in der Lage, ihm auch nur ein Stuhlbein zu überlassen, insofern stellt sich die Frage kaum. Wissen Sie, was ich tun würde, wenn ich an Mr. Baileys Stelle wäre, Miss Ellis? Nun, das soll kein Vorwurf gegen Sie sein, Mr. Bailey. Wenn ich an den Mann denke und daran, was ihm wohl in diesem Augenblick durch den Kopf geht, da er auf den übervollen Teller blickt, den Sie ihm so großzügig vorgesetzt haben –.«

»Vincent, kommen Sie zur Sache. Was würden Sie an Edwins Stelle tun?«, fragte Isobel gutmütig.

Vincent schloss den Mund und starrte sie an. »Sie haben ganz recht, meine Liebe«, sagte er. »Ich neige zu Monologen. Das ist der verhinderte Professor in mir, der sich noch immer nach einem Publikum verzehrt. Nun, um mich kurz zu fassen, wenn ich in den vorzüglichen schwarzen Lederschuhen Ihres Mannes steckte, würde ich in die Küche hinausgehen und mein Portemonnaie ausleeren, das, wie ich zu Ihren Gunsten annehmen möchte, wohlgefüllt ist, und dem Mann sagen, er möge in Frieden gehen.«

»Und er würde Sie als Narren verlachen«, versetzte Edwin scharf.

»Und er würde mich als Narren verlachen«, sagte Vincent, »und ich würde es wissen, und ich würde ihn verwünschen, aber ich hätte das einzig Richtige getan.«

»Das verstehe ich nicht«, sagte Jonathan mit größerer Selbstsicherheit als zuvor.

»Ach, Mr. Quin, im Grunde seines Herzens ist Vincent Schauspieler«, sagte Isobel. »Sie hätten zu uns kommen sollen, als mein Vater noch lebte. Es war jedes Mal eine Ein-Mann-Vorstellung – Vincents Vorstellung.«

»Ich habe Sie immer zum Lachen gebracht, Isobel.«

»Natürlich haben Sie das«, sagte Isobel begütigend.

Sie saß da und sah zu, wie sie alle ihren Salat aßen, und überlegte zugleich, wie wohl dem Mann in der Küche zumute war: von der kalten und menschenleeren winterlichen Straße in ihr warmes Haus zu treten. Bestimmt war er sprachlos vor Glück, dachte sie und verspürte einen wilden Drang, in die Küche hinauszugehen und ihn selbst in Augenschein zu nehmen. Sie stand auf und sagte: »Ich möchte nachsehen, ob unser unerwarteter Gast von allem genügend hat.«

Sie eilte durch den Anrichteraum in das grelle Licht der Küche, wo es sehr heiß war. Sie vermied es peinlich, zum Tisch zu schauen, war sich aber der düsteren Gestalt des Fremden vor der weißen Musselingardine bewusst und des beißenden Geruchs seiner Zigarre. Sie wollte, dass er sie sah, in ihrem roten Kleid, mit ihrem erhitzten Gesicht und ihrem süßen, teuren Parfüm. Das Haus gehörte ihr. Er hatte das Recht, seine Augen an ihr zu weiden. Dies war die klassische Gestalt der Weihnachtszeit, der Fremde, der ungebeten zu ihrem Festmahl gekommen war.

Alice mit den fetten Armen fummelte gerade an dem runden braunen Plumpudding herum, von dem, als sie ihn aus seinem Tuch auf den Silberteller gestürzt hatte, ein Stück abgebrochen war. Delia stand dabei und sah ihr gespannt zu, das befleckte, dampfende Tuch hielt sie von sich wie ein Stierkämpfer die Muleta.

»Lass dir nur Zeit, Alice«, sagte Isobel in ihrem klaren, hübsch gemäßigten Tonfall. »Es läuft glänzend. Die Party könnte gar nicht besser laufen.«

»Das ist sehr rücksichtsvoll von Ihnen, Ma'am«, sagte Alice und verdrehte die Augen bedeutungsvoll zu dem Fremden hin, als wolle sie Isobel einen warnenden Hinweis geben.

Als Isobel sich anschickte, die Küche zu verlassen, sah sie den Mann am Tisch. Sie wollte ihn gar nicht sehen. Sie hatte nicht die Absicht, zu ihm hinzublicken, tat es aber doch. Sie sah, dass er Haare und Hände hatte, und sie wusste, dass er nicht blind war, da sie seine Augen auf sich spürte, doch hätte sie ihn nicht beschreiben können, denn mit dem raschen, stummen Blick, den sie ihm zuwarf, nahm sie eigentlich nur eins wahr: den dicken, schmutzigen Stumpen in seinem lächelnden Mund.

Seine Zigarre, dachte sie, als sie sich im Esszimmer wieder auf ihren Platz begab. Sie beugte sich vor und nahm einen Schluck Wein. Erst Miss Ellis' Arme, Vincents Fliege, die ramponierten Schuhe des jungen Mannes, und jetzt noch die Zigarre des Bettlers.

»Wie kommt unser anderer Gast dort draußen zurecht, Delia?«, fragte Isobel, als die Salatteller abgeräumt wurden.

»Ach, dem geht's gut, Ma'am. Der sitzt da und lächelt in sich hinein. Er ist sehr still, so ein ganz Stiller.«

»Hat er denn gar nichts gesagt, Delia?«

»Nur, als er einen alten Zigarrenstummel aus der Tasche hervorgeholt hat. Alice hat er erzählt, er hätte sich den Rücken verstaucht, als er ihn aufhob. Er sagt, er hätte seiner Mutter versprochen, nie vom Bürgersteig zu treten, um einen Zigaretten- oder Zigarrenstummel aufzuheben, und er sagt, dieser hätte mitten auf der Straße gelegen.«

»Er muss sich an einem Laternenpfahl festgehalten haben!«, rief Jonathan begeistert.

»Edwin, lass uns dem armen Kerl eine Zigarre geben, wenn Delia wieder hereinkommt, ja?«, sagte Isobel. »Ich hätte gern das Gefühl, dass er mal etwas Anständiges zu rauchen hat.«

Delia kam herein. Stolz trug sie den flambierten Plumpudding vor sich her, und Edwin wies sie an, dem Mann in der Küche eine Zigarre zu bringen.

»Und denk an einen Extrateller für seinen Pudding, Delia«, sagte Isobel beseligt.

»Oh, Ihre Mutter war eine imposante Frau, Isobel«, sagte Vincent, »auch wenn wir nicht immer einer Meinung waren.«

»Nun, ich bin sicher, in den wichtigen Fragen haben Sie übereingestimmt, Mr. Lace«, bemerkte Miss Ellis eifrig.

»Ich möchte Sie nicht enttäuschen oder Ihnen Ihre Illusionen rauben, Miss Ellis, aber es waren genau die wichtigen Fragen, bei denen wir nicht übereingestimmt haben. Sie hielt sie für belanglos.«

Aus der Küche, aus der bis dahin nur das gedämpfte und angenehme Klirren von Gläsern, Tellern und Silberbesteck an ihre Ohren gedrungen war, war ein durchdringender Schrei der Überraschung und der Wut zu vernehmen. Daher waren sie über das sofortige Erscheinen von Delia nicht überrascht – ja, mit ihrem versteinerten Schweigen zwangen sie es geradezu herbei –, Delia, die ohne Haube und mit glühenden Augen auftauchte und die aussah, als habe man sie an den Haaren gepackt und aus großer Höhe fallen lassen.

»Der Kerl da draußen in der Küche!«, kreischte sie. »Er ist verschwunden!«

»Hat er etwas mitgehen lassen?«, fragte Edwin schneidend.

»Nein, Sir. Zumindest glaube ich das nicht. Ich gehe sofort und schaue nach.«

»Delia, beruhige dich«, sagte Isobel. »Was hat es mit all dem Lärm auf sich?«

»Als ich mit dem Pudding hier war, hat er das Weite gesucht, Ma'am. Ich bin hinaus gegangen, um ihm die Zigarre von Mr. Bailey zu geben, und da war er von der Bildfläche verschwunden. Ich bin ans Fenster gerannt, um ihn zurückzurufen, weil ich ja noch seine Zigarre in der Hand hielt, aber es war nirgends eine Spur von ihm zu sehen. Alice hatte nicht mal mitbekommen, dass er aufgestanden war – erst, als sie die Außentür zuschlagen hörte.«

»Delia, es war unhöflich von ihm, einfach so

wegzurennen, wo wir, du und Alice und wir alle, doch keine Mühe gescheut haben, nett zu ihm zu sein, aber dieses alberne Getue ist nun wirklich überflüssig«, sagte Isobel und schickte einen entnervten Blick in Richtung ihres Mannes.

»Aber Mrs Bailey, er ist nicht einfach nur verschwunden!«, erwiderte Delia heftig.

»Nun, was hat er denn getan?«, fragte Edwin.

»Oh, Sir, er hat seinen dreckigen alten Zigarrenstummel in der Brandysauce ausgedrückt, Sir!«, rief Delia. Sie schlug die Hände vor den Mund und begann rauhe Laute der Belustigung und der Empörung auszustoßen, während ihre Augen voll ungläubigem Staunen umherhuschten.

Edwin wollte sich erheben, doch Isobel hielt ihn mit einem Blick zurück. »Delia«, sagte sie, »sag Alice, sie soll irgendeine Sauce für den Pudding zaubern und unverzüglich hereinbringen.«

»Du lieber Gott, wie konnte er so etwas nur tun?«, flüsterte Miss Ellis, als die Tür hinter Delia zuschwang. »Wo Sie doch so nett zu ihm gewesen sind.« Impulsiv beugte sie sich vor, um Isobels Hand zu tätscheln.

»Empörend!«, rief Vincent aus. »Empörend! Nur niederträchtiges Pack würde so etwas tun.«

»Sie dürfen sich von ihm nicht Ihr wunderbares Weihnachtsessen ruinieren lassen, Mrs. Bailey«, sagte Miss Ellis. Dann fügte sie, zu Edwin gewandt, hinzu: »Mrs. Bailey ist so eine – so eine *Person*!«

»Aus Brandysauce habe ich mir noch nie etwas gemacht«, sagte Jonathan.

»Ich weiß nicht, wovon Sie alle reden!«, rief Isobel.

»Wir würden es durchaus verstehen, wenn Sie gekränkt wären«, sagte Vincent. »Aber nur weil irgendein dämlicher Trottel Sie beleidigt, ist das noch längst kein Grund für Sie, sich auch beleidigt zu *fühlen.*«

»Ich glaube, dieser unverfrorene Kerl wollte uns unseren schönen Tag verderben«, sagte Miss Ellis zufrieden. »Aber das ist ihm gründlich misslungen, nicht wahr?«

»Vergessen wir den Vorfall«, sagte Edwin. »Stimmt's, Miss Ellis?«

»Haben Sie etwa Mitleid mit mir?«, fragte Isobel. »Falls ja, dann bitte Schluss damit. Ich versichere Ihnen, ich bin nicht im Geringsten gekränkt.« Mit heftig zitternden Händen begann sie, den Pudding auszuteilen.

Als allen serviert worden war, schob sie ihren

Stuhl zurück und sagte: »Edwin, ich muss mal kurz nach oben, um nachzuschauen, ob Susans Zimmer warm genug ist, bevor sie in die Heia geht. Delia wird den Kaffee ins Wohnzimmer bringen, und ich bin gleich wieder da.«

Oben im Schlafzimmer kühlte sie ihre überanstrengte Stirn mit Eau de Cologne. Sie hörte, wie die Stühle im Esszimmer abgerückt wurden, und dann die fröhlichen Stimmen, die durch die Diele schallten. Einen Augenblick später vermeinte sie das Klirren der Kaffeetassen zu hören. Sie hatte den dringenden Wunsch, es wäre endlich an der Zeit, sie alle nach Hause zu schicken. Sie war ihrer müde. Sie redeten zu viel. Es kam ihr vor, als sei es zwanzig Jahre her, dass Edwin den Truthahn tranchiert hatte.

TERESA PRÄAUER

Oh, Baby, Baby

Es war jenes Weihnachten, an dem plötzlich Britney aufgetaucht ist. Ich war gerade dabei, die Schachtel mit den Kugeln und den Anhängern für den Baum vom Dachboden zu holen, als meine Mutter von unten her rief: Hier kommt jemand, Teresa, hier kommt jemand. Ich reagierte zuerst nicht darauf, bis meine Mutter wieder nach mir rief: Da steht jemand im Garten!

Ich nehme die Kiste mit dem Weihnachtsschmuck und gehe ein Stockwerk tiefer, wo ich meine Mutter am Fenster stehen sehe. Da steht jemand, sagt sie noch einmal, schau doch, mitten im Garten. Ich stelle mich neben sie und schaue aus dem Fenster. Pscht, ruft meine Mutter, jetzt hat sie uns gesehen!

Es ist eine junge Frau, die in unserem Garten steht, tatsächlich, mitten im Schnee. Duck dich, zischt mir meine Mutter ins Ohr und geht selbst in die Knie. Jetzt sind ihre Augen auf der Höhe des Fenstersimses. Ich ducke mich nicht, sage ich zu meiner Mutter, das hätte ich im Übrigen auch früher schon mal sagen sollen. So rage ich in voller Lebensgröße am Fenster auf und sehe in den Schnee hinaus. Eine junge Frau steht dort und scheint, es ist ja unser Garten, wie verloren. Ein Weihnachtsengel vielleicht?, sage ich zu meiner Mutter. Du machst nicht auf!, ruft meine Mutter. Nein, aber ich gehe jetzt nach unten und frage sie, ob sie sich verlaufen hat. Ich hab jetzt keine Zeit, sagt meine Mutter noch einmal eindringlich. Ich will keine Gäste. Ich ziehe mir den Mantel an, schlüpfe in die Winterstiefel und trete vors Haus. Die junge Frau sieht mich und stapft mir durch den hohen Schnee entgegen. Sie trägt ein glitzerndes Bühnenkostüm und Pumps, die definitiv nicht für einen Winterspaziergang gemacht sind. Sie muss ein Engel sein, denke ich, sonst würde sie jetzt frieren. Ich steige ihr durch den Schnee entgegen, und sie stapft weiterhin, nein, stöckelt vielmehr und lacht dabei entschuldigend, als wolle sie jetzt schon mit einem Lächeln erklären, was sie hier zu suchen habe. Aber du bist doch ein Engel, denke ich noch einmal, ihr jedes Recht hier zu sein zusprechend, und ich sehe jetzt, als sie näher kommt, ihr Gesicht ganz deutlich. Britney?

Ich muss ziemlich laut, das klang wohl mehr schockiert als erfreut, das Wort Britney gerufen haben. Denn nun kommt auch meine Mutter aus der Deckung, hat das Fenster aufgerissen und ruft aus dem ersten Stock: Was ist los? Wer ist sie denn? Ich drehe mich zu ihr um und rufe: Mutter, es ist Britney! Welche Britney?, ruft meine Mutter. Na, Britney. *Die* Britney! Die Tochter vom Zahnarzt Hofer?, ruft meine Mutter wieder aus dem ersten Stock. Aber nein, Mutter, es ist Britney. Britney, die Sängerin. Während des gesamten Hin und Hers zwischen mir und meiner Mutter steht Britney vor mir und lächelt weiterhin entschuldigend. Britney Kerschbaumer?, höre ich meine Mutter, jetzt leiser, aus dem Fenster gelehnt, fragen.

Britney, sage ich noch einmal und falle Britney um den Hals. Etwas anderes fällt mir in diesem Moment nicht ein. Und während ich mich langsam fasse, frage ich sie endlich: Britney, was machst denn du da? Surprise!, ruft Britney und wirft ihre Hände showgirlmäßig in die Luft, und dann fragt sie mich, ob ich mit ihr ein Selfie machen will, nämlich, to be precise, ob wir ein Selfie im Haus machen wollen, denn sie wolle sich kurz aufwärmen, bevor sie weiterziehe. Na, klar, Britney, sage ich. Die kommt nicht ins Haus!, ruft meine Mutter aus dem ersten Stock herunter. Aber Britney kann kein Deutsch und winkt meiner Mutter freundlich zu und ruft: Merry Christmas!

Im Hausinneren angekommen, frage ich sie, ob sie auf Tour sei. Und ob sie jetzt bei jedem zu Weihnachten vorbeischaue? Einfach so, als versöhnliche Geste? In etwa, sagt Britney auf Englisch, und ob ich eine Decke hätte. Selbstverständlich, awfully sorry, Britney, rufe ich, nun meinerseits mit einem Lächeln. Ich nehme sie an der Hand und geleite sie hinter mir die Stiegen hinauf in den ersten Stock, wo uns schon meine Mutter entgegenstürmt. Wer ist das?, sagt meine Mutter. Hast du die eingeladen? Nein, Mutter, ich kann doch nicht Britney einladen, sage ich. Wie soll denn das gehen? Na ja, sagt meine Mutter, wieso ist sie dann jetzt hier? Na, der Himmel hat sie geschickt, sage ich. Eine andere Erklärung habe ich nicht.

Meine Mutter bleibt im Stiegenhaus stehen, und ich gehe mit Britney ins Wohnzimmer, wo der Tannenbaum schon in seinem Metallständer darauf wartet, geschmückt zu werden. Wie es Tannenbäume so an sich haben, sage ich zu Britney, die aber natürlich nicht weiß, wovon ich jetzt spreche. Ah, Christmas Tree, sagt Britney und zeigt auf das Bäumchen. Yes, sage ich. Ich hole eine Decke und wickle Britney damit ein, denn Britney ist kein Engel und hat tatsächlich gefroren. Ich sehe es an den kleinen blauen Zehen, die aus ihren Pumps ragen. Bibber, bibber, sage ich zu Britney. Britney guckt mich fragend an. Shiver, sage ich. Yeah, it's damn cold outside, sagt Britney. Du solltest dich wärmer anziehen, wenn du hier von Haus zu Haus tourst, sage ich und laufe in die Küche, um Tee für Britney zu kochen.

Wer ist die Frau?, flüstert meine Mutter, die mir nachgekommen ist. Das ist Britney, Mutter, diese Teenie-Pop-Ikone aus den frühen 2000ern. Also *die* Teenie-Pop-Ikone. Beim Wort *die* sehe ich meiner Mutter streng in die Augen. Ich will, dass sie Britney gut behandelt. Ach, *die* Teenie-Pop-Ikone, sagt meine Mutter spöttisch, und ich merke, sie hat keine Ahnung, wer hier unterkühlt und zitternd bei uns im Wohnzimmer sitzt und auf eine Tasse Tee wartet. Wie lang bleibt sie?, fragt meine Mutter. Aber das weiß ich doch nicht, rufe ich und gehe zurück ins Wohnzimmer mit einer Tasse Gewürztee und einer Schale Kekse für Britney.

Britney sitzt auf dem braunen Ledersofa und hat nun schon wieder etwas mehr Farbe im Gesicht. Sie nimmt einen Schluck Tee und sortiert die kreisrunden Kekse aus, um sogleich die sternförmigen in den Mund zu stecken. Ja, das dachte ich mir, dass Britney auch die sternförmigen lieber hat. Meine Mutter kommt jetzt ins Wohnzimmer und setzt sich in den Fauteuilsessel gegenüber von Britney. Ihr Blick fällt auf die Wasserlache, die sich unter Britneys Schuhen gebildet hat und die wohl auch das Ledersofa nicht verschonen wird. Aber sie sagt jetzt nichts, vielleicht kommt ihr das Gesicht der jungen Frau mit den blonden Zöpfen und der solariumbraunen Haut nun doch ein wenig bekannt vor. Britney deutet auf das Familienfoto, das an der Wand hängt, und sagt: Nice family. Meine Mutter sagt nichts. Where is Dad?, fragt Britney jetzt. Meine Mutter antwortet wieder nicht, stattdessen sagt sie zu mir, dass sie trotz Britneys Besuch darauf bestehe, dass ich jetzt den Baum schmücke.

Ich frage Britney, ob sie noch Hunger habe, doch sie verneint mit Hinweis auf die schlanke Linie, die es zu halten gelte. Aber zu Weihnachten!, rufe ich. Even then, sagt Britney. Das Showbusiness verzeiht keine Fehler. Hm, sage ich.

Dann stehe ich auf und öffne die Kiste mit dem Weihnachtsschmuck. In Luftpolsterfolie ist darin alles seit dem letzten Weihnachten sorgsam verpackt. Ich nehme jedes Ding in die Hand, entferne die Verpackung, lege es vor mir auf den Teppich. Vögel sind da zu sehen, unzählige. Alte und neue aus Glas, silberfarben und bunt bemalt. Außerdem ein kleiner Schneemann aus den 50er-Jahren, mit blauer Kappe und Pfeife im Mund. Ein bisschen sieht er aus wie angezuckert. Dann noch Strohsterne, kleine rotlackierte Äpfel aus Pappmaché, ein silberner Spitz für den obersten Tannenwipfel als Krönung. Gelbe Kerzen aus Bienenwachs, Kerzenhalter aus Metall in Fischform, außerdem Lametta, das noch von unserer Großmutter übriggeblieben ist. Das nimmst du nicht, das kitschige Lametta, sagt meine Mutter, just in der Sekunde, als Britney von ihrem Platz am Sofa auf- und begeistert Lametta rufend mir entgegenspringt. Und natürlich dem Tannenbaum, der darauf wartet, geschmückt zu werden. Ich sehe meine Mutter fragend an. Meine Güte, von mir aus, sagt meine Mutter missmutig.

So your Dad?, fragt Britney noch einmal. Ob sich Britney bei allen ihren Hausbesuchen dem einzelnen Menschen so widmet, frage ich mich.

Mein Dad, sage ich, der ist jetzt im ewigen Schnee. Oder wo die singenden Engel wohnen. Oder dort, wo die Zimtsterne für immer leuchten. Hm, sagt Britney. Sie umarmt mich jetzt. Das wirkt unecht, aber es fühlt sich trotzdem okay an. Wollen wir die Vögel auf die Äste setzen?, frage ich sie. Sure, sagt Britney und macht sich umstandslos ans Werk. Nicht zu viele, sage ich. Und dann sage ich: Ach, eigentlich egal. Nimm so viele wie möglich, Britney.

Und Britney nimmt so viele wie möglich. Das war zu erwarten. Sie wäre nicht das Teenie-Pop-Idol der frühen 2000er-Jahre, wenn sie nicht auch noch ordentlich Lametta auf das Bäumchen hängen würde.

Um Himmels willen!, ruft meine Mutter, als sie das Ergebnis sieht. Das Ergebnis ist jedenfalls ein Tannenbaum, der nicht mehr darauf warten muss, geschmückt zu werden. Meine Mutter schluckt, wirft mir einen bitterbösen Blick zu und setzt sich dann ohne jeden weiteren Kommentar zu uns auf den Teppichboden. Britney, sage ich jetzt. Britney, wieso bist du gekommen?

Ach, sagt Britney nach einiger Überlegung, ich wollte ein paar Leuten helfen, ihren Weihnachtsbaum zu schmücken. Ihr Europäer, ihr macht das immer so dezent. Und dann beneidet ihr uns. Wen, euch?, frage ich. Na, uns eben, sagt Britney. Ist dein Besuch ein Werbegag für deine neue Single, Britney?, frage ich sie. Britney sieht mich beleidigt an. Of course not, sagt Britney. Hm, sage ich. Euch fehlen die rotweißen Zuckerstangen, sagt Britney jetzt. Und Rudolph! Und der Mistelzweig fürs Küssen. Und die lustigen Weihnachtspullover! Und die roten Socken über dem Kamin! Wir haben Lebkuchen, mischt sich jetzt wieder meine Mutter ein, die mache ich nach altem Rezept. Mit dunkler Schokolade, Pistazien und Arancini. Selbstgemacht, nicht gekauft, betont meine Mutter noch einmal und läuft, nun ehrgeizig geworden, in die Küche, um Britney ein paar ihrer berühmten Lebkuchen zu servieren. Und Britney weiß, dass sie jetzt nicht an ihre Linie denken, sondern einfach zugreifen muss. Na?, fragt meine Mutter. Britney kaut. Na?!, fragt meine Mutter noch einmal. Awesome!, ruft Britney mit vollen Backen. Meine Mutter wirkt zufrieden. Vielleicht das erste Mal seit Tagen.

Und du, fragt Britney mich jetzt, was magst du an Weihnachten? Ich mag gar nichts an Weihnachten, sage ich und stecke noch die letzten Kerzen in ihre Halterungen. Du magst gar nichts? An

Weihnachten? Ich hasse Weihnachten, sage ich. Oh Dear, seufzt Britney. Dann bist du Grumpy Smurf. Wer bin ich?, frage ich. Grumpy Smurf. Du bist der Hassschlumpf. Ja, sage ich. Ich bin der Hassschlumpf. Oh, Baby, Baby, sagt Britney traurig. Oh, Baby, Baby.

Ich hole jetzt das Wachsjesuskind aus der Weihnachtskiste und lege es mit Stroh in eine kleine Krippe. Daneben platziere ich zwei Schafe, die aus Stein gemacht sind. Eines hat zusätzlich geschwungene Hörner aus Metall. Dann stelle ich noch das Glöckchen unter den Baum, mit dem wir immer geläutet haben, wenn das Christkind seinen Dienst getan hatte und die Bescherung beginnen konnte. Worauf warten, wenn doch heute Britney da ist?

Ich nehme das Glöckchen in die Hand und bimmle. Meine Mutter reagiert nicht darauf, stattdessen sieht sie Britney an und sagt: Und, woher kommen Sie, wenn ich fragen darf?

Britney erzählt uns jetzt die Geschichte ihrer Weltkarriere. Von der Entdeckung als Kinderstar über den riesigen Erfolg mit ihrer ersten Platte, als sie gerade einmal 19 Jahre alt gewesen ist. Die ist fast gleich alt wie du, sagt meine Mutter dazwischen und sieht mich kritisch an. Als wolle sie sagen: Siehst du, so erfolgreich ist diese Britney. 28 Millionen Mal verkauft, sagt Britney. Siehst du, sagt meine Mutter zu mir: 28 Millionen Mal. Und dann erzählt Britney von ihren Ehemännern, ihren Kindern, ihren Scheidungen, ihren Klinikaufenthalten, ihren Zusammenbrüchen, vom Kuss mit Madonna, von dem Tag, als sie sich eine Glatze rasierte und sich tätowieren ließ. Siehst du, sagt meine Mutter jetzt wieder zu mir, so toll ist das alles auch nicht. Meinst du, diese Britney will noch mit uns in die Kindermette gehen? Frag sie doch selbst, sage ich. Und wieso machen Sie jetzt diese Hausbesuche?, fragt meine Mutter Britney. Frankly, sagt Britney. Frankly, und jetzt kommt der älteste Witz dieser ganzen Geschichte, ehrlich gestanden hat mich mein Manager Larry nach Australien schicken wollen. Aaah!, rufen meine Mutter und ich beide lachend. Nur weil der Witz alt ist, heißt das nicht, dass sich die Amerikaner mit der Unterscheidung von Austria und Australia nun leichter täten. Eben, sagt Britney und nickt zustimmend. Und so, in Österreich gelandet, ist sie vom Airport Salzburg aus einfach einmal losgefahren, und das Navi hat sie, Zielort Australien, Richtung Süden in unseren Garten geleitet. Das Benzin war schon lange aus, und Larry wegen Weihnachten und Family ohnehin keine große Hilfe. Obwohl er unterm Jahr der Beste ist, aber zu Weihnachten, seufzt Britney. Ja, zu Weihnachten spinnen alle, sage ich, noch halb in meiner Rolle der schlechtgelaunten blauen Comicfigur.

Wollen wir die Kerzen anzünden und etwas singen?, fragt Britney jetzt. Okay, sage ich. Meine Mutter schnellt hoch und summt sich schon ein. Ihre Tendenz geht Richtung Stille-Nacht-heilige-Nacht und Ihr-Kinderlein-kommet. Aber da hat sie nicht mit Britney gerechnet. Britney ist ihrerseits aufgesprungen und stimmt im Brustton der Überzeugung samt Kopfstimme eine Arie von Whitney Houston an. One Moment in Time. Als sie fertig ist, sagt meine Mutter, das sei aber nicht sehr weihnachtlich. Um dann anzufügen, Britney habe aber zugegebenermaßen Talent. Mit ein bisschen klassischer Bildung könne aus ihr noch etwas werden. Ihr könnt doch was zusammen machen, sagt meine Mutter dann zu mir und sieht mich aufmunternd an. Hm, sage ich. Und Britney sagt auch: Hm.

Dann packen wir die Geschenke aus. Britney ist es sehr unangenehm, dass sie keine Geschenke dabeihat, also läuft sie noch einmal in den Schnee hinaus und holt aus dem Kofferraum zwei CDs für uns. Baby One More Time und Oops! … I Did It Again. You did what again?, fragt meine Mutter. Ach, egal, sagt Britney. Man tut ja vieles again, sagt meine Mutter konziliant. Ja, sagt Britney. Und wieso singen Sie in Ihrem Lied: Hit me one more time? Das ist metaphorisch gemeint, antwortet Britney und nimmt sich jetzt eines der kreisrunden Kekse aus der Schale. Wollen Sie noch eine Tasse Tee, bevor wir in die Kindermette gehen?, fragt meine Mutter. No, thanks. That's so lovely. Aber sie müsse dann langsam auch los, immerhin habe sie Verpflichtungen in Australien. Ein ganzes Weihnachtskonzert mit Santa und Modenschau mit Engeln in Unterwäsche. Sie werde My Only Wish (This Year), ihren Christmas-Song, performen. Ein Feuerwerk sei auch geplant, Kostümwechsel, Bühnenshow, Backgroundsänger. Viel nackte Haut. Das ist aber nicht sehr weihnachtlich, sagt meine Mutter. Aber interessieren würde sie das schon einmal, so ein großes Konzert in einem Stadion. Wir sollen nächstes Jahr kommen, sagt Britney. Da trete sie mit derselben Show in Vegas auf.

Und dann ist es auch Zeit, aufzubrechen. Britney bekommt die Decke mit auf den Weg und eine Thermoskanne mit heißem Tee, außerdem die restlichen kreisrunden Kekse. Die hat sie eh schon alle mit ungewaschenen Händen angetappst, sagt meine Mutter zu mir, während sie das Survival-Paket für Britney packt. Dann steckt sie noch den alten Autoatlas von meinem Vater dazu. Braucht eh kein Mensch mehr, sagt meine Mutter. Danach ziehen auch wir uns warm an, in der Kirche ist es ja immer so kalt, dass man sich fast den Tod holt. Socken, Strumpfhose, Stiefel, Hose, Pullover, Mütze, Schal und Anorak. Hast du alles? Ich hab alles. Gut, dann bringen wir jetzt Britney noch zum Auto.

Zu dritt bahnen wir uns den Weg durch den Schnee. Britney stöckelt, wir stiefeln. Es ist kalt, und ich hasse Weihnachten. Wir umarmen Britney und beteuern, dass wir einander im nächsten Jahr wiedersehen werden. Unser aller Atem steigt als gemeinsame Dunstwolke in die eisige Winterluft.

In der Kirche sitzen die Leute schon in den Bänken, die sonst unterm Jahr unbenutzt bleiben. Die Kinder sind aufgeregt und lästig. Wir finden keinen Platz und verfolgen den Gottesdienst stehend aus der hintersten Reihe. Nach der Messe stellen wir uns mit allen Kindern vorne beim Altar an, wo ein ganzes Bergpanorama im Miniaturformat aufgebaut ist, darin die Hirten und die Schafe, die Könige und das Paar Josef und Maria. Ein Wachsjesuskind, wie wir eines zu Hause haben, liegt auch hier in der Krippe und hebt die Hand zum Gruß. Oh, Baby, Baby, sage ich und winke ihm zu. Oh, Baby, Baby.

Nachweis

Der Verlag dankt folgenden Rechteinhaber:innen für die Genehmigung zum Abdruck:

Emanuel Bergmann (* 1972, Saarbrücken)
Der Chanukka-Stuhl. Abdruck mit freundlicher Genehmigung des Autors. Copyright © 2017 by Emanuel Bergmann

Jan Böttcher (* 1973, Lüneburg)
Die Jahreshauptversammlung. Erstmals erschienen in ZEIT ONLINE am 24.12.2010. Copyright © 2010 by Jan Böttcher

Maeve Brennan (1917, Dublin – 1993, New York)
Der Spaßvogel. Aus dem Englischen von Hans-Christian Oeser. Aus: Maeve Brennan, *Tanz der Dienstmädchen. New Yorker Geschichten.* Copyright © 2000 by The Estate of Maeve Brennan. Copyright der deutschsprachigen Ausgabe © Steidl Verlag, Göttingen 2018

Hazel Brugger (* 1993, San Diego)
Drei Nüsse für Hazelbrödel. Aus: Hazel Brugger, *Ich bin so hübsch*. Copyright © 2016 by Kein & Aber AG Zürich – Berlin

Anton Čechov (1860, Taganrog – 1904, Badenweiler)
Ein Weiberreich. Aus dem Russischen von Peter Urban. Aus: Anton Čechov, *Rothschilds Geige. Späte Erzählungen 1893–1896*. Copyright der deutschsprachigen Ausgabe © 2015, Diogenes Verlag AG Zürich

Doris Dörrie (* 1955, Hannover)
Misakos Weihnachtsbaum. Erstmals erschienen in DIE ZEIT Nr. 53 vom 21.12.2016. Copyright © 2016 by Doris Dörrie

Theodor Fontane (1819, Neuruppin – 1898, Berlin)
Tannenbaum und Stechpalme. Aus: *Weihnachten mit Theodor Fontane*. Herausgegeben von Michael Adrian. S. Fischer Verlag GmbH, Frankfurt am Main 2009

Ernest Hemingway (1899, Oak Park, Illinois – 1961, Ketchum, Idaho)
Weihnachten in Norditalien. Aus dem amerikanischen Englisch von Werner Schmitz. Aus: Ernest Hemingway, *Reportagen 1920–1924*. Herausgegeben von William White. Copyright © 1990 by Rowohlt Verlag GmbH, Hamburg

Veso Portarsky (* 1973, Sofia, Bulgarien)
Die Rute des Weihnachtsmanns. Abdruck mit freundlicher Genehmigung des Autors. Copyright © 2017 by Veso Portarsky

Teresa Präauer (* 1979, Linz)
Oh, Baby, Baby. Abdruck mit freundlicher Genehmigung der Autorin. Copyright © 2017 by Teresa Präauer

Joseph Roth (1894, Brody, Ostgalizien – 1939, Paris)
Weihnachten in Cochinchina. Aus: Joseph Roth, *Heimweh nach Prag. Feuilletons – Glossen – Reportagen für das ›Prager Tagblatt‹.* Herausgegeben und kommentiert von Helmuth Nürnberger. Erschienen beim Wallstein Verlag, Göttingen 2012

Peter Stamm (* 1963, Scherzingen, Thurgau)
In den Außenbezirken. Aus: Peter Stamm, *Der Lauf der Dinge. Gesammelte Erzählungen.* Copyright © S. Fischer Verlag GmbH, Frankfurt am Main 2014

Martin Suter (* 1948, Zürich)
Zurbrügg im Weihnachtszauber. Aus: Martin Suter, *Business Class. Neue Geschichten aus der Welt des Managements.* Copyright © 2002, Diogenes Verlag AG Zürich

Viktorija Tokarjewa (* 1937, St. Petersburg)
Eine Weihnachtsgeschichte an Neujahr. Aus dem Russischen von Angelika Schneider. Deutsche Erstveröffentlichung in dieser Anthologie. Copyright © 2017, Diogenes Verlag AG Zürich

Hugh Walpole (1884, Auckland – 1941, Keswick, Cumberland)
Der Zauberkünstler. Aus dem Englischen von Irma Wehrli. Aus: *Weihnachten. Prosa aus der Weltliteratur.* Herausgegeben von Bernhard Heinser. Manesse Verlag, Zürich 1987. Copyright der deutschsprachigen Übersetzung © Irma Wehrli

»Jede Art zu schreiben ist erlaubt –
nur die langweilige nicht.«

VOLTAIRE